诗江西

二〇一八年第三卷

江西科学技术出版社

卷首语

期待长出诗的森林

陈 政

江西是一片适合诗歌生长的土地。

诗人要歌唱大自然,江西到处青山绿水;诗人要礼赞英雄,江西乃文章节义之邦;诗人要颂扬文明,江西的赣鄱文化源远流长。有人说,作为一个内陆省份,江西自古不是用武之地。我不是十分同意这种看法,因为江西历史上亦不是用文之地。

是的,江西出了陶渊明,唐宋八大家江西有三家;是的,江西还有汤显祖,还有八大山人……但是,诗歌方面,我们有李白、杜甫、白居易吗?

在一片适合诗歌生长的土地上,竟然没有产生诗歌方面的超一流选手,值得我们认真反思。诗人既属于敏感性人群,又属于喜欢说话的人群。因而,言志也罢,言情也罢,总是要说出来,心里才舒坦。由是诗歌最怕的就是:胡说八道或无话可说。不管是胡说八道到旁证博引,还是从无话可说到有话要说,中间那个关节点是:怎样说。诗人在艺术成熟之后,面对生命百态,应能就地取材,信手拈来。

喜欢陈世旭先生的一段诗评:"石头的诗歌不拿捏,如他人一样。石头的诗歌是我喜欢的诗歌。是石头和自己谈话的内省过程出现的结果,是他的悟性从晦暗到敞亮的过程,也是他人性深处的仁爱彰显。他说了:已厌烦所有的诗歌手段,所有的做作的。用最少的汉字、最明了的语言,在诗歌的临界点上写诗。一切皆从内心流出,流出即是。"

关键词:一切皆从内心流出,流出即是。但,一个人能否永远住在诗歌的殿堂里?哪怕这个人是纯粹的诗人。这是一个问题。

我国古代有"诗无达诂"之说,可以语理不通而情理通。但诗歌有一个死结,就是无法以日常实用语言为媒介。在诗人手上现成的只有日常语言,舍此别无可用,所以,诗人通过词性活用、词序错位、词语的异常搭配和并置意象、切断句法的粘连等方式,对实用语言破坏和改造,突破实用语言单一意义的限制,寻求变异和开放。打破常规语法,增加语言的伸缩性、灵活性、跳跃性,也是加强诗歌语言张力的有效途径。

追求诗歌语言的张力,是写诗人一辈子的事情。我的视野里,江西诗人这样做的似乎不太多。一是观念上,不肯或不敢为天下先;二是缺乏"语不惊人死不休"的"执着";三是形式与内容往往对冲而不自知;四是"螃蟹效应"作祟,影响了一些诗人的冲刺。

诗,是语言艺术的皇冠。诗人负有提升语言亮度与纯度的天然使命。通过种种途径,诗人对语言进行加工和创造,扩展诗歌语言的内外天地,扩大意蕴,生成张力,激发诗歌语言的潜能。

好的诗人是语言的摔跤手,他们敢于对诗歌语言进行"冒犯",把诗歌语言之叶从固有的树上掰下来,强制性地把一些不相干的事物"拧巴"到一起,再重新编制打磨,生成一套令人惊奇的新的语言组合。美术学上的结构、解构、重构,似可成为它山之石。

《诗江西》志在为江西诗人提供一片沃土,期待这片沃土上长出一片片诗的森林。

陈 政 江西美术出版社原社长、总编辑,江西省作协副主席。

诗江西

SHI JIANGXI

二〇一八年第三卷

目录

专题·春风十里　你却不再
——陈正云纪念专辑

特约主持：聂丽芹　高发展

陈正云（1951. 12. 1—2017. 2. 24）　男，汉族，江西南昌人，大学新闻专业毕业。江西省作家协会会员。历任南昌高等专科学校副校长，南昌市文联党组书记、常务副主席，南昌市职工科技大学党委书记、常务副校长，南昌市职业技术学校长，南昌市诗歌学会会长，《诗江西》诗刊主编等职。

著有诗集《我愿是一片彩云》《高天流云》《南昌放歌》等，主编《南昌风物赋》（中国文联出版社）、《盛世文丛》（作家出版社）、《学生常用成语谣》（江西教育出版社）、《南昌传统民谣精选》（江西教育出版社）等。诗歌在《江西日报》《诗刊》等报刊发表，入选《中国当代诗人作品选》等选本。

担任15集电视连续剧《联林珍奇》文学编辑。歌词《井冈山溪流》《小巷深情》分别荣获全国地市电台文艺创作一等奖、江西文艺创作二等奖。

陈正云诗选

陈家村

湖水在秋风里荡漾
石狮叙说着岁月的沧桑
木门上的铜锁已经老了
永远关不住水塘掩藏的蛮荒
打着伞回到我的村庄
从昼锦到理学名贤坊
只有十余米
却述说着二百多年
两座牌坊围成的院落里
发生的乡贤故事
镜台落满尘埃，时光把灯盏点燃
一支编撰《永乐大典》的笔
端庄地把墨色，给予牌坊的主人
六百年前，在江南灵秀的额头
墨拌春雨，酣畅
德润春谷，芬芳
成一幅画——
坚硬的石缝上，有颗种子蓬生出新绿
那一棵树永远不止结几个果
长在高枝上的
最先看到升起的太阳
厚重的历史遮住了眼前这面墙
墙里有无限的春光
这座牌坊前，很多文字都是轻浮的
只有一个字最有重量
别人看后可以轻松地离开
唯有陈姓的后裔，一走入这里
就再也不想离开
因为
矗立的陈字代表永恒

鄱湖短笛

阳　光

阳光在鄱湖微笑　人在湖岸徜徉
掬起阳光之水　濯洗岁月的轻尘

水

水若女人　与水亲近
把流动的风情　挟入家园
享受湖水一般的温柔
昨日的失意　渐去渐远
在美丽的镜框里
我与湖水快乐畅游

眸

有一种诗情画意
让四季高大起来
鄱湖的撑篙人凭风而舞
每一个眸子　都是热烈的情种

夜

晚风的长须伸向鄱湖边的睡美人
白天被日照揉抚麻木的神经
游入湖光的丽影
犹如威尼斯的风　染红天空

悟

绿与蓝织成的韵律
在母腹中骚动
分娩的细节　凝聚成生活的风景
我是故事里　看风景的人

登泰山

我邂逅了一场雨，好似
多年历经的风雨，从胸腔喷涌而出
势将泰山笼罩在苍茫之下
那天，阳光其实在的
在山的另一边
沿途的名起得很有意思
紧慢十八盘，升仙坊，南天门
登山，一个修炼的过程
松涛云雾幻象，溪石草虫真切
水声从坚硬的石缝中溅出
我没有回避，反而挺直了脊梁
不知孔子当年向哪个方向眺望
秦始皇封禅的香烬，飞落在谁的唇尖上
睿智与暴虐，他们都没跳出
被框进，一本小小的书里
凡人都在书外，比如我
历史，我常拿来佐与笑谈

窗　外

窗外。雨
淅淅沥沥
疏疏地敲击空虚的窗玻璃
斜斜地又将我明净的小诗淋湿

窗外。倒影
一条通体的黄白轨带
消失在一块狭小的画布里
留下个尾映在窗外

风筝，正在窗外飞起
带着童年就有的梦
在旷野高空捉迷
游戏人生

窗外。杨柳依依
画眉隐在树梢低吟
方砖路上
失落了一颗蓬蓬的蒲公英

窗外。虽是繁星
不，是五千年变迁的象形文字
在讲述人类悲欢的历史
夜，总有个不定的结局

窗外。仿佛不属于自己
年轻的朝气荡存
无数的失意失去

忘掉了自己

一个空荡的世界
一个见证的回音
虽没有发出豪言壮语
甚至没有声息
可沉默，也是灵清
也使人的心灵升华、启迪

听　雨

听，江南的雨，淅淅沥沥，点点滴滴
在柳枝，在青瓦，春雨飘洒在多雨柔情
　的故乡
故土在江南，梦里花落知多少……

听，雨落在春天的柳弦上
弹醒了，杏花未开的江南
听，雨落在青黛的瓦面
错过了，人面桃花的江南
问，车窗为何有了皱纹
风撒开长发在岁月里奔跑
看，我的指缝里有光
抓一把故土，沙沙
如雨，淋湿了梦里的江南

候　鸟

当寒意遥远地碰触它的肌肤
风正吹白这里的芦苇，如它留下的羽毛
鄱阳湖上的这片湖泊，沙汀，湿地
在远方呼唤，招手
它张开了双翅

旅途中有风，有雨
它的鸣叫高亢，一路向南

它用一种完美的姿势翩然降落
长长的跋涉在收翅的一瞬间
梦里的那片绿洲，画一般展开

它是多么渴盼温暖能够更久一点
它又希望寒潮能早点来临
它虽然没享受够家庭和爱情的甜蜜
但孩子们的羽毛日益丰满

它们生下来就是一只候鸟
随时准备飞走

溪与石的拥抱

思念是一条小溪
清澈见底，没有鱼虾杂草
你的影子是溪底散落的石
零星，深浅不一
是你不小心跌落，还是
悬崖的一粒心思
千帆过后，风干的记忆
渴望把你唤醒
在水涨春溪的季节
给你一个遥远的拥抱
听，岸边杜鹃花的声音
漫山遍野，春天确实来到
圆润了，缘于温柔地撞击
只有你才能分辨
哪是流水，哪是干涸后
我苦苦等你的那滩消息
你始终无言
欠我一个明白的拥抱
其实，水落石出
一溪的小石列布
就是我们流逝的碎碎的念

撕开了的，拥抱

祖堂的故事

祖堂，青砖黛瓦
小小村落从这里生根发芽
二进的祖堂中间有片天井
湛蓝的天，淳朴的眼
年头年尾这里才是最热闹的
爆竹连连点起，红红的屑纸铺满一地
叩头是最简单而庄严的仪式
祖堂前是泥巴地
起身时拍拍沾满泥土的膝盖
都笑着说有一种耕种歇息的气息
慢慢地，当年在祖堂前穿开裆裤的孩子
　大了
当他能念出祖堂牌匾上的字时
村子变大了，星罗棋布
时光笑年年在祖堂前领着上香的阿公背
　佝偻了
当他的须发如祖堂砖缝的草一样凌乱时
祖堂老了，颓垣醒目
春风，列车，下海
迎娶，返乡，创业
祖堂安静地用祥和的目光注视着
今年新春，阿公在祭祖时蹩了脚
人们才猛然发现，祖堂的旧门槛太高
祖堂跟不上时代了，该拆重建了
推倒是如此的不屑一顾
精心设计，热情高涨
崭新的现代化的祖堂，在彩旗飘扬中巍
　峨端庄
祖堂的故事到此本该结束
但祖堂的故事似乎并没有结束
因为，祖堂竣工庆典时
很多人都说，祖堂建得很漂亮
但怎么越看越不像
不像一个祖堂

咖啡时光

这一壶水下去
那异域的风情，便弥漫了
杯中明亮的天
闲适与寂寞
都是一把路过唇边的
精巧的勺子
正如咖啡所说
错过前说苦
品过后才甜

九月九的酒

在这个九月九日的夜
新月如钩，我站上一首诗的峰巅
把思念射向远方
远方有一轮满月升起
点亮这个特别的晚上

在这个九月九之夜
我斟一壶陈酿，温暖天际
雁头上那一抹轻霜
多少祝福的话语，菊花般绽放
心儿重新踏在了门槛上
举起杯满头秋霜的爹娘

该用什么拨开今日繁华
痛惜昔日疮痍，残花忧伤
该怎样珍惜眼前人潮车海
国渐富，剑亦强
恰似这九月九的酒，红绸揭封
焕发着醉人的浓香

登高远望
历史在发黄的册页中窖藏
英雄浴沙场，黄花斗雪霜
幸福穿过枪林弹雨
歌声醉红了斜阳
在这个特别的九月，今日的碰杯声
异常嘹亮

重阳有感

如梭的岁月
从指尖流过
弹落了童年的憧憬
少年的浪漫
绮彩的梦幻
在闪耀的阳光下
被生活的现实解构
日渐成熟的心
挽着陡增的年龄
一种莫名的失落和沉重
扎根心中
有时
一片落叶
一抹晚霞
几滴秋雨
几根白发
都会惹出我缠绵和愁丝
人虽然不能常常年轻
却常常拥有新的一天
只要心境晴朗
世界便永远充满阳光

鄱阳湖上的农民老诗人

他们生活在鄱阳湖畔
耕作摇橹　撒网
渔歌晚唱
月光下的湖是一池浓墨
水草是湖的秀发
有个“沉枭阳、浮都昌”的美丽传说
闪烁在每一个村庄

东坡先生眼里的万家灯火
是一粒粒五彩斑斓的种子
撒播在鄱阳湖上
化为砚池里满天的星光
南山寺院的钟声敲了千年
隔岸的东风
吹不老心中那片艳丽的桃花
那根瘦竹清灵的毛笔
一支顽强逐梦的桨
那一双卷起裤绾
粘着泥巴的脚
踩出了平平仄仄的诗行
那一缸磨墨的清水
能映出整个盛唐

唐诗宋词鼓书春联
韵律在酸甜苦辣中发芽生长
把往事和幸福全写在年轮上
邀友品茶联赓酬唱
那一刻
他们嘴里发出诗的光芒

喜欢听孙儿背唐诗
但孩子念一两句就跑出去了
于是，指着身影笑骂
摇头叹息
整理多年诗稿成册
绚烂凄美得发烫
封面

白鸥翻旋青衫鼓荡
扉页
镂刻着夕照青山的梦想

与一只麻雀共享的时光

雨天的窗沿上
一只麻雀飞落
我从书房出来时
它正抖动身上的雨水
楼下喧闹，我却
享受着一只麻雀的淋浴
它带给我的惊喜，是
阳光大把大把地洒在
金黄的晒谷场上
它们如一片褐色的云
从树上飞下
又在鞭影和叱喝声中云一般
飘落到树上
张望那个饥饿的年代
记忆虽小，肝胆俱全
没有枪口瞄准
我和它都逃离到了远方
生存和生活
人和麻雀一个样
捕鸟的孩子变了
它们还是当年模样
瞧，它也看到我了
并没飞走，似乎早忘了
眼前这双颤抖的手
当年紧攥着一根引线的绳
只盼它走进早布下的网
后来，这网啊
一直张着，空着
就为了等待
等待希望，等待网住
与一只麻雀共享
一段美好时光

长征，长征

今天，当我们登机穿过云层
今天，当我们在都市的街头把皮鞋擦亮
长征，长征
有一首悲壮的史诗
在我们的血液中
逶迤激荡
那是一拨贫苦的人马
心中装着百姓的天下
五角星，破草鞋
突围在泥泞深处
重重封锁与剿杀
倒下了，站起来
信念举着红旗一路向前
急流把勇气冲刷出来了
草鞋把骨气磨砺出来了
雪山让五角星更加耀眼
枪声是宣言也是种子
死亡并不代表减少
一种强大的精神生根发芽
二万五千里荆棘长路
今天的每一寸版图
都溅落过泪花
这是一座耸入云天的丰碑
长征，长征
如一道耀眼的闪电
划破黑的夜
更是一根虬曲的青藤
衍生出无数朵倔强的花
历史车轮滚滚向前
繁华掩沧桑
回头望

在华夏广阔的地平线上
有一拨人马被朝阳拉成剪影
红旗高举，草鞋步枪
那就是
长征，长征
赋予我们今天的意义

重读《醉翁亭记》

一篇用酒酿造的
四百字散文
人们醉了又读
读了又醉
醉醉醒醒近一个世纪
醉时　操琴吟唱
醒时　掩卷沉思
吟人生的坎坎坷坷
思世间的风风雨雨
永远醒着的欧阳公
就像那株傲然挺立的欧梅
看今日郁郁葱葱的醉翁亭
就是一篇立体的　活着的
《醉翁亭记》

秋　叶

秋叶
红了我的视野
黄了你的倩影
绿了他的希望
秋叶飘飘
装饰了云淡高天
秋叶飘飘
彩生绚丽大地
我知道
你如蝶的飘落
再也无法重返
我梦中的枝头
却如一片彩云
美了我的心田

琐　忆

城市的夜空挂着一弯新月
外孙说像一条小小的船
我分明听到稻子倒下的声音
一道明亮的闪光划破大地的掌心
太阳照进淤黑的泥土
惊起满天飞舞的萤火虫

外孙说那是星星
星星在夜空闪烁
我看到的是一双从窗户向下
探视的眼睛
动画片里的牛魔王
背上少了晃悠悠的麦哨声
作业本上的方格里
故乡牛栏里的稻草与牛粪
蒸腾出空调温暖的气息

外孙的指头不停地敲着键盘
驱赶着
牛群爬上超市的牛奶盒子上
那里有新鲜的草的味道
有一道叱犁的鞭影
让外孙在电梯上逐渐
高大起来
我的童年在他脚下
早已衰老
但未远走

奏乐，为一位歌者送行（悼词）

——沉痛悼念诗人陈正云先生

孙海浪

各位领导、亲友，各位诗人、作家、来宾：

早春2月24日5时28分，南昌诗歌界失去了一位诗友，正云先生走了，跟大家永别了。

他驾鹤西去，与世长辞，我们怎能不倍感心痛呢？

记得我与正云第一次见面，是在20世纪60年代初。当时，他还是个初中生，我在《南昌晚报》社工作。自他的处女作经我手编辑发表之后，他的诗歌创作激情一时不可收拾。此后，我们那段“君子淡如清水”的交往，一晃就是五六十个春秋。

在这漫长时光的金册里，珍藏着我们深厚的友情！

还记得吗？我们之间无拘无束“兄弟”相称；只要我在新朋友圈出现，你就要说，“这是我的‘恩师’，我的处女作，是孙老师帮我发表的。”

正云，你是个知恩图报的人。

还记得吗？1988年春，你在江西省电力修造厂上任团委书记兼宣传科长，就请我给厂里的文学青年讲课。那天开讲时，你竟坐在最前排，手里端着笔记本，边听边记，课后还向我提出一连串“写诗难题”。

正云，你是个勤奋好学的人。

还记得吗？1993年秋，你在江西进贤组织了一次救助贫困学生行动，一定要把我“请去助阵”。活动一结束，学生与家长们兴高采烈捧着助学金走了，你两手空空什么也没取，在返程回家的路上，依旧谈笑风生。

正云，你是个饱含爱心的人。

还记得吗？2003年夏天的那个傍晚，你邀请我赴赣江宾馆喝茶。我看见你的手机铃声不断，大多是求你帮忙办事的弱势朋友，你在每个电话的回应里，都是同一句话、同一种语气：“兄弟，只要不违反原则，这个忙我一定帮……”你却从未收过求助者分文。

正云，你是个助人为乐的人。

然而，正云先生走了：走得这样匆忙，惊雷闪电；然而，正云先生走了：走得这样平静，悄然无声。

明镜止水以澄心，泰山青松以立身：正云先生“论人之善，忘人之过”，他是个品格高尚的好人；青天白日以应事，月光梳理以待物：正云先生“以仁乐山，以智乐水”。他是个性情豁达的乐人；陈正云先生思路敏捷，下笔有神，他是个追求梦想的诗人！

如果上天有灵，正云啊！请醒一醒，微睁开眼，看看此时此刻这悲壮而又安宁的场景：你家里的亲人来了，你单位的领导同事来了，你的亲朋好友与贵宾都来了，都来参加你的遗体告别仪式；请用你那双热忱、和善的目光扫视一下，站在你身边的还有一两百位作家、诗人，每一张面孔都是你生前最亲近、熟悉的啊，他们都来为你送行。

让我们用心声为正云奏乐：为一位赤诚的歌者送行！

陈正云先生，你并不孤单。

初春，有高山流水、樟树、松柏陪伴，这是一座大自然的诗碑啊；

盛夏，有萤火虫为你提灯照明，那是你在天堂作诗的灵感火花；

深秋，即使是老树斜倒在烂泥里，它也将变成黑色或褐色的沃壤，袒护着无数幼苗，重又在老树桩边长出新的生命；

隆冬，松柏郁郁葱葱、永不凋落，花草百鸟将与你一起引吭高歌……

安息吧，陈正云先生，请一路走好！

2017年2月26日凌晨2时

新诗

你是一片彩云

孔　炯

你是一片彩云，
你是浩瀚诗海上空一颗闪亮的明星。
用一生耕耘诗田，
留下许多令人难忘的诗歌佳品。

你的诗充满哲理，
饱含温馨。
像春风吹绿了树枝，
把青青枝头上的蓓蕾唤醒。

你的诗富有力量，
渗透激情。
传递正能量，启迪人的心灵，
催促人们不忘初心，勇敢前进。

你是一片彩云，
愿你在万千世界中飘荡，
在茫茫宇宙中遨行。
继续用你手中的笔和激昂的声音，
抒发你的豪情，
将彩霞布满人间天庭。

春天，一位赶路的诗人

游　华

春天里，是否有一份厚重的情结
让您悄然无声
一袭母亲河的晨雾
飘飘袅袅而去

天路遥遥
一路吟唱
我仍十分清晰的回望
您那时而昂起的头颅
发丝在诗歌上飞扬
情感拨动的手势
让喉结似音频上下跃动
诗从口腔泄闸喷涌而出
时而如瀑布轰鸣
时而如涓涓小溪欢唱而来
时而如大海起伏激荡
……
心在诗与情的猛烈撞击下
共振羽化为一片彩霞
把真诚的爱泼洒人间

天国其实并不遥远
一定是您与春天有个约定

不然怎么会匆匆驾云西去
挥别您那眷恋的城市

啊
巍巍昆仑
群仙欢聚
难怪您要去赶赴一场
天堂举办的谷雨诗宴
在西去的晚霞里
远眺您立于金光闪烁的云头
正激情朗诵
未眠一宿的一首新作
《我就是那一片彩云》

一棵树

——致敬爱的陈正云诗人

胡刚毅

绿色的叶，枚枚朝上
紫色的花，朵朵向阳
黄色的果，低垂了思考的头颅
叶花果，组合绚丽的生命

如今褐色的干
燃成红色的火
烧成黑色的炭
最后白色的灰
埋进泥土里
肥沃另一片青翠新生林
七彩人生的靓丽风景！

最是那天上的一片云彩

湖　喆

是的，我的黎明就这样诞生了。

当一片诗意的云彩燃烧着火的力量时，讲台的中央喷发出深奥的文明。

您雕刻了路的颜色，河流的颜色，山川的颜色。

我从汹涌澎湃的涛声中将一片片阳光植入骨髓，我在人与神的田园里收获着最初的火焰。

那天，我听从了大地的呼唤，随您大手的指向，从天空的石壁上看到了心与水的智慧。您的双手握着光明，您的双目复活了一卷卷典籍，您的铿锵转动着几万年的光阴和生息。

同学们静立着，一颗颗心早已紧随着云彩的旗号涌向真理的怀抱。

“我愿是那天边一片云彩……”至今还在抒写着您的荣耀。

在有着石头与深情的路上，我获得了一粒光明的种子。

我幸福地闭上眼睛，滚烫的泪水在寒冷的季节里将所有的祝福解析。

这不是一夜间的真理，这是古老的黎明留下的对渴望的指引。

每个早晨，我在诗歌的期待中获取风的方向，获取被泪水培育的胜利。

每个黑夜，大地点亮那盏灯火，燃烧着小调和新词。

我在温暖的步伐中诞生，我在无数次的降落中紧握着灯火的黎明。

那天是金花的盛典，一只小鸟在江西安义县城的路上扑展。

初夏的土地刚刚得到了清洗，二十多年了，您明显瘦了，多年的春秋重塑了我对您的想象。

我的心乘着太阳的车轮，体验到滴落的

甘醇。

“这是我的学生，湖拮是我的学生。”跳动的音速潜藏着血液的深情，快乐的步伐彰显着豪迈。

这个四月天烙上了一片云彩。

这个四月天守护着一片洁净的韵动。

树叶一片一片伸展，对话的城市包揉清香。

演绎的乐章将张扬的情绪一一绽放，我站在窗台，您站在阳台，握手的时间被风捧起，领悟出层出不穷的灵光。

我忽然看见了锦簇，看见日子上轻轻掠过的震撼。

多少个梦里，我仍是渴求着，渴求炽热拍打缭乱的瞬间。

我要感谢您！在我痛失和喜得之时都有那片云彩。

您那一面笑容就在清晨的阳光里拥护，您的声音最适合裹住我的肩头。

我突然想起热带的风和一个明白的太阳。

我总是后知后觉。

当接到您邀请合写那部长诗——《沧浪海昏》时，足以让一颗懵懂的心萌动敬意，最后一点迟疑和怯弱在一个明媚的上午散去。

我庆幸在最初遇见您的地方，自由归来。

如果每个人都有一个秘密花园的话，那我宁愿只有一片云彩。

踏着灼热的节拍，悦耳的音符荡漾起深蓝的涟漪。

在这场追寻的旅途里，您没有停下脚步。

当疾病在某个黑夜突然占据您的身体时，却把您的心路填得更充实了。

您不允许自己的乐章里有任何颤抖，您不需要任何无解的沉默，您将每一场心动都推向属于自己的华光。

我在透明的山峦，看到暖暖的温度在无限的延伸。

我从心扉的诗意里，看到一朵云彩绽放着光芒。

那些轨迹里，通通有着一股叫着亲切的味道。

一朵正在飞向天堂的云

灵　川

一朵正在飞向天堂的云，栖在缆车的
怀里，仿佛就在昨天，他坐在我的对面
一副眼镜，伴随一种姿势，打点出
诗意的光芒

此刻，一种倦意覆盖着灵山的美
他把瓶子举起来，里面流淌着平仄的
　韵律

无法释怀的赣语里，安放着一生的
执着与激情，就像这片春暖花开的大地
刻下了他的名字和姓氏

我知道，他手上握着的
分明是鲜活的鸟鸣和明媚的春光
尽管一些暗示，在牵着他走向无边的
虚无，长天流云，诗和远方，已经成为
永远的铭记

为了不忘却的纪念

吴红铁

今天，您的许多亲朋好友都来了
今天，是一个告别的日子、沉重的日子、

悲痛的日子
您生前的同事和良师益友为您致悼词
您的女儿愿您是一片彩云
把爱洒满人间
今天，大家为您默哀
今天，所有的同道中人为您惋惜、痛惜
且哀伤着
洒泪
或隐忍着泪水。悲痛，或隐忍着悲痛
痛失良师益友
痛失诗坛一位前辈
痛失为人津津乐道的文学公益人士
痛失激情永远在路上、永远喷薄着赤子
情怀的诗人

安息吧！
安息吧！
安息吧！
所有的人在心里默默哀悼，所有的人回
忆起往昔和你在一起的难忘时光

今天，作家、诗人们在为您哀悼
谈起您生前的种种好，念着您的宽厚
待人
乐于助人
念着您不遗余力地推动着南昌、江西诗
歌的向前发展
铆足劲
铆足劲
铆足劲
您啊！就是诗坛的一根柱石
一根脊梁
一个大写的爱字、情字、义字
一个
一撇一捺顶天立地、站得稳稳当当的
人字
您已然做了许多许多令人瞩目的事业
也还有许多许多未竟的事业——
《八一诗选》
《新世纪江西女作家作品选》
《第三卷〈诗江西〉》

回来的路上，同道诗友说要立志继承您
的遗愿
爱诗歌的遗愿
推动诗歌的遗愿
办好诗歌刊物的遗愿
众人虽悲痛唏嘘
亦励志前行
为了纪念，为了不忘却的使命……

追思一片飘逝的彩云

赖建文

忆诗人正云先生
十八年说长不长
一条好汉的轮回
十八年说短不短
人生能有几回
从你我相识相知的那一刻
到你驾鹤西去
仙游云端
十八载的兄弟友情
都凝结在你我共同奋斗的工作日志里
都倾注在你我诗性人生的老树咖啡
《诗江西》的每一页字里行间
都留下了你从白发里拧出的墨滴
在与你一同工作的日日夜夜里
你用诗人的情怀
解答了一个个难题
你酒席间当场一跪的韩信之举

感化了权力的威仪
你用诗歌的音符
唱响了官场商场的人脉
因你的魅力
你管理的学校收获了拆迁土地
投资商也随你远道而至
你是一片彩云
总想把彩霞洒满人间
你知天命之年遭遇的不白之冤
使你的思维有了新的裂变
你以你人生际遇为启迪
汇聚为一首《登泰山》
你挺直了脊梁
从此
对世事佐与笑谈

你什么都好

万建平

你总是那样调皮
悄悄地，就把一场雨水
化作了春天的泪滴

你总是那样任性
没经过大家的同意
就将一场告别，推向了雨季

你总是那样坚决
说走就走了，留下一首首诗歌
在风中含悲

你总是那样性情
每回把我们聚在一起，只为诗歌
这次，却让我们来领悟生死

你呀！我真的不知道说什么才好
因为你什么都好，就是不该
用这种方式，把自己藏进我们心里

我只记得你是诗人

徐真柏

一个诗人走了，
被黑夜下的毒手，
黎明的泪雨，
催开了一朵朵微信上的素花。

一个诗人走了，
他的诗还活着，
他的滚烫的声音还在炸响，
不会倒下。

一个诗人走了，
记忆成为奢望，
尽管他有很多辉煌，
我只记得他是一位诗人。

二月二十四日

高发展

太阳出来了
正如我们出门一样的正常
也许南昌的天气
是阴天或者下着小雨
二十四节气的雨水
下雨不下雨谁也说不准老天爷的脾气

走过的寒冷寒风
早春二月，舍不得离开我的小棉袄
冷的剪刀剪不断的断桥残雪
右手搓左手我丢失一只白手套
寻找，我在杭州西子湖畔

周末下班的路上有人告诉我我们擦肩而过

同一个故乡

清水暗香

您到过我的故乡，我到过您的故乡
而我们最终的故乡，是同一个地方
那里没有病痛，没有悲伤！
只有诗歌与酒，占满火热的心肠！

那么，且把南山鄱湖当作一杯米酒
把鹤舍古村当作桃源小菜
把老爷庙当作古往今来的话匣子
而我的母亲端来一盘西瓜
用纯朴的乡音，打湿诗人您的眼眶

那么，且把陈家池塘当作古风墨池
把数百年祠堂当作诗歌泉眼
把昼锦和理学名贤坊当作奢华宣纸
把石狮当作激越华丽句点
而您此时此刻回归自我
以豪气与天真写成别样的诗行

故乡未老，您却远行
陈家祠堂坚硬的墙缝上，又蓬生出丛丛新绿
春风十里，您却不在
而您的都昌诗行早已化作一行行白鹭自由飞翔

不忍将你送别

龙回仁

你有一片彩云般高洁的诗魂
你有一个打着伞回家的村庄
你曾和一只麻雀度过一段时光
你还有天南海北如云的诗友
你为什么，要走得如此匆忙！

你充满激情的诗的朗诵
还在我的耳边回响。
你镜片后热切的眼神
永远是那么温暖。
你给微信朋友圈的每一个人点赞
饱含了多少真诚的欣赏。

六十七岁，多么年轻！
你应该活得更老一些啊
老得走不动路了，
才可以离开诗的现场。
你应该老到牙齿掉光，
直到吐不出诗的铿锵。

你让我们实在不忍送别，
我们不愿接受你离去的哀伤！
从此，朋友圈因为缺席你的点赞
将失去一束耀眼的光芒。
从此，我只能去你的诗句里
重温你昨天的模样。

我的泪水要留着

王玉芬

去年见过的人，今年就没了
他的面目已经模糊，印象也并非深刻
诗人微信群里一片哀悼
惊骇，悲伤，体会生命无常

此时，我在倒春寒里行走
克制是美德
不相干的人，只有一次短暂交流的人

我不会哭泣

公园里的山坡，成片的小草在努力破土
枝头上的芽孢，挺立于似剪刀的风中
啊，那些力量，那些绿
人老了，就该多看看生命蓬勃的事物

被意外吞噬的人
被病魔夺走的不熟悉的诗友
你们该原谅我
我快枯竭的泪水要留着
留给自己，留给亲朋

预定一场大雨

半亩花田

把祈祷举过头顶
生命的灯火，山水燃尽枯萎
而你的风采，你的热情，清晰如昨

从一个黑夜到另一个黑夜
找不到合适的理由，让心平静
冷风从骨节里吹出
梦中出现一条大河
只有一种颜色

写满凌乱的诗句
点亮一方夜空
烧掉一切时光，给你
还你热烈，还你汹涌

一生练习投掷石子
投出柔软，投出浪花
原谅天气，原谅过错以及伤痕
供养的风声，打湿了春天
在上面绣上你的名字
以水流的形式，灵魂尘于泥土
预定一场大雨，煮泪送英雄

在人间

胡继红

风从赣江来
鄱阳平原有潮流在涌
近在咫尺
无擦肩之缘
高门暖阳依旧
看你的手抬起
推开春天的门
风浩荡歌声嘹亮
鸟向云端去
一枚白羽
在人间入怀

你在春天里走了

毛鸿山

春天不留你，我们留你在心中；春天不送你，我们用你爱的诗歌与你告别。

——题记

诗人陈正云，你
一辈子用诗歌
追寻春天
就连你最后的走
也挣扎在春天

可是春天不领情
你走的那天
是二〇一七年的倒春寒
比冬天还冬天

看来春天也不是
什么好东西
所谓春天真好
怎能与爱她的你无关呢

飘逝的那片云

冰　耘

一阵狂飙如鞭子般猛抽而来
夹杂恶毒的讯息
在一片澄澈的天空呼啸
云
那片曾经浪漫一身的云
踉踉跄跄
怆然而倒　而散
而化成一枚雨化成一粒尘埃化成一瓣泣血的叶子
也化成了一行浑浊的泣血的泪滴
飘落于世人的眼眸

云　曾经不倦的脚步
踩出多少美丽镶嵌于日月苍穹
画出多少豁达与豪爽的弧线点缀天边
他洪钟般的为诗为心为友一次又一次地呐喊与鸣啼
撼倒了多少魑魅魍魉
却万万没想到躯体却被妖孽的爪子死死缠绕
他明知停留的机会不多
于是他把所有的伤痛悄悄掩埋
他把全部的热情与激情仓促地释放
他把仅存的那束光那束有些微弱
暗淡的光也要在诗的森林里流溢与透射

虽然
他曾经的文字开始变得伤痕累累
他曾经一起共鸣的诗人与诗也在黯然神伤
但从他心底歇斯底里发出的最后一声鸣笛
相信，我们坚信
将带给我们这些存活的诗人
为诗一样的华年
生生不息的倔强

那片云匆匆飘逝了
他彩虹般的灵魂与诗魂并没有走远
仍悬挂于天地之间
愿天堂的那头同样澎湃他激越般的文吼诗鸣

倘若，你只是轻舟远航

黄娟鸣

春天已站在对岸，忽近忽远
星辰已挂满天空，忽闪忽亮
这二月似剪的春风啊
为何要瞬间逆转
凝固着，渐渐远去的梅花盛开

今天的报纸，满城飞扬
掉落的诗语，苦涩暗淡
这撕裂的脚步声
伴随着，你渐行渐远的背影
还有那，落地有声的哀伤

倘若，你是一道人间的风景
倘若，你只是轻舟远航
但愿你伟岸的身影，乘月西去
留下的文墨诗词
刻印在文学的殿堂

二月的春风

谢玉斌

二月的春风温柔地
把你吹入了梦境
定格于二月初春的花径
也把你的诗意带进了
另一个仙境里独行

二月的春风似剪刀
剪出了细长的柳丝与叶韵
剪出了紫燕飞翔的羽翅
也剪断了你对红尘的留恋之情
诗歌的翅膀不再在人间飞翔
你扇动着沉重的翅膀
飞向玉宇
在月宫中坚守一片宁静

在二月，你乘鹤西去
穿过那片曾经点缀寒冬的梅林
越过春天那片姹紫嫣红的花丛
你如同色彩斑斓的蝴蝶在飞行
飞向神的天国
飞向美丽的仙境

二月的春风曾经告诉你
江南的柳岸有你青翠的诗意
如今，你再也听不到江河的欢笑
再也看不见天香园里百花的绚丽
在赣江的浪花里
有你歌唱祖国的凌云壮志
在茫茫鄱湖中
有你渔歌唱晚的旋律
青青的芦苇在不断向你致敬
因为你曾经歌颂过鄱湖的美丽

二月的春风告诉你
你曾经收取过一片茶叶的慰藉
就在那个冬季
你放声歌颂茶叶的清心与神奇

一切都来不及了
你带着春天的诗情画意
走向远方
别走啊，那是一条不归路?
那里有醒目的墓碑

二月的春风
剪断了你的思绪
把你带到生命的尽头
如同带泪的梅
无情的死神
带走了充满诗意的天才
仿佛离弦之箭
驶向烟波浩渺的大海

二月的春风
把你吹向天国的花径
定格于丁酉年的初春
于是，你在百花园里歌颂春天的温馨

你像停摆的钟表
立在寅月马日的卯地森林
随着平仄的诗韵
直线上升
你不朽的灵魂与诗篇
永远回荡在天地之间

小阴天

——悼念陈正云老师

万洪新

原谅我在这碧云蓝天的日子
动用了小阴天的习性
我伤感
我落寞
我给自己的世界下起了
一场雨

哀乐声中
你即将成为土地的一部分
成为云在大地上的另一面背影

请原谅
我不能再三番五次的来看你

这并不是秋天
我却看见了满地金黄的落叶
内心要表达的每一个词汇
都那么柔软
都是那么包容一切的模样

也许
我不应该悲伤
我要选择一条长长的路
把白云作为哈达
存放在我薄薄的诗集里

挽联

哀悼正云先生：

乡国有材，胸存正气多慷慨；

诗坛不幸，天满彤云竟黯阴。

胡迎建　敬挽

痛悼陈正云先生：

正气犹存，英风宛在，惜同道乘龙，阴云化作悲伤泪；

诗怀壮烈，文胆豪雄，憾仁兄驾鹤，哀乐鸣来苦楚歌。

再悼正云先生：

英才谢世乘龙隐，

正气干云驾鹤眠。

曹海通　敬挽

悼陈正云先生：

悲矣！泪眼问苍天，诗圣因何乘鹤去？哀声号号，山崩地裂；

敬哉！灵堂听我辈，鸾笺纵笔向师来，步履砰砰，跃马挥鞭。

陶　今　敬挽

悼挽陈正云先生：

乘鹤感浮云，风雨今生难再咏；

听箫恩大地，诗文来世盼重吟。

何　流　敬挽

陈正云先生千古：

驾鹤仙归，才子诗声誉江右；

悲情泪涌，义风胆识昭后人。

龙文武　敬挽

悼江西诗人陈正云老师：

忆诗坛俊杰，满腔热血豪情扶正气；

愿仙界安宁，一路艰辛勤恳慰云天。

聂丽芹　敬挽

悼陈正云老师仙去：

竹骨陈诗，正气干云清举世；

春花谢羽，灵霄洒水悼仙人。

谢水云　敬挽

悼陈正云先贤：

文坛不倒翁，正龙吟激越，诗赋曲熏陶我辈；

国粹常青树，己鹤唳绵延，云霞彩撒满人间。

再悼陈正云先贤：

云翁驾鹤，痛折洪城扛鼎笔；

仙府焚香，肃迎诗国领军人。

吴国华　敬挽

挽诗人陈正云：

放歌江右，云流唐宋，惊听雷哭催寒泪；

击鼓南昌，正气赣鄱，首领赋吟动暖天。

再挽陈正云先生：

正气长存，唐风宋雨留遗韵；

云山共仰，悲鼓殇琴唱挽诗。

李菊如　敬挽

挽陈正云老师：

风华正茂，果待再丰，诗坛遽尔失英杰；

涕泗云抛，悲尤难遣，联界踵然悼俊贤。

再挽陈正云老师：

正气赋诗篇，有草堂枯笔，太白遗笺，最是丹青激后学；

云霓寄泪水，哭诗界名家，咏坛圣手，长留风范励来人。

周小鹏　敬挽

悼念诗人陈正云：

不曾谋面，诗赋早倾心，声名远播闻天下；

定是成仙，才贤今驾鹤，风范长留誉赣中。

杨　璐　敬挽

悼念陈正云先生：

别路在天涯，烟波有月悲春冷；

留诗于宇内，风骨无尘恨鹤飞。

潘　松　敬挽

挽联三则，悼陈正云先生：

艺苑英才，墨染青云仇上帝；

文坛翘楚，诗留正气励今人。

悲风号月，痛失英才惊埋玉；

恨鹤仇云，忧怜艺苑惜缺公。

一身正气，诗传后世尤精业；

三界青云，志励今儒且铸人。

陶其骖　敬挽

悼陈正云老师：

乘风西去，才横华流弘正气；

驾鹤春来，德高望重居云天。

徐云彪　敬挽

挽陈正云先生：

唐韵犹存，一江赣水吟孤月；

鹤颜已去，二月春花祭陨星。

杜　烜　敬挽

悼陈正云先生：

诗苑飞霜，怅忆紫毫惊北斗；

芝田泣鹤，仰看红日落西山。

彭杰明　敬挽

悼陈正云先生：

正气通神，陈公跨鹤登仙位；

云彩失色，后辈吟联祭寿翁。

温沁人　敬挽

挽陈正云先生：

梅坡有幸迎风骨；

江右悲歌失栋梁。

再挽陈正云先生：

忆先生昔日，江右放歌，一片丹心吟盛世；

看学子今朝，灵前跪拜，满腔热泪送云翁。

周尉霞　敬挽

诗描行色，一路高歌鹤已去；

墨洒江河，千堆碧浪海同悲。

童　心　敬挽

诗赋留名，赣江北去哀波涌；

宋唐遗韵，庐雪西来冷泪飞！

汪雪英　敬挽

阵寒月冷鹃犹泣（陈），

正行云空鹤自飞（正云）。

涂东云　敬挽

诗江西风正百舸争流；

仙匡庐云奇数峰生烟。

临川钓雪　敬挽

正气与生来，小巷深情难惜别；

云山同逝去，江西风物更哀殇。

彭年祥　敬挽

悼念挚友陈正云主席

讣告传来泪水流，多年知音痛分手。

滕王阁上观日月，庐山峰巅阅春秋。

南昌舞台豪诗吟，赣江伏案颂歌留。

西天路遥君走好，剩有余志壮九州。

刘增基　敬挽

责任编辑　徐贵保　吴红铁

作品

前哨

石立新 1970年6月生，江西鄱阳人。江西省作家协会会员，上饶市作家协会常务理事。现任江西省鄱阳县作家协会副主席。作品在《星星》《诗选刊》《诗神》《诗歌月刊》《散文诗》《芒种》等刊物发表。著有诗集《沉默的皎洁》。

颂词：奔流与荡漾（组诗）

十一月

十一月，大风响亮地灌注苍茫，
密集地升起雁声。十一月，热烈晃动的
光，在万顷鼓面上一通一通地擂响自己，
被妖娆攻陷的绿，路过清晨与鹤舞时会
落满逆行的神祉

十一月，吃水最深的岛屿
耸起剽悍的肩胛,让苍白的生活无颜以
对。
十一月,鄱阳湖,你追我赶的浪尖是具
体,
也是抽象。十一月,马达轰鸣,落日敦
促
每一支桨，甩出力的筋骨与侠气

没有一滴水，会被鄱阳湖忽略，
没有一滴水,是提前溜走的孩子。十一
月,
当辽阔，被鄱阳湖说出时，是母爱，
当巨浪，被辽阔反复分娩时，它的
阳刚，从未锱铢必较

白鹤，灰鹤

我确信它们蹒跹，涉水，间或拍动翅膀
的样子，就是仙子下凡的样子，草洲献
出了脚本，
紫云英的身子，晚霞的眉眼，牢牢抢
占着
观众席。我确信它们
使仙子有了下凡的细节，多么意外的
细节，
你都不敢让泪珠直接落下来，吵吵嚷
嚷的
世界一下子就闭上了嘴

抒情，是抒情者的伎俩，
而美，是美活着的真相，当惊讶，因为
白鹤发生，
也会因为灰鹤，再次发生

绿头鸭

整个清晨和傍晚，
你都在和另一只绿头鸭说悄悄话，
许多许多的绿头鸭，不说悄悄话

湖水推搡着夜色，
密密麻麻的红脚板，栗灰色的胸脯
揣着集体主义赶路者们的私密日志
一部分真的睡着了，一部分
亲昵地假寐

在仿佛只剩下
时间的注视和无数命运释放暗喻的
湖中央，月亮牵着指尖的风声升起，
像，我们第一眼看到的新娘
像，母亲的眼神，落满湖面

香油洲

这绿，比女孩还要水灵，
这绿，看一眼铁定是有想法的，
这绿，再看一眼会缠着你

欢于雀跃的草尖上
秋天的脾气真好，一点也不像要与
阳光分道扬镳的样子

多像年少时的渴望，只为心跳狂奔，
一路上，想灭掉克制就灭掉克制，
想颠覆遮蔽就颠覆遮蔽

浪花的可能隐喻

天完全地黑了，
浪花翻腾，星光碰着月光，碰着
船队远去的影子

从消散与聚集中能观察到，
浪花从不关闭心灵，甚至不关闭
那些没跟上队伍的孱弱的漩涡

就像耀眼的人生不能缺失最暗
部分的拼图，最大的浪花里一定
藏着最多性格坚强的小水珠

先于药物放弃的，往往是病人
意志的尾声，这奔走不息的浪花，
鄙夷失眠和炎症

不退缩，不崩溃，
鄱阳湖的浪花，允许我骚动，也
允许我与骚动背道而驰

部分渔村的现状

前湖咀，管驿前，朱家，它甚至有更多
好听的名字：内青，龙口，乐亭，白沙
洲……

尽管一到春节，它们就会挤满打工者
带回家的陌生浓烈气味和艳丽色彩，像
一只只
极度沉迷于喧嚣的兽

尽管元宵一过，姑娘后生又会像返程的
候鸟般飞的干干净净，尽管它们缄默，
空洞，
尽管渔民的传统词根和现阶段湖区小学
的
基础教育渐行渐远，但这些为母亲湖
忠诚站岗的珍珠，无论何时，都会
让潦草的赞美耻于人世

芦苇诗篇

白茫茫的，有一些微弱的浅黄，像拂晓
之前月亮的面颊
风一吹，就在日光中摇摆，弯曲，大片
大片地伏下腰肢
因为毗邻大湖的滔滔宏声，我觉得芦苇
以及
它们彼此面对的簇拥，呼喊显得过于瘦
弱和拘泥。它们
每一株的顶端都长着一小团的毛茸茸，
舞动着狗尾巴草
般不起眼的告白，适合怀旧，拍照与批
量复制文艺范的
抒情，我无法确定它们的忧伤和欣然能

否由内及外，我
只看到它们竭力保持单薄向上的身姿。
这长山岛的冬天
年复一年，湖水的溃败惊悚地超过大地的想象
让芦苇得以贴着鄱阳湖干涸的腹部疯长，
让日光和居无定所的大风目睹，它们
每一次，在踉跄中站起，都直接动用着来自大地的力量

长山岛或午后的渔村

在靠近长山岛四望坦荡的滩涂上，
风大片大片地吹着，日光猛烈不是为了驱逐人群的背影，
嗓门洪亮的大船继续捎来新的消息，平凡的日子，
犹未转身就成了默然消逝的浪花。鄱阳湖平原
爱用丰收的稻香，传统的鱼腥味，
旗帜鲜明的油菜花护送决绝赶往长江的湖水，
它们，终将遇上更强大的浑浊，冲锋时聚起千堆雪，
跌落时变成砸向人间的碎银。午后的渔村是时间的静物，
孤独地秤量万物的投影，同样的尺度，
可以用在家世显赫的写字楼和中央区的财富广场么？
它可能关联思想的话题会因为香奈儿，年份茅台的名字而
经历短暂的浅薄的阵痛么？小筏子突突地
响着，一溜雪白的浪花咬着船尾，
谁便哪一片，它通往的古老，都能养活大把的风暴，
江豚，惬意唱晚的渔舟。手机嗡嗡震动，世界冷静不语，
脱胎于水乡的灵神，这一眼看不到边的大湖，为什么
从不湮没陆地和鱼虾们的身世。失而复得的情愫，
不请自来的告诫，在午后的长山岛，
鄱阳湖湖水的气息浩荡汹涌，
倾囊而出的涛声，整齐地遣送苍茫

昌江书

我从未看到这一江青色的奔腾有过丝毫的迟疑。
我年过四十，对事物的感知正逐渐失去更多的锐利。可每一次来到江边，在奔跑的风中，
江水寂旷。我以为自己
还是一九八八年那个尚未完成成长的
少年，喜欢看大船威武地靠岸看黝黑的铁锚自船头轰然一跃而下。
然后猛兽般蹲伏在水汽森森的岸边。码头上，
它们，
来自异乡的陌生气息每一次
都能让少年无以安放的桀骜在不为人知的迷惘中
激动地沦陷，它们略显沉重的表情沿岸触目可及有时候让夏天变得也
不愿轻易苟于言笑。在江水丰沛的起伏中 夏天已习惯在发动机嗒嗒的轰鸣声中
酣畅地释放内心的奔放，这多像打开青春的情愫。年复一年
洪峰让江面骤然开阔，不可思议地开阔，
满江暮色如逾越传统沧桑的剧情让人安静着迷。许多次，我梦想暮色里有一双爱

情的

翅膀，它一定有着格外正版的美丽格外窈窕的任性，我勇敢地想过，

它一定会在某个春天突然御风而来

为我打开久别重逢的旷世秘语。星辰隐没的清晨总有白色的船帆陡然竖起，

晨曦矫健，

船头，一个早起的水手，精壮得

如同乡村拳师，他从我身边经过时，我几乎能听到激烈喧嚣于他血管里的彪悍。血是男人体内的江水，在他，他们的脸上我居然很少看到漂泊

或与故乡关联的挣扎表情。

在高门码头，我看过一艘载满尿素的货船，一家子都在船上，

娃娃脸的男孩泥鳅一样淘气，

妇人抱着衣物来到江边

洗衣的大婶们，每天聚集的喧哗就像大船激起的浪花。只有新来的媳妇一言不发，

手素的像一截白色的月光。在欢愉的江水中羞涩地一惊一乍。

多少年过去，更多的人事，

在悄然失去矜持，时代的面孔转换的如此之快，恍如高亢抑扬的饶河调，

噢！昌江，你真的愿意卸下这彼此深情镌刻过的场景，

同样深情手绘过的历历饶州画卷么?

为什么，即便在管驿前，姚公渡，

我也很少看到门前堆着新削的竹卡，看到

在烈日下集体奋勇暴晒的渔网。船只寥落，码头争先恐后地沦为沙场，

一堆堆沙子没心没肺地你看着我，我看着你，

风中，块头一致的

挡水墙咄咄逼人地阐释着水泥风行于世的行为艺术，而比

泥堤提前谢幕的是：绿壳的客船启程时摁着江水突然嘹亮的汽笛，

两岸柳丝被大好春光仔细挑出的条条新绿。感谢这些逐渐依稀的背影，

让我们在途经秋风的浩大辞章时可以重温鄱阳镇顺流而行的片片记忆。初冬的暖阳里，

江水俨然全程平静，

厚厚的雁声带来遮天蔽日的鸟阵，没有导航装备的迁徙者，

忠实于灵魂的指路。像鄱阳湖的草洲一样，我生来就挚爱和亢奋于它们的鸣叫，

翱翔，栖落。阳光下，自由裸露的草洲，

总能带来竭尽全力的无垠，反复递送想象的无垠 。

昌江奔腾，汹涌，川流，充满母亲一样秀丽的真实。

在这里，我爱上寂静触摸的事物，

爱上，诚实的清与浊。

在这里，我言说惶恐，尝试不完全陷于得失，

在这里　我走动，仰望，追寻

试图靠近的肩膀和步伐。

在这里，我凝视，

倾听，沉思，鄱阳镇的白昼黑夜，江水的回声。

江水无畏，我爱它川流的每一种方式。在这里，我呐喊，呼吸，江水奔腾，

唤我释然松开生活的乱麻

滩涂上：数万只鸟瞳骤然迫降

暮色动荡，秋风如石杵的顶部，终于——

蜿蜒的湖汊，低声部的芦苇丛，耸出削
瘦肩胛的岛，

马达的突突声……越来越近，这些，大湖的分娩之物，
这些，被记忆之手重新编织的面孔，每一张，
都留有被大风用力抱过的痕迹

天鹅，东方白鹳的鸣叫宛如自鸣钟的钟声，
在天空的腹部亢奋地滑行。灰鹤一两个寻常的动作，
便勾勒出芭蕾的迁徙路径。十一月，旷野无声流淌，
蓼子花海在雨丝中，保持着曼妙的深呼吸，
鸿雁，豆雁，绿头鸭铺陈如暴雪

白浪是竖立的琴声，让强大的飞翔深信不疑，
西伯利亚被距离稀释成远方，鄱阳湖亿万年如母爱，
没有任何不安，苔草妖娆，空荡荡的滩涂虚位以待，
喙尖切开寒冽的气流，数万只鸟瞳骤然迫降，
看久违的眩晕感漫过湖面，声带渐渐发热

中年供词

必有一段清汤寡水，
必有一段辗转，踌躇，不见天日，
也必有一段轰鸣，茂盛，和煦

于寂寞沙洲，
于无边的人群中，翻捡，反刍，
身体，发肤受之于父母，你是亲人的，
朋友圈的，你是陌生人眼里忽略的陌生，
你是余生癖好，自嘲的斑驳部分，
你是一滴寓言的平凡陈述，
你是沿途灯火缓缓拦下的往事

曲院观荷

荷叶田田。滂沱不可复制，如暴晒，
如重锤击，如苏堤所指之某种醍醐灌顶，

有人认为亭亭玉立是耐心的结果
有人提及淤泥对端庄考验的非必要性，

皎洁是良宵的同谋，清风倜傥，
意在明月，然后颠覆整个江南的眼神，
西湖蓄谋已久，众荷是引擎

空气中没有一丝坍塌感，
墨有啸声，酒令中渗出的背影，销魂，
唯恐天下不乱地游荡

曲院适宜温习南宋美学论，
湖面波纹似琴声，反复徘徊，反复停步，
像一个女孩失而复得的心情

在语言中活着（创作谈）

诗歌，是语言的心跳。

在一首诗中，语言的命运就是写作者的命运。

对语言的斥责是一个巨大的反讽，就其荒谬性而言，可以认定为一种严重的疾病。

一名诗人的所有愿望，都要通过语言来实现，别无他途。

苍白，虚伪，矫揉造作不是语言本身的问题，是通过语言之径的那个人的问题。

所谓的眼高手低，无非就是写作者无法掌握语言的精妙传递而形成的凄惨结晶。事实上，无论处于哪一种境况，一个语言的弱者都无法紧跟思绪，意境的嬗变以及写作节奏的即时调整。

一个诗人，要进入真正意义上的写作，必须经历异常惨烈的地质变化和复杂的地貌形成。

语言，是母爱。

语言的沧桑，就是人世的沧桑。

当语言让你酣畅地开口，你，才可能成为诗人。

在一首诗中，语言充当的角色不仅是为了吸引阅读，是要让阅读发生后产生持续的信赖。

诗人不是那个在语言的浓荫下茫然张望的路人甲，也不是被语言的排气管一路拖拽的尾气，他是语言的驱动者、冒险者、采摘者，是火车头，是火山的内在及致因。

语言的芭蕾和街舞的差异源自于它们本质上的大相径庭，正如烟熏妆和素颜的区别根本就是两码事。

毕竟，傻笑有别于甜美。

诗人是语言的使者，而非密密麻麻寄生于文字表层的雇工，贩子，甚或痞子。一名诗人，语言的能力越强，就越能与时代契合的更紧，也越能提供更多语言之外的东西。

把玩语言者终是玩器，泄愤者终是脏器。

语言本质上是质朴的，质朴是语言的第一个源头，是一切修辞衣锦归来的童贞和故里。

在语言中活着，是一名诗人的尊严。

怎样避免一首诗在分娩之前就患上糖尿病，哮喘或羊痫风，怎样预防，过滤，治愈一首诗在发育中可能存在的暗疾，沉疴，是语言交给诗人的作业。

在一首诗熟透之前，我们会不停地遭遇语言的反抗，诱导，压迫，它不停地让我们紧张，兴奋，平静，而诗人必须不停地完成救赎才能到达幸福的采摘时刻。

语言，没有偏方。

不朽的诗篇都是被时间和阅读反复确认的。

语言，是母爱。语言的沧桑，就是人世的沧桑。

诗人是时代和个人的亲历者。

诗人不需要栖居在语言的深处或暗处，如同在生活中做的那样，他应该更多地停留在语言的明亮，悲悯和关怀之处.

文无定法，诗无定则。

内向的，外向的，直接的，曲折的，清新的，豪迈的语言都能带来好诗。形式和结构也不是问题，空灵者打开空灵，质朴者抵达质朴，优雅者完成优雅，这在本质上并无二致，亦丝毫不背离诗歌的初衷。

只有无聊者欢喜于粘贴无聊，偏执者着迷于链接偏执。

苏东坡云：诗不求工字不奇，天真烂漫是吾师。

郑板桥云：秋云再削，瘦漏成文；春秋再雕，玲珑似笔。

诗无太白工部，世无重峦叠嶂。

诗无陶公摩诘，何来天籁禅心。

诗无义山柳七，亦缺锦绣流连。

于诗而言，工或自然，可说还是不可说，其实本无可非议，诗歌不以出生论英雄，写好了就是道理，就是境界。

一条没有不同浪花的河流才是一条悲哀的，令人绝望的死河。

诗歌是文学的脸蛋。

因此，在语言的效率与质地方面，对诗歌写作提出怎样严格的要求都不过分。

并不是人数众多的欣赏就意味了水准。

并不是所有的人迹罕至或剑走偏锋都意味了风格。

在这个多么易于漂浮和终日乐于变幻风格的时代里，诗歌让我欣慰而持续地获得精神的重心和引力，让我得以怀有一颗感恩之心辨识生活的和煦与千疮百孔。

只有爱，能完成爱的愿望，只有诗，能重启诗的命运。

白 海 原名何志勇。1967年8月生，江西新余人。中国诗歌学会会员，中华诗词学会会员。现居江西新余。诗歌在《绿风》《诗选刊》《芒种》《诗词月刊》《诗江南》《星火》《北方文学》等刊物发表，入选《2016中国优秀诗歌精选》等选本。作品荣获第九届中国短诗大赛金奖等项。

我本不是一把干柴（十二首）

位　置

多不容易啊。时近年关，费尽周折
弄来一张车票。可我
一直为占据一个位置感到羞愧

那么多眼神、汗渍、老人都等在周遭
他们两脚悬空，被挤出人满为患的世界
那么多芒刺投向我。感觉是一只
被公平的戒尺缚于铁笼的鸵鸟

旅途的人们从遥远的夜路奔来
腰已酸，腿发软，两眼灌满了沙子
他们的疲乏没有倚靠，而我
一副劣质皮囊有什么本钱养尊处优

你再看，仍有人心猿意马
将眼睛抛出窗外。车厢的冷暖看似
与他无关，体内的冰山
还像去年冬天那样，坚硬得不可一世

我本不是一把干柴

所以这么妄自定义，并非一种过错
不是干柴无颜江东父老，无缘硕果花香

没有人否定此消彼长的植物链条
人定胜天，只是一溜生死标语
人活着，要么向疆土宣誓主权
要么向高过头颅和手臂的危岩俯首称臣

目光与太阳齐肩。昨日也曾高远
腰身挺拔，始终保持树的尊严
每片叶子都巴掌那么大
对于虚假、背叛、奴颜婢膝，一掌刮去
不顾身后留下的创痕，比飞蛾扑火落败
　几分

缝补自信，掩埋风雨，不被暗箭中伤
闪电夜袭可以摧毁一身傲骨
可诛棉花之心，取项上人头
而我决定孤独求败，让风甘拜下风
任枝杈瘦成干柴，随时打入冷冬

——我本不是一把干柴
也不是烈火，不关乎格桑花的倒伏
我是烈火的祖先。可以借助
诗的火种，点着心静如水的枯槁
在你我明眸，燃起半壁江山的瞬间

昨夜秋雷

——自天庭而来
脾气大，不堪大任于斯
雷声大，每每难逃短命结局

居高自傲。霹雳连连惊魂
雷霆万钧，雷震乾坤，雷声万里
大动静，万物毛骨悚然，肃然起敬
再起腥风血雨，独留千古骂名

无厘头闪电泄露浅薄的天机
怒颜呵斥浩然群山，心生恐惧的田野

静默城池，紧紧相拥的众生
——你在心中营造一座殿堂

草木，云朵，一方水土，更大的江山
携手向你三叩九拜——
不顾雷被雷劈、电被电击的祖训昭昭

高　铁

西窗的牛羊，疯癫似的
往矿井深处奔跑
——没一个石头打算回头

眸子的空，不指望
离开书本。语境里，主人公对于
随时爆响的苦竹，敬而远之

体内的江湖，早已刀枪入库
光阴少有裂纹，我却没有
再拿脊梁说话的野心

小　雪

与岁月相约，高速的雪
径直探访红尘古巷

拉住锁的摆动。百年石雕
自留一道屏息的门

这个时令，雪是急切的
更急迫的，那是覆盖雪域之上

迟迟不肯回返的日光

充　电

记得第四回了
两注目光深插一片红壤
——笃定，弥久

无须更换插座了吧
电量显示空格，谁来为我备份
妥妥帖帖的时光

多想定格这群蓬勃的香樟
再邀一通电话
连接匆匆赶来的暮年

立　冬

泥腿上岸的人，怎敢奢望人间
一颗色正质纯的金子

握于掌心，不知还能掖动多少体温
还有多少黑影拿来遁迹天涯

年过半百的枣树，守一身空枝
等在主人找寻的路边，望月成霜

探　亲

版图断裂，在历史的指尖摊开
鸥鸟相思，从童年的清歌里翔出
收整焦灼脚步，打包亲人的目光
跨过海峡，用足半个世纪

这里天着实蓝，水着实绿
我羞于手心的垃圾不知丢向何处
无暇张望满城的竞选广告笑态可掬
也无心留意市政大厅里早餐店理发店唾
　沫横飞

开抵亲人的列车，头发已然稀松
异乡高铁神速总比故土慢了许多

我不断打听冬的秘密，却时而传来春的
　讯息
搬不动的方言，需要搓揉千遍

眼前乡村融融，山水绵绵，果木苍苍
时光飞逝而去，大雾滚滚而至
我看不清天空的脸，辨不明车头的方向
却早已回到心魂开拔的来处

归　途

高处不胜寒吗?
万米高空的人，有一对铁质的
翅膀。螺旋桨比脑子转得快
一个指令，就能一飞冲天

零下39℃的天空与烈日至亲
与大地至远，亲人和草木必须昂首
有煦煦暖阳笼身，你
必须汗出沾背

东风与颂词甩在身后
霞光西沉，瘦成几道嶙峋臂膀
片片薄云犹如谎言，在
摇摇晃晃的仙界，不堪承重

你不再俯瞰舷窗外的粲然
只求快速落地，不被尘埃击中
乘千迈神速——
穿越八百里回乡的路

顺　从

酒精，极易将人送往
赤条条的帝国

七尺卧榻，我热血贲张
童颜皓首，挥戈回日

旗帜插遍天空，山河
夹道欢送。我酒气未消

再次来到人间，我甘心情愿
坐实秋风唯诺的木槿

烟　囱

冲破底线。尘雾有意
游戏满地与世无争的桑槐

睁不开双眼的信念
无须看清真容背后的苍穹

灵魂出窍与人何干。屡战屡败
我试图逃避烟囱的围追堵截

假使一隅桃园之地
谁来指望，按捺满脸沧桑及刀痕

母亲怕冷

每一阵风吹来，我都害怕接纳
不知道风带来什么消息
不敢触碰旧时光传来咳嗽的声音

冬愈来愈近，钢厂的烟囱还那么高
我何以如此珍爱生命，却
恐惧一场大雪的到来，无计可施

一棵芥草从农村植入城市的墙角
无从返青。我含泪搀扶她
——迟迟不肯打开隆冬的大门

三十年后，依然河东（创作谈）

说起诗歌，我有三个十年的情结。

第一个十年情结，是1983年16岁读江西宜春师范学校开始的。那时看到同班几个要好的同学，常在小本子里神神秘秘涂抹一些分行的文字，还偶尔在校报上发表，觉得挺有才的，于是好奇地挑战自己是否也属这块料。这一写，文字就跟随了我一辈子。为了拔苗助长，我19岁师范毕业被分配到老家人和中学任教时，还给自己定下硬任务：每晚把当天的生活在脑瓜里过滤一遍，写完三首诗再去睡觉，包括日常打个球、上节课、聊个天、谈个恋爱之类。诗集《中指与食指之间》里"世界跑出很远"一辑的作品，基本写于那个时候。鉴于那时的写作用脑多于用心，还是做了不少修剪。

教书期间，不得不提的一件事，是与同乡好友张水平、彭贵平（时称"人和三剑客"），共同创办新余民间诗刊《龙施泉》。想到这段历史，今天依然热血奔涌。雪天冰冷的钢板，冻得火腿肠一样的手指，逼仄的屋里摊一地油印诗稿，新余满大街分送简易装订的期刊，成为迄今脑海里最为凸起的记忆。那时的航标，是光耀诗坛的北岛、舒婷、顾城、叶延滨、蓝野，省内的江子、程维、殷红等。那种痴迷与癫狂，不亚于当下少男少女追星族的荒诞，以至于出现连续失眠一周的恐怖情形。现在想来，以这种力道做事，不知还有什么愿望不能抵达。

因了这种艰苦，才有后来在《江西日报》《江西青年报》《青海青年报》《安徽青年报》《江西教育》等报刊收获一些馥郁的铅字。时常出现在报刊上的"江西某某""新余某某"的署名，被本地文坛前辈胡履汉老师发现后，即通过诗友文野找到我，把我推荐到区政府做秘书。之后，时断时续涂鸦过一些豆腐块，直至派到乡镇工作，诗歌创作就基本搁置下来。

第二个十年情结，是诗歌的休眠期。看似事业如日中天，其实我更愿意把诗歌当作职业，这十年于我、于诗都是最为严重和抱憾的荒蛮。成天充斥于脑屏的，是非常逻辑、直观、抽象的数字、概念和伦理，甚至为了更快更好地驾驭公文与公务，没少有意诋毁形象思维和文学语境。闲暇之时，也偶尔瞄几眼路过的诗和持续搁浅的笔。

第三个十年情结，是在新余市仙女湖区工作期间，由于时间缝隙多了，自然挤身进来的也是诗歌。那时忙里偷闲，我开始写短句，学起传统的古风，几乎拜访了市内的诗词高手，把每一首新作逐字逐句拿来请教。后来，又在精读大量唐诗尤其李杜名篇和诗词理论的基础上，反复求教诗词方家在韵脚、平仄、对仗等格律上的考究，并把所有古风作品进行了格律改造，形成了旧体诗集《负手望秋》。说到这，还真挺佩服自己做事执迷狂热的那股韧劲儿。那阵子，除了用足八小时外别人打扑克麻将的空余和节假时日，还充分利用几乎每个深夜的时间去完成。这一坚持，也算是十年磨一剑。其间，面容憔悴过，神经衰弱过，也身体恐慌过，但觉苦中行乐，也就乐此不疲。

近年来，回到市里机关后，感觉没有县区和基层工作那么紧张，同时随着年龄的增长，开始谋划起将来二线后找个安置心灵的乐园。诚然，诗歌是首选，但这回是新诗。相对而言，新诗自由松快，不拘泥于形式，不需要太多挑字拣词、格律打磨的功夫。为此，常读前沿诗人陈先发、雷平阳、胡弦、王单单、张二棍等名家作品，反复碾磨消化。从他们身上，无疑收益良多。如果以公文方式总结诗写的方法，那就是定思想、做现场、找具象，融合三者精气神。

回顾起来，写诗千余首发表近半，近年还得以在《星星》《扬子江诗刊》《诗选刊》《诗潮》《绿风》《星火》《延河》《芒种》等连续刊发组诗，并有幸被批准为中国诗歌学会会员、中华诗词学会会员、江西省作协会员，更是给自己不少惊喜。当然，纵是拼尽黑发、日进三尺，但基于自身的积淀、技艺不够深厚成熟，难以到达预想的高度，写诗权当娱乐罢了。若要进而提升，当然只有两条路：一是大量研读诗坛最前沿、最优秀的作品；二是往心灵深处挖，诚实写作。

三十年了，时光不老，心依河东。有时想着，作为一杆有灵魂的笔，能为这个激情燃烧、充满物质和梦想的时代添上一把干柴，该是多大的幸事。

赣地

江西内部报刊（民刊）诗歌选（一）

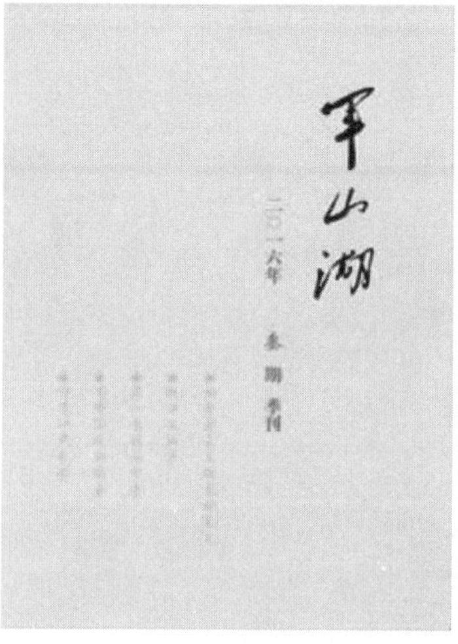

《井冈文艺》诗选

特约组稿：胡刚毅

《井冈文艺》由中共吉安市委宣传部主管，吉安市文联主办，吉安市作家协会协办。刊物属内部刊物，创刊于2000年。刊发内容以文学作品为主，兼及文艺评论、全市文艺动态。

冰（外二首）

胡刚毅

我决定，从今天开始融化
在阳光金灿灿的睫毛下悄悄融化
不再坚持自己的冷与硬
释放囚禁一冬的爱情、眼睛、手脚
释放一群好动的暴动分子
我要借小溪的嘴说话
说清澈洁白的话，说一波三折的话
说心平气和的话，也说雷电叱咤的话
不学那树以根拴住安稳的一生
而像春风像奔跑的江河去漫游大地……
当融化时，发现爱的疼痛已深入骨髓
我泪流满脸，消失了，泪还未干

打　铁

一块冰冷的铁敲打
另一块灼红的铁，如一只
大灰狼追赶一只羊羔
扑向一头牛犊
黑夜吞噬白昼的光芒
洪水淹没田畴的青翠……
这是一种刻骨铭心的
吻，暴雨骤雨的
吻，紧锣密鼓的
吻，一泻千里的
吻，灼热的红唇
反咬的却是自己
当滚烫的热情隐退
冷且硬的爱，铸成心里永远的痛

大地的眼睛霎时黯淡了

那朵乌云，渐渐
逼近一弯皎洁的月
一块大礁石要撞上一艘船！
快刹车！撞上就粉身碎骨了！

我的担忧多么多余！
没有惊心动魄的大碰撞
一切静悄无声，不知不觉
月融化进乌云的怀抱
大地的眼睛霎时黯淡了

读　雨（外一首）

徐　明

柔柔的春雨飘然而至
为喧闹和浮躁
注入了一丝清新
临窗读雨
雨丝编织的款款锦帛
把思绪牵扯向远方
封尘的记忆经过漂洗
泛起阵阵湿润的温情
风景摇曳着表达感动
透过爆响的新绿
依稀听到夏天呼吸的声音

听　雨

倾听细雨绵绵的诉说
爬满青苔的小屋

滴落忧郁
你说灰色的心情是孤寂的
我说来一道闪电
让所有的郁闷哗然而下
去大江大河奏响奔腾乐曲
彩虹升起的时候
大海为你鼓荡阵阵清澈
我会守望在海边
闻你散发的蔚蓝气息

盛　开（外一首）

曾绯龙

热闹的花期
天空无数蝴蝶的翅膀在飞扬升跌
每一对翅膀
都盛开天使灿烂的笑靥

笑靥恍若满地柔和的月光
点缀游子一个个难眠的深夜
被香茗浸润的记忆复苏
踮着脚尖流连在故乡的小街

小街伞花朵朵
上演一出出悲情的离别
漂泊的旅程没有风景
游子的泪水在远方邮来的信笺上凋谢

凋谢的还有曾经的风花雪月
一齐编织长长的心结
再美的盛开也会枯败
再苦的人生也要坚强书写

江　南

那弄晴的圆管
泛夜的菱歌是你么
牛背一声长笛
苍颜钓叟嬉水莲娃是你么
红莲相倚　白鸟无言
低头弄莲子的少女是你么
斑驳古渡　轻舟泊梦
那望断天涯路的游子是你么
箫鼓追随
衣冠简朴古风犹存的乡亲
是你么

采莲的江南
是西湖的明月桂林的山水
还是画家笔下意趣盎然的水墨画
许仙那把薄薄的油纸伞

其实　江南可采莲
江南就是那过人头的莲花
轻风拂过
热闹出万种风情

吉州窑（外一首）

夏斌斌

二十四座窑包　抓住一个穷途末路王朝的救命稻草
无法挽救八百年的熄灭　它们以遗址的方式无言什么
像一个老兵撩起了伤疤　时间就是一把盐
将历史腌制风干　让后来者品头论足
或咸或淡　瑕与瑜　荣和辱　前生今世未来
一缕青烟的高度离盛酒的器皿有多远
离一段酣醉的时光有几许
一条仿宋街　无非是美容术逆向
使之更返老而不是还童

木叶天目盏

摸一把旧的时光
厚重的包浆　风霜褪去了火性
像位隐者安稳　安寂　安详　抱朴守拙
不问繁华与富贵　碗底的树叶栩栩如生前的模样
新陈代谢　一吐一纳恩惠我们
盛载粮食　水　酒　窑火承传的唐宋之根
漫步古匣道　我就是左邻右舍的制陶工匠
没有我的一身泥泞　哪有世人的烟火气息

青花瓷（外一首）

罗启晁

细腰的女子
用纤纤玉手
轻轻地托着
细腰的青花瓷
青花瓷身上的花朵
盛开了一千年
青花瓷身上的青釉
美丽了一千年
青花瓷身上的裂痕
安静了一千年

细腰的女子没有想到
那只细腰的青花瓷
居然是
那个满头白发的老者
等了一千年的情人

有时又安然入睡。

天空哑口无言

你饲养了虫子
为什么又饲养
吃虫子的鸟雀

你饲养了东风
又为什么
饲养西风

你饲养了白天
为什么又
饲养黑夜

面对白云不停地追问
天空哑口无言

（以上原载 2017 年《井冈文艺》“诗歌双年选专号”）

《上饶文艺》诗选

特约组稿：杨思山

《上饶文艺》创刊于 2016 年 1 月，综合性文学季刊，江西省上饶市文联主管主办，系上饶市文艺界唯一一本综合性文艺期刊。

起风了（组诗）

子　晨

起风了

风吹过，一条街道上什么也不剩
我刚走过的脚印
转瞬便陷进浓浓黑色里

起风了，一丝凉意在一株草的叶尖匍匐前进

或许这样的夜晚才显得更像秋天
我接过餐馆老板娘递过来的盒饭
烫烫的温度，让我忍不住把它握得更紧
　了一些
戴眼镜的老板娘眼里流着泪水
她说，一吹风就会流泪，多年的老毛病
这让我想起了我的母亲
她们同样是分割黑夜的人
黑夜可以当作柴烧
把寒冷的夜晚烧成一张暖暖的床

我不知道这样说你是否能懂
不过这并不重要了
因为，在陌生的城市吹一阵同样陌生的
　风
我找不出任何责备黑夜的理由

胎　记

故乡赐予我的黑色胎记
我选择保留，并深深嵌入
我瘦弱的骨头里去

当我每次路过那棵沉默的柚子树
总是恍惚闻到了村庄的味道
身体里的胎记就开始蠢蠢欲动

城市的风吹瘦了整个冬天
黑夜却喂肥了一只猫的影子
拉长的身影，让恐惧总是无处可逃
我在寒风中的昵喃自语，被风一吹
就再也没人能够听见

等风来

等你，在一座城市的深夜里
空旷中，一声孤鸣悄无声息落下
昏黄的街灯碰落一地
形单影只的脚步小心翼翼
却还是碰疼一片枯叶上的秋天

等你，你却迟迟不来
从黑夜到黎明
只等来一声叹息

你若不来
我又怎能轻易提起满地悲伤

（原载2016年第3期《上饶文艺》）

生活的疼与痛（组诗）

杨思山

药　单

一张洁白的纸上
填满密密麻麻的天书字符
像某种方程式
不断计算我身体里似有似无的毒
看着一层层叠加的人民币数字
吓得我转身撤离

烈　日

七月正午，烈日当空
她的影子随着一张张招聘单移动
两百米、五百米、一千米……
影子越来越轻，脚步越来越重
像一匹跑累的马
倒在汗水的决堤口
一动不动

十　年

我已经无法说出

照片里的每一个名字
至于梦里的那个人
常常让我满含泪滴……

这一天

一个异乡人和他的妻子
在阳光明媚的早晨打翻了婚姻的清汤寡水
泪水涟涟的从民政局走出，彼此安慰、搀扶
确已形同陌路
他忧伤的目光拖延了火车的速度
坍塌于巨大的暮色中
手心里攥着的两本红本被他揉成一团废纸

中年负（组诗）

萧　萧

水墨中年

"经历一次荡漾
便有不愿停止的漪纹"
不在尘世中惊扰月光
只在心里，一遍遍回到南浔
回到百间楼
檐下春燕的啾啾里

我明显衰老了
南浔的水墨笔法，越来越淡
而怀中抱着的春天
羞涩地渗出
多年隐忍的乌迹

区别于悲伤
一个男人的处境
有水穷处的窘困和迫切
——南浔清幽，一个静谧的女子
捂着胸口，从我发际走过
留下一地白雪

不惑之年

一列绿皮火车追不上了
只能一个人在车站
踯躅，空茫

听广播里一遍遍
报着不熟悉的远方
内心的光芒，渐渐熄灭
昏暗的候车大厅
剩下喧嚣而无辜的海洋

中年负

离开得太久
春天已没有旧居
只有河流上的星辰
告诉我，背叛温暖的
终将被银针灼射

春天是一面镜子
我从背面
取出爱，再于芳菲的光芒下
映出苍白、羞愧的中年

春夜梨花
爬上岁月的废墟
爬上那轮月光的皎洁里
人们闻嗅深浓的幽香
完全不知
我在春风荡漾的夜晚
有多疼

（以上原载 2016 年第 6 期《上饶文艺》）

一个王朝和一个偏远山镇的往事（外一首）

树　弦

采茶姑娘婀娜的身姿，婉转的歌谣
躲藏于丛丛茶树里细细排练。茶树微颤
茶仙子也在精心思考来年的茶事
我想起一个王朝和一个偏远山镇的往事
紫禁城一定还有坪山茶的记忆
往日，千里运茶只为王侯将相
今日，千里种茶只为布衣平民
或者相反。我到坪山时，茶期已过
我无法透过采茶姑娘的眼眸解释茶的魅力；
我也不想翻开《茶经》探究茶的秘密
浮云般的时光抹不去漫山遍野的容颜
我息于肖叔家。夜晚繁星点点
万家灯火初明。肖叔搬出茶具
用一双一辈子种茶的手为我泡茶
允吸一小口，我又回到唐朝与茶圣席地而坐

杂　诗

石头不再沉默伸出隐藏的脚开始奔跑
蚂蚁紧随其后踩着无声的歌
菊花虽盛开，漫山遍野如阳光般灿烂
当行走的骨骸带着牙签般的脆弱
跻身于蓝天白云下火车的胃里
我就失去了同伴，如咖啡馆里受冷落的杂志
欺骗着自己。在一座无名的山脚
我绑紧球鞋带，形单影只地登山
风呼啸，大地颤颤巍巍，溪水亦潺潺
我仿佛听到树根盘旋成巨大的网向地下钻的声音
特别是握住另一棵树的根的瞬间。
溪水向山脚流，我向山顶走
枯萎的草瘫软在泥土温润的床上
变作一个整体。山不高，像故乡的一个小土包
我站在山顶时，夕阳西下，鸟儿倦飞
我四处寻找，扒开草丛
却怎么也找不到一枝茱萸插在头上
（原载 2016 年第 6 期《上饶文艺》）

对于海，我是孤独的火焰（外二首）

许天侠

一层一层的蓝，像孤独的纵深
必须原谅风的不羁
与梦的咸湿
原谅没有翅膀的天空下
一叶扁舟的缓慢时光

从起点开始，就与春天告别
隐忍暗流包藏祸心
对于海，我只是孤独的火焰
对于一面镜子
苦难总是率先发出声来

老　街

现在，一切都是安静的
就连阳光照下来
都是那么慢

看窗棂上那些霉变的印痕
岁月便在风中晃动
只有脚下的青石板

还贴着大地的胸膛取暖

依稀听到曾经的市井嘈杂
一群人忙着
与生活讨价还价
而现在斑驳的墙头
一只鸟立着，三缄其口

其实我喜欢这些老的物件
顺时把自己做旧
空荡荡，只有回声

影　子

一直以来，不敢与影子对视
它是我潜藏的另一面
从来就小心翼翼地安抚
让其寂静地活着
不闻花香，不谈悲喜

在尘世游历的太久，可我还是怕
怕一不小心，它就开口
道出真话

(原载 2017 年第 1 期《上饶文艺》)

《新余文学》诗选

特约组稿：李佩文

《新余文学》创刊于 2011 年，综合性文学季刊，江西省新余市作家协会主管、主办。

茶（组诗）

敖勇珠

一

纷纭的水气
总能轻易濡湿那道门窗
锈迹渐次渐隐

轻与重
左手幸福　右手爱情
左冲右突
杯里
鬓角青春渐白

沸腾
必需的情感与温度
为谁饱满
茶　涉过深秋
我是否在对的时间与你相遇

醇香弥漫
中年的身子微醉
一位女子
手握红酒　不经意摇摆

茶盖揭开
生活的嘴唇激情四溢
爱人
离开之前
我一生的香气给你

沉默的黑　给自己

二

跋山涉水　一位茶姓女子
婷婷而来

俗世里
只与水亲近
只认准
水的纯度与沸点

浓了淡了，热了冷了
茶

一生只爱一次
然后
繁华落尽

多少杯前
人们一次次啜饮
已然
不关风月

只是懂茶的人

心疼不已

三

从氤氲里取出云的白
析出柔软与静好

羽毛太瘦
载不动
许多香

在水里
茶说出前世与今生
说出
它腹部的十万亩花朵

爱　盐粒般闪亮
最初的约定
一眠千年
或朝如青丝暮成雪
一门虚掩　谁在惊恐
茶
缓缓转身
成传说

（原载 2017 年第 2 期《新余文学》）

渔村往事

黄丽英

炊烟，鸥鸣，浪花，海岸线……
枕着悠远的涛声，渔村的美
潜入蓝色的梦呓

出海的人，提着湿漉漉的渔歌
起伏于波峰浪底，打捞起一网网
鲜美的日子

女人奶着温情与希冀
把腌制的生活，系在男人的汗巾里
粗糙而又灵巧的双手，在网格间
穿梭

天蓝与海蓝之间，我是一个
娇小的渔家姑娘，风牵着我的手
把一个个脚印，留给
海水与沙滩

海螺像一个顽皮的精灵，隔着波涛
吐我一脸唾液

当我喊着渔村的名字，就有不尽的乡愁
从双眸里溢出，诠释着
内心的眷恋与挚爱

（原载 2017 年第 2 期《新余文学》）

乡愁，摇曳在绿与红中

龚　杰

一

蒙山、北文峰、仰天岗
巍峨成渝钤大地的脊梁
海枯石烂的时候
它们仍然挺拔为佑福的山神
绿色是痴情的望夫石
自从依偎在土地的那一刻
它的脚就不曾离开半步
甚至把爱情洋溢成抱石笔下的画卷
在袁河、孔目江的波澜里
总能看到母爱的姿态
每一条鱼欢腾时
每一朵花盛开时
都有被乳汁撑开的笑脸
仙女湖从传说中走来
在时光里升华成爱情图腾
慕名而来的善男信女
被爱情灌醉成仙女和董永
智者乐水、仁者乐山
荡漾在这片人间天堂
一个智仁兼乐的梦想悄悄升起

二

“五四”的火花飞越千里
溅在渝钤土地思想的干柴上
革命的火种一旦点燃
以一座火山的能量传递着真理
仰天岗纪念碑上的碑文里
铭刻着战士的音容笑貌
山林呼啸在仰天岗之巅
那是从时空里传来的冲锋号
当伟人与罗坊相遇
一个“诱敌深入”的战略思想呱呱坠地
思想的光芒穿透白色恐怖
架起一座七色的彩虹
照亮黑夜中革命的眼睛
兴国调查中的八个农民
每一句话，每一个语调
都在伟人的笔下擦出思想火花
成全了“没有调查就没有发言权”的
　名言
九龙山的群山在吼叫
一个个红色的故事随声远播
一个个英雄的形象被高高抬起
九霄之上，犹然看到伟岸的身影

三

我遨游在绿色掩映的山水间
就像在故乡的脸庞上抚摸
那神态、那笑容、那鬓角
早已闪烁在唐诗宋词的墨香里
闪烁在中国氧吧城市的荣耀簿上
闪烁在我条件反射的神经内
远方传来了红色的歌声
我的意念在老百姓的喉咙上游走
炮火、鲜血和红旗扑面而来
惊起记忆一池红色涟漪
当绿色与红色融合的时候
我突然听到，一个灵魂升腾的声音
一个游子骄傲的声音
在这种声音面前
所有高傲的事物
只能保持高山仰止的姿势和噤若寒蝉的
　谦卑

（原载 2017 年第 3 期《新余文学》）

每个人身上都蓄满雪花（外二首）

李佩文

飘于衣领的雪花
无时无处不在炫耀它夺目的白
它的无声出场
瞬间让美丽潇洒打折
落在棉毛裤管里的雪花偷着乐
密谋一场不可告人的
细菌战

我确定“去无踪”就是并不高明的骗子
“更出众”也是并不出众的吹牛家
爱美善良的人们还是轻信了
否则她们的市场寿命就没有这么长

忧患太多，欢乐太少
愁白三千青丝的人们
终究躲避不及一场覆盖其上的
大雪纷飞

空心樟

这棵上了年纪的古樟树
风雨镂空了它的心
雷电震掉了它的牙

但它依旧活得好好的
翠绿的茂叶是它油亮的发
遒劲的繁枝是它挺拔的腰
鸟雀们也恋上它浓情的家园

这时来了一群叽叽喳喳的年轻人
以树为背景，以人为中心
一个劲拍照，自顾自美丽
根本无心探索关于一棵古树
存活而不老的秘密

按

纸，按住了火
火，按住了唇
唇，按住了恨
恨，按住了眼
眼，按住了泪
泪，按住了心
心，按住了手
手，按住了语
语，按住了纸

（原载 2017 年第 2 期《新余文学》）

《南康文艺》诗选

特约组稿：黄禄辉

《南康文艺》创办于 1963 年，后因故停刊多年，2011 年复刊（2018 年更名为《南埜风》）。该刊由江西省赣州市南康区文学艺术界联合会主办，坚持“两为”方向和“双百”方针，突出地方特色和本土风格，以发表小说、诗歌、散文作品为主。

夜归人（外一首）

刘　鸿

穿越大半条街，再经过两处红绿灯
你会看见一个叫卖烤白薯的老年人
和他炭炉子里的红火焰
“甜白薯咧，甜白薯——”
他沧桑的声音渗着血

醉汉脚步趔趄
轰然倒地的响声惊飞暗影深处的麻雀

皮肉与灵魂格杀的图腾

恍惚在两道车流之间
你原谅一些异常的发生
也原谅随黑暗漾开的生活的水纹

一只流浪狗走来
啃着弃骨的眼神旁若无人
它的专注提醒你
风雨夜归
你也是一个惧怕严寒的人

别处的爱情

地图上
我和你的距离是一千多公里
一个精准的数据
要跨越，真的不容易

可这并不妨碍
你在清晨淋雨在夜里哭泣
也不妨碍我独自在小餐馆里吃一碗合
川鱼
冬天的上弦月升起
火塘里木柴已燃成了灰烬
我没有看见你的伤心

我只是看到迁徙的蚂蚁一路向南行
看到知更鸟用它的喙啄食着身体
我还看到瘦瘦的
盛开在别处的爱情
它们说
不必唏嘘

步行年代的乡村生活（外一首）

黄禄辉

在步行的年代，乡村的节奏
像老牛拉的破车一样缓慢
外出的路很长，回乡的路更长
孩子出生的喜讯要经过几天
才能告知外婆姨妈和姑妈们
被电报催着回来奔丧的人
总是不能见上逝者的最后一面

在步行的年代，人们习惯早出晚归
每天天还没亮就会响起开门声
有人走向稻田，有人走向深山
有人去简陋的厨房生火做饭
迎亲的队伍总是在天黑以后到家
搭载新娘子的自行车是借来的
而且是破旧的，它和两支唢呐
在摇曳的烛光下互相呼应
吸引众多步行而来的亲朋好友

那时我还小，我曾经步行
到镇上买连环画，到县城买白球鞋
现在的我庆幸抓住了那个年代的尾巴
我不是歌颂，仅仅是回味

从未到过的地方

盛夏。我在一小张白纸上
写下南极北极、雪山冰川
这些我从未到过的地方
遐想纯正的寒冷与凉爽

还有更多从未到过的地方
在我的视野之外若隐若现
它们犹如微弱的光芒
照亮方圆几尺的生活和奢望

落日：文峰塔（外一首）

蓝天李梦

此刻
蓉江的河水无法停下来
东山南路
越来越模糊的行人
无法停下来
南康大桥的公交车
大货车、小轿车、救护车、三轮车、摩
托车
无法停下来

芙蓉大道上，一对步履蹒跚的老人
刚在旁边的石凳坐下
又搀扶着，沿着河堤走了
此刻，没有人知道
只有我和文峰塔，还在坚持——
撑住落日

霜　降

寥寥几声
寒冷的狗叫——

之后，窗外
或者更远的地方，隐约传来
风的脚步声

是的，一整夜
风都在不停地搬运山村的黑暗

清晨起来
我看见，枯黄的草地上，风洒下的汗水
凝成了霜

夜　梦（外一首）

蓝希琳

月光，似无数把银刀
白晃晃的刀刃
在山石上雕刻
树，花，草，或者
一只路过的麂鹿
一只飞翔的黑鸟

总是——
犹犹豫豫，粗枝大叶
短暂的一夜
直到天明
也没有图案成形

流星成雨
整整一夜的等待
也变成了
一场空梦

蜜蜂的宿命

美丽的花儿开了
散发着阵阵芳香

我就是一只
为花而来的蜜蜂

把花蜜当作了酒
把花粉当成了粮

除花之外，什么
都不曾留下印象

我就是一只蜜蜂
为花而生

为花而亡

秋游大石浪（外一首）

雪青马

一个词，我没有说出口
秋天运来大朵的蓝
拾级而上，我是小朵的白
深溪大石浪，一川碎石大如斗
骨骸满地如侏罗纪的印章
千年蓝果树，是我此刻临风的形象
当秋天运来大朵的蓝
蓝果树的蓝，蓝精灵的蓝
冥想中，远古冰川深邃的蓝

秋天运来花瓣

一次交易，秋天运来雨水和花瓣
灯下的低谈。除了这些，还有什么
抵得上一首诗，当凤凰山传来三声鹧鸪
你独自对镜剪两根白发。人烟寒橘柚
还有什么抵得上一首诗，除了雨水
和花瓣。当你转过身，安吉大道
俱是秋色，老梧桐

（以上原载2016年第1期《南康文艺》“南康诗群2015年作品展”专号）

《长风》诗刊诗选

特约组稿：胡水根

新建长风诗社前身是成立于1958年的“大跃进”诗社，1966年停办。1980年，将诗社改名为“西山”诗社，1984年将“西山”诗社更名为“长风”诗社，取李白诗句“长风破浪会有时，直挂云帆济沧海”之寓意。会刊《长风》诗刊由南昌市新建区文联主管。

一条船的方向（外一首）

卢　炜

那些爱过我或者我爱过的人
沿着一条船的方向
跟随一条叫瑞河的水道
统统去了远方

我不知道远方有没有江南的韵致
有没有江南的行云流水
有没有江南的春暖花开
甚至有没有江南的长长雨季

也许远方才是他们的向往
船的方向才是他们的方向
包括我爱或者爱我的人
一条船就是他们的一生

（原载2015年第2期《长风》诗刊）

与一棵芦苇对视

这棵芦苇比我高
年纪一定没有我大
我与这棵芦苇对视的时候
夕阳西下

我知道这棵芦苇
在鄱阳湖经历了风霜雨雪
恋恋芦花
成为它生命里的最后绝唱

一位哲人曾经说
人就是一棵有思想的芦苇
今天我与这棵芦苇对视

我也成了一棵有思想的芦苇

（原载 2015 年第 4 期《长风》诗刊）

梧桐雨（外一首）

邓伍生

从宋词里飞溅而出
敲打一树惆怅
点点滴滴
碧绿色的情感片片飘落
牵引谁的泪

如期而至的日子里
细雨涉过叶脉
渗入心扉
梧桐树站立着抒情
温柔抵御季节的寒冷
目光生动无比
而枝叶伸长手臂
抵达雨的纤纤细腰
依然留不住去意
挂在窗前的那帘黄昏
于是滴落成秋声
被风惊碎

这树湿润的琴韵里
梧桐雨就是我
我就是梧桐雨

（原载 2012 年第 1 期《长风》诗刊）

听　雨

宛如琴声，沿音乐的阶梯
起伏，万千心事被拨动
娓娓道来

由远而近，从树叶间跳上
窗台，一滴滴独白
清凉地抒情

如期而至，就像赴一场
心灵的约会，用一些
湿漉漉的呢喃
表达慰藉

背负待滋润的日子，用风
剪碎流云，化作玉珠
飞溅晶莹的渴望
滴落有声

听雨，其实就是听心
就是听你

（原载 2016 年第 3 期《长风》诗刊）

妄　想（外一首）

余　培

冬至后，我在城郊
裹挟诗意，写下一些嘶哑的文字
有多少意象正在冬眠（接近荒芜）
比如，浣衣的女子
比如，穴居于草庐捣药的书生

我开始想起，只有你的美
永垂不朽。海水在冬季澄明
粼粼的霞光背后，我与你手牵着手
走出一首诗织成的梦境

你问我，在年岁荒芜里
有多少骸骨在此晾晒

（原载 2015 年第 3 期《长风》诗刊）

饮　酒

坐于深秋的大草堆前，和朋友及
过去的自己交杯换盏，大口饮酒

请给我牵来一匹马吧，要黑色的
不要让深夜里的囚徒发现一点光亮
我要写下一封家书，寄给你

——过去的自己酗酒死去

不要等我酒醉微醺，我担心
我会忘记。就像红湾公路
早已忘记了那些没有街灯的晚上

（原载 2015 年第 4 期《长风》诗刊）

清明酒

程建平

装一坛月光煮雨
寒潮来时少了几度
别的东西也可以留下
但请让我
再添今夜的杜鹃花

封好那初恋的温馨
等到青春过尽时
再掀开坛盖
足以使我老怀甚慰
这其中有许多情趣

遥想刘贺被贬
一醉二千多年
而太白斗酒诗百篇
气势如奔雷
至今仍萦绕在耳边

我喜欢这甘露般的琼浆
好像此刻
只需绵绵细雨相伴
飘然而下
才会清明大地醉了春天

（原载 2017 年第 1 期《长风》诗刊）

《军山湖》诗刊诗选

特约组稿：周启平

军山湖诗歌学会成立于 2011 年 4 月，以江西省进贤县我国县域内最大淡水湖“军山湖”命名。会刊《军山湖》诗刊同时创刊，系季刊。

草　鞋（外一首）

雷茂辉

走为上
第五次反“围剿”的硝烟点燃北上烽火
一条人迹罕至的路就从这里出发
草鞋是唯一的向导

路的负担很轻
草鞋的分量从没被人看重
路的压力太大
九百六十万平方公里全压在它上面

没有野菜草根的地方不叫路
生长野菜草根的地方也不叫路
路以草鞋充饥
草鞋却总是风餐露宿

路不识路
是草鞋带路爬过高耸入云的雪山
是草鞋教路走出自身的荒漠
是草鞋领路走向明媚的曙光

二万五千里长不过草鞋
两年的行程始终在十月
十月喜获丰收
草鞋是最珍贵的果实

诗的恋歌

一种悟性私自闯入婚姻的寓所
新的恋情在血管里奔流
我臣服在你的石榴裙下

举着太阳偷情
灯下厮磨　留背影亲昵爱妻
趁风雨交加做一次次无悔的私奔

方格格放牧你的大草原
骏马在我笔下驰骋
你的绿色旅途是我永远飘扬的旗帜

云里雾里　你这缪斯女神
我的苦苦思念分行相逢的泪
痴迷的恋情在婚姻外中暑

(原载2011年第1期《军山湖》诗刊)

爱情是朵纤巧的云（外一首）

王光辉

在人间待得太久，是一场病
一到阴雨天，就会反复发作……
织女总在担心：她巧手编织的霓裳会不会长满了雀斑、绿毛。
一到阴雨天，她就会坐在窗前发呆
对情郎的愁容，孩子的身影，视而不见
她总在想着姐妹们的笑声，多么动听
"乘风归去"嫦娥开辟的第三条道路多么实用。
只是苦了牛郎,苦了孩子,苦了老牵牛星
苦了尘世间好事的喜鹊
苦了后来的一位绝世才子秦少游：
"金风玉露一相逢，便胜却人间无数"

紫藤花开的日子

山上的紫藤花开啦
那些紫色的雾气氤氲　环绕着
群峰的脖子　缠绵　那悱恻的样子
映入谁多情的眼帘　缱绻

白云自谷底不断涌出　直上蓝天
匆匆忙忙地吻了吻黄峰岭的额头
又匆匆忙忙地离去　追着鸟鸣
风在林子里乱窜　扰了溪水一波一波清梦
受了惊吓的蝴蝶开始排练：一场华丽的艳舞
满山开屏

山下　一群又一群穿着紫色工装服的姑娘们
用不同的方言唱着同一首歌　川流不息

一路向东　一路向西　纷沓而来的思绪
弥漫着紫藤花的气息　在这温馨的日子
我是否应该拿起笔：为谁写一首紫色的小诗！

(原载2015年第3期《军山湖》诗刊)

写诗者（组诗）

周启平

河 流

肯定有一条河流，在心中流淌
夜以继日地，喧哗
没完没了地，打扰
我安静之时，就不是完整的
阻止、漠视及伪装，轻得又像徒劳
有一种流淌，是大势所趋

我看见我过客般的影子
如同我持有的一生一样渺小
我准备的所有的岸，都不能接纳驻足
　与停泊
那星光，已低首成一朵细微的浪花
最后的顽石，发出妥协的声响
轻浮的回眸，仅是对河床的诀别
而我顺流而下，拐不过弯来
像一个旁观者，对自己的命运露出惊讶

风，慢一些

一蓬枝丫，发现了我的足迹
轻轻的我，不想碰醒露珠和花朵
我的衣襟带起枝丫的响
行踪暴露了，我所有的秘密
都将大白于天下

最想，静静地穿过人间烟火
把所有的细节，变得美好
当我穿过青丝，又将吹拂向白发
中间那被掏走的时光啊
请慢一些，再慢一些
不要比我快。不要比我狠——

点 灯

点灯，是为了看清黑暗中的你
这个小小的举动，像一次预谋
夜晚的本色，是抹黑每个人
我们需要灯盏，还原自己
我们需要光，照亮脚下的人生

更大的暗与黑，将我们拘囿
点灯，让我们身体靠得更紧
我们互相取暖
穿过彼此的沟壑，找到隐匿的星火
总有一小会儿，我们是胜利者
夜晚这个魔头，也不能把我们怎样

（原载 2013 年第 2 期《军山湖》诗刊）

杏花楼（外一首）

吴志芳

时间在檐角飘过，芳踪难觅
湖水厮守的亭台楼阁
潜藏记忆。岁月的身影
在杏花和雨里，被人深情解读

行走在杏花楼的人
内心感动。梳妆台上余留的香味
在风中弥漫。一枝杏花
一座楼，都冷落成了一个个孤寂的影子
凄美、动人的故事，散佚民间
娄素珍，曾让一座古城泪水涟涟

在明媚的春色中
历史，点到为止。我们仰望，追寻
生息不止

春风吹拂，万物都被点化
一座阁楼，我们悟出了别样的情怀

我们都是不善于用语言表达的人

五月想起你，院子里
满树的石榴花就全开了

我们聚少离多，思念
隔着两个城市的距离
你在大山脚下
腌着咸菜，烘干泥鳅
然后，连同你的挂念
一起塞进瓶瓶罐罐
等我，翻山涉水去细细品味

在没有你的城市
我用诗歌的色彩填满空白
把对你的思念，一起
揉入文字的余音和绝响
等岁月，酿一种回味

你从不会在电话里说你想我
而我，也从来没有
在你耳边说过：
妈妈，我爱你……

我们，都是不善于
用语言表达感情的女人

（原载 2017 年第 3 期《军山湖》诗刊）

赣地

《诗江西》走进江西鄱阳采风作品辑

《诗江西》走进鄱阳创作采风座谈会在江西鄱阳举行

2015年11月21—22日，《诗江西》编委会主办，江西省鄱阳县文联、鄱阳青年诗社承办的《诗江西》走进鄱阳创作采风座谈会在鄱阳举行。

11月21日下午，座谈会在鄱阳县委会议室举行。鄱阳县文联主席徐燕、鄱阳电视台副台长方语致辞。《诗江西》诗刊主编陈正云，《家庭百事通》杂志副主编、《诗江西》执行主编李贤平，吉安市诗歌学会会长、《诗江西》副主编胡刚毅，南昌名家书画艺术交流中心主任、女诗人喻晓，《诗江西》编辑部副主任赖建文、编辑吴红铁与石立新、宁宏翎、赵锦恩、许天侠、关北、余晓、刘淑娟、陈昱锋、毕海平、王长江、徐冰峰、张新冬等60余名诗人出席。陈正云表达了对鄱阳的感情和讲述发生在自己身上与诗歌有关的故事，李贤平提出从鄱阳青年诗社到鄱阳诗群的可能性。部分诗人先后发言。陈正云向鄱阳青年诗社赠送《诗江西》等文学刊物。11月22日上午，代表们到鄱阳湖国家湿地公园采风。（文/图　关北）

异乡人

王长江

又下雨了。这生活派出的信使
又要给我传递什么
在这最远的驿站，我还没听到
马蹄声声

一树芭蕉还停在
过去，一树梨花
满地忧伤
檐下，那被反复弹起的旧时光

如十万支箭簇，从天而降，城池
并未丢盔卸甲。但有一只蚂蚁
停在坚硬的水泥制板下
它怎么被射中了呢

我看见一块玻璃隐忍的心
它泪流满面的时候
没有发出
任何声音

鄱阳湖草海写意

余　晓

在无念岛的草丛中
你必须反复拉伸镜头
才能最大限度，接近于
有。或者无

在西山的草坡上
你必须选择一种姿态
才能最大热情，投入
生。或者死

在鄱阳湖的草海里
有着人世一般的卑微和炎凉
居高临下，你
能想象一株草的年年岁岁
却无法看透，被春风遗弃的
命运的起起落落

稻草垛

严平主

傍晚总是来得太快
母亲唤累了
父亲接着来喊
父亲喊的时候
手里会握住一根竹条
细细的，抽在屁股上
伤皮不伤骨
痛得要命
这时候，稻草垛
往往一动不动
父亲走近了
用手一划弄
像一群小猪或小狗
一下子
我们四处奔逃
消失在村庄里
我常常躲在母亲身后

那些虚妄

包绮霞

梅，冰凌禁锢
刺穿的红，战栗
一些坚持开始动摇
比如深夜与一些文字产生温度
比如这单曲释放的无关情节
片断聚集的炫
是荒原中的罂粟

那些固执的
在虚妄中的热切
此刻，正一片一片地落
阳光，静坐，袅袅茶烟
“妈妈”，这童音的肉感
这不可理喻的
在世间

动物世界

赵丽萍

草原的风从雅典赶来
河流来自雪山
亿万株草木不谙世事

树叶，梅花鹿与狮子一同生活
这些原生居民大都自给自足
一根草，断其筋骨
一只鹿，是一场盛宴
丛林有丛林的法则
情感藏于，枝叶或双眸

很可惜
持禁令的猎人
一个没有知觉的闯入者
并没有发现

在冬日

应云霞

午后，窗前看书，喝茶

一片枯叶被风吹来，干皱的脸贴在窗玻璃上，停留了几秒，再跌落尘土
整个过程绝望而又凄美——
“没有什么可以抓住，能抱紧的只有她自己”

这让我想起一个咬紧牙关的母亲，难以概括的一生，
捧着隐忍的小日子，握着生活的大慈悲。

冬日书

周雪芹

阳光正好
两只麻雀在阳台上喧叫

栏杆上，丝绸被套泛着银质的光
小白菊立在墙角，不招蜂蝶

翻开的书，阳光在一遍遍的熨烫
寒夜里打开，还能触摸温暖

我扯下一根白发，弯曲的发丝
像是吸尽了四季的光。

晨　语

曹荷花

没有用手捂不热的日子
尤其女人这双手
就算是用寂寞换来半边月
也亮堂得生辉

对面阳台传来刷洗的声音
看来，她也和我一样
没过问天气

这年底的活就像晾衣竿
总忽略它承载的重量

灶台上那碗面条
冷了，再热热

致　你

范丹花

那束寒光是有声响的，
在梅花被冰冻之时
我冷，你也会冷吧？

所以河流的脚步变慢，
树木的孤寂有迹可循。

在水之下，也掩藏不了——
那些夜晚，
每一个梦境都好长。

雨　夜

张梅英

我在江南，初冬的雨夜
寻找一匹北方的白马
它在灯下
衔一朵
十年的栀子花

石　头

——秋登芝山塔

高启强

每一级台阶，都是一组符号
只是我有些陌生了
三十多年前，我随手拾起一块石头
在塔壁上写下“到此一游”

眼前的芝塔，翠绿紧拥，碧湖环抱
像极了一个久别归来、暗自啜泣的孩子
在故乡
我一直弯着腰，贴紧落叶和草木
唯有使自己成为一株草、一片绿
我才能消融内心的坚硬

江南听雨

伯　颜

我轻轻地走进这庭院
小径、草木、亭台
以各自的方式
安静、温婉
闺房里的女子，含蓄
等待归人
“南朝四百八十寺
多少楼台烟雨中”
我轻轻地走进长廊
水墨画的卷轴正缓缓打开

雨打浮萍
水面泛起，一圈又一圈
涟漪
模糊了谁的倒影
江湖险恶
小池，固守这一汪清水
大隐隐于市
站在岸上
子非鱼，安知鱼之乐

雨，淅淅沥沥地下
我陷入沉思
只是这雨
已经不是当年的雨
而我　也不是
那个少年

采莲女

胡茶荣

骄阳下
一群浑身湿漉漉的女人
头戴草帽迎面走来

她们接受阳光的恩赐
却又归还给太阳一张古铜色的脸
她们手里拿着蛇皮袋
像是捏着某种通行证
她们一路相互讨论着什么
像是渴望一枚闪闪发光的金子

她们奔赴荷田
气宇轩昂
生活的战场上
她们更像是一群勇敢的战士
湿漉漉的女人淹没于这片片荷叶里
淹没于那繁星似的荷花丛中
荷花还在开放
一朵，二朵
十朵，百朵
千朵，万朵，以至无数朵

夏　至

肖清英

漫步于姜夔公园
夕阳下的池塘，晚风中的荷叶
蛙声一浪高过一浪
我们聊着生活，也聊人生
从此及彼，又从彼及此

一阵风吹来，叶子顺势而起
回旋了几下，落在地上
夜色姗姗来迟
对面走来两位老人，相互搀扶着

外省

坚　守（外三首）

东方浩（浙江）

柳条儿基本绿了　在水面上晃悠
离岸不远的三四棵蜡梅树
枝条上依旧挂满花朵
——枯的

当初的蜡黄不见了
当初的芳香不见了
但花朵　真的还是密密的挂着
她们从冬天出发
一直坚守到三月的春风中

满脸倦色的蜡梅花呀
齐齐地肃立在枝头
是不是在等待一场
美与美之间的交接仪式

在一座山顶眺望更远的山

这个五月　云走的速度超过了风
阳光被云层遮挡
又从云层中钻出来
它照亮我的时候　远山阴暗
它照亮远方的时候　我在暗处眺望
在这一座山顶　在云走云散的时刻
我眺望更远的山　更多的山
那是连绵的群山　它们在起伏
它们在阳光和云层的变幻中
流露着自己的心情

那些山谷间的村庄　白墙黑瓦
一排一排　不整齐却有一种祥和的气息
告诉我人世间的无奈和选择
在一个城市人的眼中
群山间的村落和庄稼　有异样的光泽

当我气喘吁吁地登上一座山顶
当我在山顶的一块巨石上肃立并四望
吹拂我的除了山风
还有大片的苍凉和炙热的光线
山林、茶园和梯田　在远处在时光深处

听气象台预告

听气象台预告　一股较强的冷空气
从北方过来　影响我市
这个我市　肯定包括我初春时节走动过
　的乡村
和乡间的那座山　那片山坡

那片山坡上有我见过一次的小蚱蜢
我不知道它是否能够
听懂人类的预告
或者提前感知春天里的寒冷

一只小蚱蜢　曾经给我早春的惊喜
我希望　这样的一只小蚱蜢
能够安然度过春天的寒潮
在草丛下　在泥洞里

春捂秋冻　当寒冷袭来
我可以轻而易举地添加衣裳
或者裹紧衣衫　一只孤零零的小蚱蜢
你在山坡那边　能够添加什么呢

气象台的预告　在黄昏就得到应验
就算有无数高楼矗立　城市的每一条小巷
也有了一阵深过一阵的寒意
山坡上的小蚱蜢　请千万做好准备

渴望有风

天气日渐炎热　渴望有风
吹拂——吹树吹尘吹流水

奔波的途中　高处的叶子纷纷晃动
在地面上应和着的　是我的衣衫
和略显凌乱的头发

这样的日子里　内心的燥热
也在一点一点攀升　而流水依然平静远去

风吹动一切事物　包括看得见的
以及看不见的　那些深处的颤动
是另一种敏感的水银柱

而雨水终究只是在高空上徘徊
它们的表情　无以描摹

它们以云的姿态　投下影子
笼罩仰望的目光　我渴望有风吹拂
即使只是吹动一片书页、一小串文字

而我　真的将渐渐安静和清凉
在树林深处在流水深处　仿佛一片叶一滴水

我和风，一起穿过阿拉善（组诗）

水　尘（甘肃）

一

今夜，我把天空打扫得干干净净
来置放苍天般的阿拉善，就像我将青春
从容地安放在一首首诗歌里，听凭它们一起变老
天空埋在沙漠下，雪豹埋伏在沙棘叶上
一片鼾声，赶走牧歌
我轻轻卸下行装，犹如当年在家门口卸下
从田地里背回的青草一捆
然后，开始慢慢体验这苍茫和辽远
和雨水难以抵达的干旱和解

一场匿名的敬仰，沉入杯底
篝火的余光，填补着火与石的空隙
一副马鞍，驮载着一地骄傲而去
此刻的阿拉善多么干净

一个和硕特女子的出场何其重要
一道青春的吹鸣，定居在沙尘过后的预约中
暗生的，岂止是一场爱恋或者绝望

勒勒车在博物馆的角落里，灰尘披身
王爷府昔日仓皇的车辙，踉跄在一碗烈
酒的笑声里

二

有关阿拉善的内心，一场演出怎能表达
得清楚
有关阿拉善的历史，一首诗歌又如何能
清洗它的沧桑

王爷府缓缓步出的郡主，将箱底的嫁衣
托付给陌生的夫君
阿拉善最壮烈的爱情，逐渐像一幅年久
失色的画
被绛红色的喇嘛专心记载，走进贺兰山
西侧的寺院
满载嫁妆的驼队如期消失，幻化成石头
上的刻印或史诗

每次身份不明的侵扰，草场便迅速地更
换主人
牧帐里的茶香，被沙尘暴卷走
马头琴引领出，一场伪饰的演出
广场远处，雨水衰迈
水草丰足的年景，和王爷府里最后的奢
华一道消失
呼麦里缓缓递出——“苍天般的阿
拉善!”
伴舞的图娅，却再也看不见童年牧场的
绿色
我在冥想中亲近阿拉善：今夜，拿什么
来谢幕?
雨水远失的季节，拿什么来填补当年巨
大的绿色

三

一场秋色，突兀地闯入驼群
一族陌生的信仰者，从夜晚之外渗进
年轻的喇嘛，端详着一幅黑白照片
寺院在一场祭祀中露出短暂笑容

贺兰山之西，鹰的影子正划过经卷
多余的道具，全被收走
空空的阿拉善高地，需要一次清洁和
安宁
长调喘息，挽着呼麦退场
像骑手，将桂冠交付给年轻的出场者
五个部落的和硕特女子，分居阿拉善五
个方位
枕头下压着蒙文的《阿拉善秘史》
烛光下，吹来她们的耳语
黎明前的曙色，我怀揣一块乳酪上路
牛羊走不动的世纪，我无力定居于巴彦
浩特
回头刹那，听见青春渐失的骨缝间
回响着她们的体香

四

透过阳光，阿拉善看见自己的嘴唇
大地上写满：渴!
年轻的双峰驼眼含恐惧，守护着残喘的
老驼
鹰的影子，投下阴郁

这死亡逼近的季节，燥热烤焦了夜晚
风光摄影师的博客，挥霍着沙漠的赠予
记录者，端坐在巴彦高勒的夜宴前
笙歌、舞蹈、蒙古族少女，依次出场
冷风结束时，蒙古大帐里鼾声四起

这九月的清寒，吹醒哪家报纸的头条
何况，八月的女孩纷纷涌向城市
她们将嫁给一场失忆的背离，故乡就此断念
面朝沙海，谁被灼热，谁被冷却？
倒地的胡杨面带仓促，如果有脚
它们也会逃离，走向一个童话包围的季节

九月的风和祈祷穿行沙粒间——
请将一片雨水送给阿拉善，驼群就能站起
请将七分的冰凉给我留下，换取那三分的温润
请将绿色送还阿拉善，让它安详宁静

五

一段历史：行色匆匆
乌云走过，大雨清算成败
城墙瘫软，入侵者下令掘墓

酒事过后，帝国的躯体日渐衰老
蒙古探子穿越贺兰山，他们
像一个个神秘的文字，悄然间布满稿纸
最紧张的章节，由七次攻伐组成

那时，新鲜的酥油和年轻的女子缓缓出场
那时，年迈的工匠和经年的陈酿依次谢幕
角落中出走的民间故事，丰富着《西夏史》的装帧
一个民间艺人的胡琴
丰富了一个冬天的内容
就像一场结束少女时光的婚礼
丰富一个季节的目录
幸存的党项书生，爬过废倾的官院
通往记录的路上：那是大白高国

噤声而行　退伍的战马驮着发黄的经卷
消失在佛塔的斜影里　寺院之远
夜雨的僧人，黎明前更改籍贯
行色匆匆的书生
以记录和考证矫正被弯曲的部分
笑容背后的两行文字：桀骜和洁净

父亲在田野锄地（外二首）

月色江河（江苏）

六月的田野似一张试卷
父亲手握锄头
像一位考生手握钢笔
正在聚精会神地答着考题

陪着父亲一起考试的
还有家中的小黑
它蹲在离父亲不远的树荫下
屏住呼吸
生怕发出声息
打扰父亲解题的思路

父亲的考卷浅显易懂
没有难题，也没有怪题
只要用勤劳和汗水
这些题目都能迎刃而解

做了一辈子考生
父亲的解题能力很强
尽管如此，他仍不敢儿戏
生怕自己的粗心而失分

父亲做的题量很大

时间又紧
因此，他不敢有半点懈怠
热了，扯一缕风，揩一下汗
累了，喝一口水，补充一下能量

把一生交给了土地
父亲始终脚踏实地，一丝不苟
他要让秋天这位阅卷老师
给他打上一个金灿灿、沉甸甸的满分

种在楼顶上的庄稼

种的不仅仅是庄稼
而是一种病

每天，我像服侍孩子一样
爬到楼顶给它们浇水
定期，给它们施肥
有杂草了，手握一把镰刀

在楼顶上种着庄稼
不是为了粮食
是因为庄稼中
有我的农谚、节气和乡情
它就像一粒胶囊
能将我的乡思治愈

时光中的韭菜

韭菜发芽了，长高了
母亲拿着镰刀走进菜园
一个夏季
韭菜长了一茬，就割了一茬

在割长之间
我从童年到少年
再从青年到中年

站在菜园，我常常想
村上的人多像这韭菜
割了一茬，又长出一茬
长出一茬，又割了一茬

太爷辈的人，走了
爷爷辈的人，也走了
现在，村上只剩下
父母辈，我们这一辈，还有儿孙辈

看着儿孙们一天天长大
我觉得自己像一茬已经长高的韭菜
不知什么时候
一把镰刀会走进菜园

竹子终于在春天找到了自己的天空（外三首）

陈群洲（湖南）

它的独立、坚贞与节节向上
跟天空之下，随处可见的沉沦
形成多么巨大的反差

那些无知的人，有可能还在继续
蔑视剑的单薄与它发出的光芒
抖落一身泥土，它的梦想在天空
内心，有一万张翅膀

一夜之间，它就高出了尘世
被泥土埋葬的，原来不一定都是
末日和死亡。是向往，让它充满力量
彻底放弃，笋这童年的乳名
和有限的高度

如果不是一阵一阵的霹雳
没有人知道，地下

真的有呐喊

降旗仪式

他们，从贵州来，从西藏来，从广东来，从西沙来

他们是打工的农民，是放了暑假的
老师和学生，是第一次出远门的爷爷奶奶
是新婚夫妇，是刚刚学步的孩子

这些决堤的潮水，从四面八方，将天安门
广场的黄昏，涨成沸腾的五湖四海

他们亲眼看到了国旗。看到了护卫队员小心翼翼
捧着国旗，就像捧着整个国家的心跳
捧着，霞光万道的祖国

六月的一场雨

一直下到了七月。直至
整个南方，成为海

空气中的火药味越来越浓
水包着的火，动不动
到处引爆山洪

正在发育的水稻，都成了野生的
游泳运动员。没有腿的鱼儿
也开始在城市里走街串巷

越来越多的人忍无可忍。六月
出发的这一场雨，究竟是
一场雨，还是一场雨的运动

蓝鲸游戏

一个少年自杀了。这是游戏
最精彩的部分，也是至高境界
当一路厮杀的勇士，将荣耀
写上天堂，人们在现实的河流上
找到了这条酣睡的蓝鲸
十六岁的梦里，没有鲜花与微笑
没有疼痛。只有春风依旧
轻轻吹过，仿佛全天下的母亲
长一声短一声的呼唤

在工地（组诗）

史宝山（山东）

黄　昏

落日已经归隐，我还在西海岸的
工地上忙碌，钢筋、水泥、沙石
还有升腾的热浪，包围着又黑又瘦的我
口袋里备着藿香正气水
头晕的时候，就赶紧喝一支
塔吊高过弦月，脊背低于汗水

从不远处的寺庙里传来钟声
占卦问卜、焚香拜佛，都与我无关
我最关心的是每月的工钱
要交养老保险，要治疗老伴的心脏病
此刻，炊烟在附近人家的屋顶升起
想起有一次返乡，也是黄昏
给孙子带回辆玩具车，他双手搂着
我的脖子，在我布满皱纹的老脸上
亲了一口又一口

中　暑

三十六摄氏度，三十八摄氏度，四十摄

氏度
持续上升。西瓜、绿豆汤、大碗茶
挡不住滚滚热浪。一个钢筋工中暑了
一个木工中暑了，一个瓦工中暑了
我为同伴担心，也为自己忧伤
即使在火炉上烘烤，瓦工仍然把墙垒正
木工依然把锤子抡圆
钢筋工依旧尺寸拿捏准确

下了班的民工，像九死一生的
泅渡者，衣衫上盛开了一朵朵盐花
走在别人的城市，很快就被同行的
城里人，落下了远远一段距离

沉　重

一垛垛砌块，是一道道梁
那个搬砌块的人，矮瘦，佝偻着腰
长胡茬黑中泛白，脖子上搭根毛巾
已经分辨不出是什么颜色
他不停地搬砌块，咬着牙搬
秋风赶着落日，蚂蚁驮着大山

我喊他歇会儿，多大年纪了？
他操着一口浓浓的四川口音
说自己是独苗，六十二年前
那个早春的清晨，给他们家族
带来无限的欣喜和盼望
我问他有多长时间没回家了
他答非所问：幺儿还没成家哩

幸福的人

主体楼刚刚竣工，还没有安门窗
一个个方格子，有足以爽身的阴凉
夏天的晌午
一张胶合板做床
两块砖头就是枕头

满心欢喜地把自己放下
把手钩、锤子、瓦刀放下
把母亲的白发，妻子空荡荡的怀抱放下

你看，他们睡得多么深
像醉在了酒里
在这个城市，此刻
有许多
和他们一样幸福的人

荷花池（外一首）

李克利（山东）

黄昏越来越长，到这个季节已是极限
沿着九曲桥慢慢走，四周是浩浩荡荡的荷叶，托举起粉红和白色的荷花
有妈妈教孩子数荷叶上的青蛙
有少女忙着拍照，摆各种造型，青春四射
妻子和儿子绕池塘边的小径转圈
鹅卵石摩擦着他们的脚底
打开手机翻看朋友圈，众多关于荷花的
图片和文字，早在我的意料之中
似乎热闹过分了，之前和不久的以后
却是漫长的等待和寂寥

想起父亲高血压有一个月了
等到夜深，我要偷摘几片荷叶做茶
父亲，不要为我担心
白晃晃的月光会护送我回家

誓　言

河水上涨，涌向两岸的田野、道路、村庄

愤怒？报复？示威？答案是兼而有之
多年未见这样的场景了，看水的人满
为患
似乎应该愧对这条压抑了太久的河流
而我，对它还多了一份怨恨

河岸上草木疯长，芙蓉花开得正艳
阳光晃眼，少年的金叶和我
小拇指勾在一起，交换着誓言：
海可枯，石可烂，对你情不变
明明知道是玩笑，以后的日子却经常
想起
多么纯真的恋情啊，被后来的
一场大水卷走。我的心口疼
就是从那年七月开始的

发誓，那是很遥远的事情了
芙蓉花又开了，一只黄蝴蝶孤单地飞
我的相思是凋落的花瓣
随着风，随着流水，渐渐走远
那不是离开，那是相逢
真的，我不会编造故事。想起来了
芙蓉树还有一个名字：合欢

深　蓝（外二首）

刘向东（山东）

我们都习惯了
就把你叫着深蓝
只有那么一天，突然发现
你就在我们身边
静静地瞧我们
做二人世界的游戏
我们恐惧，想逃离，又无路可逃

在我们的天空下
你那么小，那么小
你的双眸明亮得像两颗星子
有一天你会长大，会离开
灯光师也要调大光度
让我们不敢相信从前
我们还是要叫你深蓝

深巷老歌

深巷，一位女子走在前面
迎面走来的中年男人
突然唱起一首老歌
二十多年前曾经火过
他不唱我已没多少印象了——
“鞋儿破，帽儿破
身上的袈裟破……”
他唱着这首“破了”歌
打我身边过，目不斜视

泉水夼的村碑

他怀抱流水，低成村庄的
一块石头。时光一直蹲守村口
黑夜，白昼，两个江湖高手
武功高不可测，如无常双煞
他祈愿他们难分胜负，永远
除了他怀中的流水，再也没有什么
打扰村庄的梦。譬如他的头顶
不会有飞机拉线

江西行（二首）

白　马（浙江）

心中的滕王阁

一篇文章，就这样
让南昌生辉、扬名

一个名字，就这样
永远活在一篇文章里

一篇文章，就这样
永远活在中国文人的心里

一座楼，就这样
毁了建，建了毁，再毁再建

名文托起名楼
名楼名文相依

一篇文章永远活着
一座楼永远耸立

想起方志敏

语文教科书上的一篇《清贫》
开始认识一个叫方志敏的烈士

《可爱的中国》更是被评为
百年百种优秀中国文学图书

一篇《清贫》，足以使天下
所有的金钱失去分量

一本《可爱的中国》
更是一个革命者满腔热血的写照

你被捕时，敌人搜遍全身
未能搜到一个“铜板”

一块怀表和一支钢笔
连同一个崇高的信念是你全部的财富

幸福的日子里，想想先烈吧
想起一种献身的壮烈

水中的妍（外二首）

余志权（广东）

水中的妍　宁静的
花朵　体味生的艰辛
还是怀念故土
她神秘的脚　甚至
踩着灵魂

下面穿绿　上面着红
水中的妍缘水而歌
琴在远处
奏响幸福的水声

这是生命的真
和心的姿影
漂泊的轶事
她忧郁的翅膀

我们赏玩　猜测
这水中的妍
悬浮　而且能盛开
这是思想
还是智慧

流　水

抽刀断水　斩不断
世界上还有多少东西能像水
以柔克刚
以柔拒绝彻底的明亮

在阳光下
半明半暗的流水
内冷外热　阳奉阴违

流水认石为鼓

呐喊心底不平
流水无意
蔑视着落花轻浮地离去

流水使坚强的的物质变朽
流水至少比钢铁更硬
流水不腐

水

此刻　一条鱼正从你胸前划过
如一粒谶语
开始了深沉的隐秘

有鱼的地方　有水
有水未必有鱼
有水未必有波浪
水就是这样做的

水来了
从瘦到肥
从肤浅到深刻
水去了
留下鱼或干涸的路

水是空间的一种
水是道路
鱼从这里往返故园
长时间隐瞒着自己的真相

在水上　我们摸不透
水和水质的鱼
这智慧的鱼和霹雳的水
一次次滑过禅意的手指
布道的身影玄而又玄

在水上　我们捧起渐逝的花朵

猜测它成为云的母亲
或海的女儿

写给母亲（外一首）

赵建华（山西）

我离开母亲很久了　母亲在乡下
什么用一道栅栏
把我拦在了母亲的背后
这么多年了　我在城市里
城市里有塔吊　香水和面包
街道光滑　还有　古城的墙上
挂着灯笼　据说
这座城市里的玫瑰
早已被一个节日预定空了

这么多年了　母亲在乡下
一双超重的手　粗糙地
盘点着生活　她的额头上
扎着碎花的头巾　在地里拾柴
她把腰弯下去　一天天地
为我们取暖
在母亲的目光里
我可以读到很多的画面
那画面是单薄的　也是澎湃的
每当　我想起母亲
我在城市里的生活总显得有些别扭
有些忐忑
我时常想起乡下的碌碡
水井和正月里窗户上的剪纸
想起母亲在风箱前
为我们清苦的日子使劲地加温
低矮的屋子里　她的前胸起伏着
脸膛被灶火映得忽明忽暗的
母亲　你容忍着　每当
我想起这些的时候
身上　好像就有无数的鞭子在抽打

找 寻

被一块石头压抑的心情
捆绑着我被劫持的灵魂
茫然地被遗弃在
落叶遍地的墓园
空气里散发着腐败
掩鼻而过都难逃附身的厄运
到哪里去保养一颗受伤的心
晒晒太阳也成为一种救赎
抚摸长满青苔的心胸
惊恐中双手合一
上帝的嘴角隐隐地
神秘而异样地笑着
我孤独而仓皇地逃亡
丢失的心被强盗掳掠而戕害
空空的躯壳被丢弃在
街区之外而不被认领

高原最美丽的时刻（外一首）

水　子（黑龙江）

胸闷，气短
我们拼命掠夺着下一次的呼吸

似乎每一棵草都可以轻易将我们击倒
我们渴求坐下来，在高原最美丽的时刻
打开一扇门，关闭一扇门

世界自此便再无寂寞可言
我们这些八月里穿着羽绒服的人
被山间的风吹拂着，同化着

好像一棵红松与另一棵红松
立在高海拔的水中，无法自救
也无法被解救
又仿佛松萝，悬吊在枝丫间
绵软、倔强。沾满藏地的薄纱似的雾气

折叠在一起，也依旧缥缈
依旧感觉到我们剧烈的心跳声

在束河古镇

人群已经去往另一个方向
整整一个下午，我转动那些经筒
祝祷的词，被藏地的风多次送回到体内

我着一身藏袍，让一个无辜的人
在日光下暴晒着千山万水

我们的山水都有遮饰
美丽如一个隐秘而虚空的脉象
来或者去，皆是瞬间

所以，我们将一下午的时光耗尽
在束河古镇，仿佛行走在古老的写意里
曾经拥有纳西人的姓氏
延续自己的血脉

暗 恋

李一丹（湖南）

因为你
眼泪不争气流过
带给我的快乐在深夜萦绕着
走过的路只剩我一个
缅怀记忆的滋味惩罚着我
倔强地让心情去流浪
未完成的约定成我内心的伤
音乐的陪伴抚平独处的孤单
开始新的生活并不是很难

不想回头看
不要泪水在眼眶里打转
心的承受能力已经没那么宽
闷了很长段时间
推开窗抬头望着刺眼的天
原来我的世界一直没有变
停驻在下雨的街边
任雨水把一切思念都冲淡
这次没有听话
你也不会怪我了吧
没什么好怕
真的没关系
只是没有你而已
找回坚定的勇气
未来的生活重新思考
用尽全身力气奔跑
那些无谓的烦恼随着汗水蒸发掉
肆无忌惮印证久违的微笑
日记里记载着我的祷告
告诉自己
Honey
我们就这样了
谢谢你
让我在爱情里成长
如果再见亦是朋友
或许不要再见

村 树

朱文科（湖南）

那时的村口，有棵老槐树
每到黄昏，树下会站着另一棵树
那是娇小的母亲，等待儿子回家

顽皮的儿子却不知道
他的出现，给母亲带来的
除了满目春色，还有泪

多年后，比老槐树还坚定的
那棵树倒下了。儿子的心上
浇出一片湿湿的绿树林

外省·山东诗人作品小辑　特约主持：马启代

萧萧白发（外一首）

桑恒昌

你看见这满头白发了吗
被岁月染成这个颜色
黑发逝去了
青春逝去了
还带走了
那么多的长辈和兄长
我兀立在生命的关口
悲壮地站在
阴阳界上，站成
遮挡凄风苦雨的血肉之墙
莫说一夫当关
就是万夫当关
这隘口
也会不攻自破

我只能用满头白发
为像流星雨一般
陨落的一切
披麻戴孝

野草赋

——写在木兰围场

在广袤的内地
在诗人李庄的笔下
杀死过许多镰刀的野草
在这没有镰刀可杀的地方
在康熙乾隆射猎的木兰围场
杀死过许多岁月
细如狼毫羊毫
却是一支支的大手笔
绘出蓝天绿地的模本
天下都为之称奇

几阵秋风
就枯了黄了
一场春雨
又绿着回来
试问
除了野草
谁有这大的江山

桑恒昌　1941年生，山东武城人。中国作协会员，中国诗歌学会常务理事。曾任中国诗歌学会副秘书长，《黄河诗报》社长、主编等职。著有诗集《光，是五颜六色的》《低垂的太阳》《桑恒昌抒情诗选》《爱之痛》等17部诗集。

祭　奠（外一首）

林之云

亲人们，请准备好
今晚，月明星静的时候
父亲会敲动你们的门
回家的路，已等候多时

当你们来到门口
请放慢脚步，院落已几经整修
但今晚，你们的照片还在
那些往年的灰尘还在

如果看见很多人，大的小的
先不要惊讶，想当初
你们中的寿者，活得比命运还老
而如今，孩子的孩子早已长大

明天，在太阳睡醒之前
我们会，带上崭新的纸钱
回忆的火种，和轻微的抽泣
再次，送你们离开

一路坐车或者步行
你们将回到我们怀念的土里
坐好，或者重新躺下
等着下一个梦，一路找过去

而今晚，整个院子都在等待
整条街道，都因温暖而缓缓飘动
亲人们从远处结伴而来
我看见，父亲的脚步走得更快

最难忘的

难忘那个夜晚，雨下在我的心间
滴滴答答，像是谁的脚步，走向夜晚的窗前
梦就像是一只小船，摇摇晃晃

记住的是南方那个院落
牵牛花，木格窗
两个人碰在一起的目光
就像滴在屋檐的雨，迸溅着轻微的惊惶

印象最深的，是你的泪
不是快乐至极，也非突如其来的悲伤
是自己的雨，滴在时间唯一的肩膀

还记得，那一棵芭蕉
叶子比天空低，比春天还绿
小院里那口古井一言不发
只是耐心地观看着，阵雨的彷徨

难忘的不是风，不是小巷里的背影
乌桕树旁，香樟树下，有两个人奔跑的回忆

难忘的不是抵达，也不是离去
而是有一盏灯光，在往事里总是明亮

一朵花，有时是夏天的全部
一场雨，曾经是天空所有的回响
难忘的事，往往不愿轻易想起
最刻骨铭心的，你每天都在试图遗忘

最难忆及的，是说过的话
像是落在青砖上的雨
跟随夏夜的脚步，悄悄流进远处的池塘

但有一句还清晰地记得
它落在盛开的牵牛花上
从那以后，那朵花就再也没有枯萎过
从那以后，那朵花就再也没有开放

林之云 原名赵林云。1964 年生，河南卫辉人。中国作协会员。现任山东政法学院传媒学院教授、硕士生导师。著有诗集《时间之心》《夜晚之心》，散文集《红细胞》等。

天空，光没有了，蓝也没有了（外一首）

马启代

天空是谁的广场？那些乌云暴雨
是否已经被统统招安？

闪电，雷鸣是否早已妥协？或
已秘密达成了和解？

天空，光没有了，蓝也没有了
鸟儿吃什么？

天空是谁的广场？失去地面的人
怎忍看到天堂也挤满了犬儒？

闪电，雷鸣真的已经妥协？不然
为何悲歌都给唱成了颂歌？

天空，光没有了，蓝也没有了
人们仰望什么？

蚯蚓，是地下诗人

——蚯蚓，是地下诗人。最懂黑，所以不说话
唱歌，但像元曲或宋词
它让土地穿越身体，如诗人让黑暗穿越灵魂

……所谓精耕细作就是从泥土里打磨词语
它不以柔克刚，只以小搏大

为了躲开人类的挖掘，那些血腥十足的铁爪
它必须把自己向深邃里写

马启代 1966 年生，山东东平人。现任中国诗歌网山东频道执行站长、《山东诗人》主编。著有《太阳泪》《杂色黄昏》《受难者之思》《黑如白昼》《马启代诗歌精品鉴赏》等诗文集。作品荣获山东首届刘勰文艺评论专著奖、2013 汉语诗歌盛典年度优秀诗人奖、第三届当代诗歌创作奖等奖项。

断　代（外一首）

杨岩峰

夜越来越深了　年少者还在村口徘徊
从哪里传来几声招魂的呼唤　月光下
他看到几个小脚女人载歌载舞　形同鬼魅
熟悉的节拍仿佛透着殷殷的血腥

那个不断被棍棒击打的老人已然下葬
他的儿女相继去了遥远的东北　此刻
年少者正准备绕开他颓败的院落
尽管回家的路因此多了半个时辰

到天亮还有一段距离　年少者很快坠入梦境
刚刚下葬的老人突然溜进待收的麦田

手中的镰刀
和昨晚那轮弯月一样锋利而尖锐　是时
候了
他不想也不能放弃这次做英雄的机会

年少者终于没有做成英雄　直到今天
他仍在为当初那个奇怪的念头感到羞耻

旅　途

火车票终于买到了　在去车站的路上
同行的人执意要去参加一位亲友的奠仪
我也给一家书肆绊住　其中不无手工
彩绘
还有毛边古籍　都是我梦寐以求的版本

主人是一位老成持重的少年　他不动声
色
始终没有让我讨到任何便宜　同行的人
还没到
我不得不继续与这位少年周旋　他当然
知道
此举我并非完全为了打发时光

乘车的时间已然错过　天色渐晚
书肆里只剩下我与少年　他胸前的饰物
一直在我眼前晃来晃去　在告别的刹那
我突然意识到他和我一位亡友竟如此神
似

人生的旅程不需要车票　也没有错过
满纸的经文就是至高的葬礼　当夕阳西
下
请看那个最幸福的人正与神一起　缓缓
走在用黄金 白玉和玫瑰铺就的康庄大道

杨岩峰　笔名岩峰。1964年生，山东宁阳人。山东省作协会员。曾任《泰山文学》《黄河诗报》《中国民族报》编辑、《京周刊》总编辑。著有诗集《太阳泪》《野玫瑰》《幻影》《挽歌》等。

秋天的地址（外一首）

寒　烟

我要去暮年的山坡上等你

我们已近得无法再近
两颗心几乎要透过薄薄的肉身
相互搂抱在一起

你那颗被虚无劫持过的心啊
深眼窝像寺庙里的一对空碗
静静地吸附我的激烈
我终于明白飘临大地的落叶
为何都有被岁月说服的安静表情
而那棵举起诀别之手的枞树
注定要高出众树
高过自身——

虚无，就这样来到我的唇上

四月：根的醒悟

四月，发情的大地汹涌着
与每一粒种子结合的原始欲望
我听见万物贪婪地生长
繁花缤纷的喧嚣，即将湮没
一座新坟在麦地里凄然隆起的荒寂

和着泪雨，把你送入
悲痛掘开的深土
让你那扎向来世的根

扎向生生不息的源头
从此，在四季起伏和五谷摇曳的深处
收获你悲喜交集的重生

四月的麦田躺着，哭泣着
松弛，柔软……
而我生命的田畴，已被死亡的犁
深耕：一垄垄闭合的犁沟里
埋着我那永远哭喊不出来的疼
那永在沉痛中沉降的——

断层的刻度

寒　烟　原名刘燕。1969年生，山东滨州人。现居山东济南。著有诗集《截面与回声》《月亮向西》等。作品荣获山东省第二届齐鲁文学奖、《诗选刊》2007中国年度最佳诗歌奖、中国首届“十佳”诗人奖等奖项。

蒲公英（外一首）

路　也

它们以为长一条粗壮的短腿，就可以
　跑了
它们渴望像词语在纸上狂奔
跑过高速路、湖水和小镇
从爱荷华跑到华盛顿

它们的勇敢开出了花，插在大平原的鬓
　角
仿佛向日葵的曾孙女，菊花最小的妹妹
它们这么多这么多，无数亮闪闪硬币，
　让风来结算
一美分，又一美分

要知道，黑土肥沃，赶得上沙发
两朵花如果挨得太近
就会恋爱，私订终身，未婚先孕

就会结出绒球，里面有一粒粒
摇晃的时间和漂泊的命运
就会爆破、离别，在南风里变成轻盈的
　不及物动词
是的，它们原本想跑，现在却变成了
　飞——
大地怀着怜悯，天空万里无云

达拉斯机场之夜

飓风在国土上翻跟头
飞机壮志未酬
趴在停机坪
今夜，安检口用X光透视着沉默
行李传送带传送着孤独
海关把守国家的大门，挂着一把大锁
我斜靠候机厅椅子，脚踏行李箱，准备
　入睡
旅舍七千公顷
空旷无比，像在追问人生的意义
旁边一对印度人
一个睡地板，一个睡椅子
突然想到，我跟他们一样
都来自东方古国，来自第三世界
我是诗人，他们仿佛流浪者拉兹和丽达
一个黑人小伙儿吹着口哨经过
朝这边瞥了一眼
几百年前他的祖先被贩至新大陆
又遇到那个姓林肯的亚伯拉罕
今夜，这个国家用一场飓风欢迎我的到
　来
两只箱子放在脚边，一小一大
小的叫故乡，大的叫祖国

路　也　原名路冬梅。1969年生，山东济南人。现执教于济南大学文学院。著有诗集《风生来就没有家》《心是一架风车》《我的子虚之镇乌有之乡》，长篇小说《幸福是有的》《别哭》《冰樱桃》等。作品荣获第三届华文青年诗人奖、《诗刊》新世纪十佳青年女诗人奖、《星星》2010年度诗人奖等奖项。

构　图（外一首）

散　皮

远离丛林，湿地和沼泽
伫立窗前的女人
品味蝴蝶飘浮在玲珑花旁

站在门口的男人，凝神
这个品味蝴蝶的女人
远方走来的男人，急欲进去
寻找那些已经结网的蜘蛛

也许时间和事件没有同构
阳光又一次路过女人的脸庞

远处烈日的山坡上
一条导盲犬，在流浪

人　格

祖母已经走了很久
她留下的鬼怪纠缠了我一生

那些千年树妖变化的翩翩少年
那些山神装扮的白胡子老头
那些夜晚化作少女的狐狸和黄鼠狼
一直左右着我的想象

我愿是赶考的书生
痴痴守着村东茅屋的些许荒凉
点亮一盏豆大的灯
念着黄金屋，颜如玉，状元榜

多少年了，那些鬼怪
也没有修炼成人的模样
做一个人好难
它们一定一边感叹着
一边守望着登上彼岸的渡口

散　皮　原名许加波。1963年生，山东日照人。中国作协会员。现居山东济南。著有诗集《镜子里的影像谋杀了我》《语言在草木中生长》《十诗人诗选》等。

日常之欢（外一首）

朵　渔

三月过后，挨过严冬的麻雀们
又开始在窗外的杏树上叽叽喳喳
我有时对它们的喧闹心存感激
感激它们为我演示一种日常之欢
新树叶好，菜青虫好，尾羽蓬松的
母麻雀好！洒在窗台上的谷粒
闪烁着无名的善。天啊，我这是怎么啦
我时常听到风刮过屋顶时像列阵的步兵
洒满阳光的床单下暗藏着铁器……

老诗人

他已须发皆白，老态龙钟
瘦弱，易激动，在家里像个霸王
但他又谦逊，大度，曾写过几首
好诗，江湖上有他一把交椅
不知不觉间，他的风格已经落伍
现在已是后生们的世界，他默默

待在书房，还写诗，但不再发表
还发言，但只是针对狗和老伴儿
老伴儿也早已拿他没办法
他承认自己的时代已经过去,但谁又不
会过时呢？过时的意思无非是
时过，境迁，人未变，而已
他的确没什么变化，依然爱诗，爱酒，
爱
女人，说到激动时，会突然伸出手去
往空气里抓一把，像枯瘦的龙爪
然后是一阵剧烈的咳嗽。

朵　渔　原名高照亮。1973年生，山东单县人。毕业于北京师范大学中文系。现居天津。参与发起“下半身”诗歌运动。著有诗集《暗街》《高原上》《非常爱》，文史随笔集《史间道》《禅机》《十张脸》等。

劈　柴（外一首）

宇　向

去劈
长满眼睛的树
去劈
满身伤疤的树
劈那个按照自己的形象
创造它们的主
树的主
去劈
主身上的眼睛
去劈
主的伤疤
它们立在自己的墩上
等待着起泡的手
抡斧头
干净利落

你走后，我家徒四壁

我的家曾是一座坟
堆满死人的书
我读书，是给他们
狂热地，给他们
直到你循声而来
把这里栽成一朵巨大的花
那时，你身无分文，心为圣徒
还信着我的神
你在此点燃炊烟。筑建农园
研墨。浇灌。放牧。旋风般撕碎猎
豹……
那时，诗行是噬咬着的
上一行成为下一行紧紧地
不能分开
那时，你无名，我便爱着空旷
像爱着濒死人的心，以为我是你
那时，仅仅一次，就能道尽终生

如今，诗行保持绝妙的平行
我衣袖尽空，跟别人没两样

宇　向　“70后”重要诗人。山东烟台人。现居山东济南。著有诗集《我几乎看到滚滚尘埃》《向他们涌来》《阳光照在需要它的地方》《其他的事情》《口袋里的诗》等。

白云桥之夜（外一首）

马晓康

数不清多少辆车了，将夜晚拉得更深
时间的马达声，越来越清晰
恐惧，让我试着对下一秒的自己窃窃私
语

游荡在街头的人，遁入黑暗中安置肉身
(我是外地人，刚从三里屯出来
午夜时分的欲望，比西伯利亚的寒流更
凉)

预言的、发誓的——
是啤酒杯里的泡沫

有人站在桥上，有人迎风坠落还唱着歌
还不到当一个登徒子的时候
影子仍在服刑期中煎熬——

锁上房门，我在日记中写道：
又有几个疯子失踪了
在脱衣舞代替交际舞的时刻
身负枷锁的人，对世界爱得更深……

去往马戏团的路上

一个人酒过三巡，月亮终于被灌倒了
霓虹灯趁机上位，也霸占了人们的仰望

楼下的车子和行人正在加速
声音，量不出眼睛到眼睛的距离
就蒸发了。道别
被进行了一半的手势代替

在不适与习惯之间
在童真与世故之间
窗口，像突然敞开的裂缝——
有人的舞台已经谢幕，而我的报幕人
还没有醒来……

马晓康　1992年生，山东东平人。现居山东济南。著有诗集《纸片人》《还魂记》《逃亡记》、长篇小说《墨尔本上空的云·人间》等，主编《中国首部90后诗选》。作品荣获2015《诗选刊》年度优秀诗人奖。

我所知道的山东诗歌（评论）

马启代

一

从未谋过面的诗人李贤平兄约我组织“山东十诗人作品小辑”刊发于《诗江西》，出于礼节和责任感，我一口应承下来。我主持的《山东诗人》有“地域板块”，每期也都要约请外地和山东本地的诗友代为组稿，我深知作为一家刊物主编的甘苦。这些年，我为不少刊物、网络平台、年度选本、排行榜等组织过规模、角度不同的山东诗人的稿件，也有几次因为各种缘由最终无法履约，但内心的感激和愧疚一直存在。此次时间已过去半年，贤平兄一再催办，其情难却，还让我撰文谈一下眼中的山东诗歌，思忖再三，君子应当守诺，因为君子只是理想，故真的不知如何下笔。

二

现今，我对谈诗越来越有一种内在的恐慌和拒斥，对于那些口若悬河的演讲家和下笔万言的才情文字有着自觉的不信任感。在我阅读过的某些诗学典籍和经典文论中，特别是在当下声名鹊起的一类名人的大作上，批注满了我一些深以为然的赞叹，更多地留下的是我也许吹毛求疵的质疑。如此下来，我的自信在左右摇摆。特别对山东诗歌，经历的时间也已 30 多年，这 30 多年毫无疑问是中国新诗当然也是山东新诗的黄金时期。事实上，我早已准备撰写文章谈自己的感受，但在我了解和理解的维度上，我知道就眼下是很难下笔、更无法轻易示人的。故此，我把诗歌的概念缩小为“新诗”来理解，而且进一步界定为“当下新诗”——“新诗”这一概念我在严谨的言说中多用“新汉诗”来替代，尽管在不很严格的场域中为沟通交流的方便我也多沿用统称。

三

事实上，这些年来我对山东当下诗歌多有关注，除了编辑《山东诗人》外，我从 2013 年起还主编年度选本《山东诗典》，并向其他全国性的年度、双年度等不同的选本提供部分山东诗人的作品。这些工作使我能更深入地阅读和理解山东当下的现代诗创作——“现代诗”这个概念的内涵与我所称谓的“新汉诗”内涵有着更多的一致性。根据我的了解，华艺出版社 1989 年出版的《山东诗人诗歌集》是具有官方性质的选本，留有明显的意识形态痕迹和政治选择标准，但毕竟给我们留下了认知历史真相的窗口和线索，甚至可以说反思和审视的脚本。那一年，我也主编了《泰安青年诗选》《中国青年诗选》《当代青年诗选》，不过，或限于地域，或边界太大，都不是典型的“山东诗歌选本”，也没有正式出版，但无疑里面山东诗人占了很大一部分，许多史料都有所记载，其纯粹的民间性在另一个向度上获得了存在的价值。1999 年，《山东新文学大系·诗歌卷》是另一个重要的官方选本，其《现代卷》和《当代卷》涵盖了主流文学史上的大多诗人，但在当代部分，除了意识形态仍然明显外，圈子化痕迹十分明显，也有一些重要诗人未能入选。到了新世纪，随着网络技术的发展和自媒体的崛起，诗歌创作进入一个喧哗的时代，有的称之为“准诗歌时代”“广场舞时代”，在失去精神和信仰引领的背景上，商业文化催生的低俗娱乐文化甚嚣尘上，诗歌从反抗到宣泄、诗人从自立到自娱、诗坛从英雄时代到群氓时代演化。我记得房伟在《新世纪山东新诗的审美意识流变》中做过梳理和分析。而这一时期也催生了一批又一批“60 后”“70 后”的写作热情，从“下半身”的出场，到各种流行诗体的盛行，直到“口水诗”假借“口语诗”的旗帜形成信徒吸收和全面布局，即便那些不无解构功绩的“教主们”也深中不断解构的魔咒，让人想到那些不断革命的领袖们给美好理想所形成的颠覆。这一时期，中国文史出版社 2007 年出版的《层面：新世纪山东青年诗选》（孙方杰、王夫刚主编）开始有了“史”的冲动，书中收录了 22 位青年诗人的作品，但显然，诗坛是“多面”的，而且这个“面”可以从不同的角度理解。事实上，我们可以列出另一队优秀的青年诗人构成的另一个重要“层面”——这既说明山东青年诗人人数众多，又说明对于诗歌史的叙述从来不会有唯一的标准，历史的丰富和精彩只能在一些选本中呈现几点或几个侧面。我想到的没有入选的诗人如朵渔、宇向、李庄、格式、蓝蓝、孙磊、徐俊国等等也是一串不短的名单，当然我那时已疏离诗坛十余年，在写另一首人生的大诗。2008 年，中国文联出版社推出 5 卷本的《山东 30 年诗选》（王夫刚、孙方杰、谢明洲主编），其体量和意义都不容小觑，尽管留有当下选本的通病，但其展现的勇气和付出的心血本身已值得赞许。2012 年，山东文艺出版社出版的《册页：新世纪 10 年山东诗选》（王夫刚、董忠堂主编）是对山东新诗的又一次历史定位的努力，抛开选稿的局限性，如果我们对选编者多一些体谅和理解，这部选本仍是了解新世纪 10 年山东诗人不错的参考选本。此后不久，2015 年，中国文联出版社推出的两卷精装本《山东诗人 60 家》（谢明洲、孙方杰主编）则是一次公开的经典化举动。书中没有任何选本说明，主编之一的孙方杰在题赠时写道“遗珠之憾时时有，此集编选更为多”。这当然是谦逊之词，从某些方面看，也当是清醒的道白。但作为一个民间选本，任何人也没有苛求他人的权力，正如任何人也没有剥夺你表达看法的自由一样。存在的在某种意义上就有他的合理性，此后孙方杰开始主编《山东诗歌年鉴》，成为继我主编《山东诗典》后又一个有价值的山东年度选本。当然，山东省作协近年开始编辑《齐鲁文学作品年展》《山东作家作品年选》等书，也是研究当下山东诗歌一个有益的资料补充。也是从 2015 年起，《山东诗人》杂志社开始主办“首届山东青年诗会”，还从 2016 起颁发《山东诗人》年度奖，加上我自 2013 年年底起开始主编“长河文丛”（以诗集出版居多），山东诗人个人出版的诗集也是令人鼓舞的数字，质量虽参差不齐，但优秀诗集也数量可观，而且带动了一大批诗歌后备力量的涌现。

四

另一个方面，我对山东诗歌的关注，还表现在我对山东诗人以及诗歌理论研究的关注上。我也写了不少关于山东诗歌现象以及山东诗人和作品的评论研究文章，早期的结集在我的第一本诗歌评论集《仰看与俯视》中，此集曾在1998年获首届山东省刘勰文艺评论专著奖，集中对“黄河诗派”、新时期山东诗歌的困惑与出路有宏观阐述，更有关于苗得雨、孔孚、吴开晋、桑恒昌、塞风等诗人的多篇评文。这些文字虽谈不上有多少学术价值，但也足见我从创作伊始就立足山东诗歌和诗人，立足当下诗坛，特别在某一点上，一些文字还可看作是我另一种文体的创作。自20世纪90年代起，我为许多诗友写下大量的序文，至今总数大约有300篇吧，单结集的就有《为艺术之神布道》和《长河文丛序文集》两种，其中有一半是为山东诗人的诗集所写。其实，早在1993年《桑恒昌论》出版时我就说过“我把写评当作写诗”。现在看，我把写序也当成了写评，本质上都贯穿着我对诗意的体悟、把握和呈现。我说这些，因为我长期把诗歌和评论当作两条腿走路，两者都保持与所谓“俗”和“雅”的距离，其实是想保持自己的独立立场、自由态度和个性表达。我在诗歌写作上倡导“为良心写作”，在诗歌评论上尝试“诗意批评”，这一切让我对山东诗歌的把握和认知多了一层经验和一种体验。近年来，我回归诗坛后除了个人诗歌创作，伴随着理论思考，我对诗歌现象、青年诗人创作和山东诗歌史均予以关注。2013年6月，中国作协在北京召开山东青年诗群研讨会，集中就10位青年诗人的作品进行研讨。一时间，山东作为诗歌大省以及“山东诗群崛起”的口号盛行，我觉得，过度重复的宣传会造成人们认知的盲从，从而使诗坛产生幻象。为此，我对这些无由头的概念，看作人们集体无意识轻浮狂欢的借口。认为在由庙堂和江湖所构建的混杂诗歌生态环境里，这些称呼和人为制造的概念令人忧虑。在拙文《苍茫高原上的绚烂和驳杂——读“汉诗山东”（一）小记》（载《汉诗读本》总第2期）中，直言不讳地说，我看到的山东诗坛只是一座苍茫的大高原，正是因为高原的绚烂给人的幻觉，在某一个海拔上，个性的山峰被掩盖着、模糊着，他们虽共同抬升了当代诗歌的高度，却还难见隆起的喜马拉雅山峰。但我对青年诗人一直十分关心和关注，除了前面提到的创办山东青年诗会，我还在2013年到《山东文学（下半月刊）》做编辑工作前后，连续对“90后”“80后”“70后”诗人专号撰写了综述性文章，分别是《90后：悄然站起的诗坛新生林——读〈山东文学〉“90后诗人专号”散记》〔《山东文学（下半月刊）》2013年第1期〕、《80后：碎片化年代的诗歌英雄——“中国80后诗人诗歌作品大展”编辑手记》〔《山东文学（下半月刊）》2013年第7期〕、《70后：理想主义年代的最后背影——〈山东文学（下半月刊）〉70后诗歌大展编辑手记》〔《山东文学（下半月刊）》2013年第11期〕。这些文章有褒扬、更有批评，热诚其心，辛辣其表，赞美有度，批有分寸，全来自我对他们的关爱、阅读和对诗歌的理解和敬畏，以及作为一个诗人的责任与担当，特别对山东籍诗人，肯定投入更为关切和苛刻的目光。“90后”的很多诗人后来都参加了首届山东青年诗会，有的还获得了“新锐奖”。其他我写的文章还有给深圳《大象诗志》编辑山东“70后”诗群时写的《流散与坚守：山东“70后”诗人尴尬而辉煌的精神羁旅》、《山东诗坛：沉潜的掘进与缓慢地上升》和为《山东诗人》写的刊首语以及为《山东诗典》写的序、跋等。其实，我的所有发声除了来自文本阅读，还来自好多文学史家和学者的启迪。从1983年山东文艺出版社出版的《山东解放区文学概观》（任孚先、赵耀堂、武鹰）下编第四章对诗歌的讲述归纳，到2002年12月山东教育出版社出版的《山东文学通史（下）》（乔力、李少群主编）作为山东省社科“十五”重点项目，有史以来第一次较为全面地回顾山东文学的历史沿革和精神流变——其中对诗歌的解读虽也有偏颇之处和流行的学术认定，其对新汉诗历史的梳理虽不无疏漏和偏颇、许多持论也缺乏更为坚实的学理依据和文本支撑、许多取舍不可避免地带有政治的、视野的和思想的局限，但有章亚昕等学者把关，瑕不掩瑜，其开创性的努力还是为我们提供了弥足珍贵的视角和素材，应当看作是一个里程碑式的著述。而在这期间，齐鲁书社2005年出版的《山东分体文学史·诗歌卷》（李伯齐主编）从文体角度梳理了山东诗歌史，可惜只写到了清代；人民出版社2009年出版的《齐鲁文学演变与地域文化》（李少群、乔力主编）则从文化原典、个案研究、古今演变的角度具有了打通古代与当代的诗学意义；加之出版的众多作家论之类的文章和图书，例如赵月斌、张丽军、马兵、房伟等所写的系列诗歌批评文章，如《齐鲁青未了：山东文学的现实和未来》《山东诗歌：在左顾右盼中崛起》《山东青年诗群：沉潜于生活深处探寻》等，使我们能够透过诗坛浮躁的表现，看清它比较真实的精神走向和美学脉络。

五

也许这些文字我们有必要记住：在由“一山一水一圣人”构成了独特地域符号的齐鲁大地，汉语新诗的发展无疑也在近百年的社会历史背景上形成了自己独具特色的诗学传统。且不说新诗史上开创期很多让人耳熟能详的人物和事件与这片山河以及生息在这里的人们有关，单就我们常常津津乐道的所谓“新时期以来”直至今天，许多以自己独特的诗美风貌沉淀下来的名字，在风生水起的诗潮边缘，无不因对新汉诗理论和创作的建设性贡献而熠熠生辉。

抛开某些论家的定论，我以为在近五十年的山东诗坛，食指、孔孚、桑恒昌是在三个诗学发展阶段不可绕开的标杆。食指作为中国新时期新汉诗的祭酒，一直散发着可贵的精神气息；孔孚的“远龙诗学”和“减法”诗艺对中国古典诗学精髓的接续，在“探索”和“实验”的推进中独树一帜，可谓引领诗坛“返乡”的先锋；桑恒昌的“情感诗学”和“寸法”诗艺指向中国汉语诗歌的本质，其在“现代化”和“后现代化”的背景上所显示的进一步返身自顾和踽踽独行，正是山东汉子落地生根似的艺术自持和自信。我这样的表述是在说明，尽管我们产生了一些紧随“先锋”写作的诗人，甚至诗坛上的每一次潮涌都能看到山东诗人的影子，但显然，山东的历史文化博大厚重的超强引力，使这些人终归无法成为真正的弄潮儿。另外，我一再讲到的还有一点，就本土而言，孔孚接续东方美学传统的启示和桑恒昌承继诗歌情感本质的写作其对诗坛的意义与食指当年的精神启蒙一样不能忽视。但显然，这些对诗歌最大的贡献正被遮蔽和漠视，特别让忙于课题和薪水的学者们不屑一顾。当然，他们都有着特定的接受群体，社会上接受的广泛性与专业层面上的肯定不是一回事，但也许所有的大河都要回归大海。

此外，按照吕进先生的分析，他把新时期的诗歌高潮划分为三个群落，即归来者、朦胧诗人和“新来者”。他在历数了归来者和朦胧诗人的成就之后说：在新时期诗坛上其实还有一个“第三者”——“新来者”。双峰对峙的时候，“第三”往往具有重要的诗学意义和哲学意义。在他主编的《中国新时期“新来者”诗选》中，收录了100位诗人的作品，其中山东诗人（包括祖籍山东的诗人）入选11位，他们是韩瀚、雷霆、赵恺、桑恒昌、曲有源、纪宇、李钢、马丽华、曹宇翔、徐鲁、马启代。其数量虽不能完全说明什么，但从一个侧面可以窥见山东人在新时期新汉诗谱系中的位置与重量。同时，从他们身上，足见山东文化精神在诗歌王国里的奇特影像。当然，我们还可以从很多方面论证出山东诗人不在潮头，但并未离场的事实，如三届海子诗歌奖主奖都是山东诗人、首都驻校诗人一多半来自山东等等，我想更重要的是，山东诗人源自中华文明根部的精神滋养，使其在诗美风格的形成上显示出的坚实和深厚以及博大的家国情怀，一旦与现代文化素质获得共融，肯定让书写具备穿越文明共性的文化个性风采。

当然，还需再一次表明对朱大可先生在《文化退化与文学断代》（载《诗潮》2014年第5期）中所下论断的认同，事实上，在人类文化的认识上我同样也是一个悲观主义者，至少不是“文化进化论”的同谋者。易中天先生说，文明要趋同，文化要求异。社会的技术发展和物质丰富正在释放欲望的潘多拉盒子，精神坍塌和道德沦丧正演变为加速走向末日的行走。这一轮人类或许有办法自我拯救，但作为诗歌这一古老的艺术，是否是人最后的拐杖？……是的，我是一个心怀悲凉的浪漫主义诗人，我怀着英雄和奴隶的双重梦想，我睥睨地看着这个社会，但不放弃手中的笔！

活着、醒着、写着，如此就是天下大事和喜事，对于我们山东诗人，尤其如此，如此而已！

新活力·江西"80后"诗歌联展（一） 特约主持：李贤平

告　别（外二首）

林　珊

原谅我。隔了几个寒凉长夜
那一声告别，我还是无法开口说出
你们也是。此刻，黄昏隐现
澄静的湖泊被秋风一层层吹皱灯火下，摊开的旧纸堆里
我只能缓慢地，写下一曲骊歌
写下掉光了叶片的柿子树满身孤寂
露水伶仃，稻草人站在旷野里独自叹息
辽阔的暮色带来了钟声，佛号
即将熄灭的火苗
还有你们转身离开时，灰黑色的影子
可是。对抗痛楚的法门，我一直未能找到
原谅我。我还是不能和你们拥抱在一起
在黑夜的尽头，哭出声来

七　夕

我想在一首诗里写到你
写到杨柳拂堤，你穿过人群，找到我
那时，我已不再年轻，眼角长出了鱼尾纹
黄昏时给绿萝浇水，白发开始在夜里疯长
读《百草纲目》，对草药铺的阿婆言听计从
抚琴，写诗。让你照亮我，前行的路

我想在一首歌里想起你
想起大雁南飞，你点燃灯火，抱紧我
那时，黄昏已至，暮色降临
打开秋风的锦囊，我相信了秋水的绵长
及花朵的芬芳。
此时，我不谈《诗经》，不说冷暖
只想在你身旁，打捞起那片皎洁的月光

秋天十四行

院子里的最后一枚红柿子已经落地
我捧在手里的书也已经翻完
而一地葱兰，还在秋风里
静静地燃烧。我坐在水岸
看夕阳游走在山腰
远处的琴声，越过青苔
缓缓地从石阶上倾泻下来

多么罕见，路边的乞丐手持拐杖

穿过栅栏，站在香樟树下
向每一个经过他的人祷告
“愿菩萨，保佑你平安”
我看到他的嘴唇一张一合
和多年前，我曾在庙里看到的一样
那满脸的虔诚，让人看了多么心疼

林　珊　1982年2月生，江西全南人。江西省作协会员。现供职于江西省全南县文化馆。著有散文集《那年杏花微雨凉》。曾参加第四届《人民文学》“新浪潮”诗会。

肖　像（外二首）

程小雨

陷入中年的美丽的脸
难以言喻的恐怖滑出眼眶
她在镜中反复描眉，反复疑惑
该如何创造脸的证词
独一无二的言语林立，塑造着她
而数十年聚睛为镜前的惶恐
彼此观看那难以相识的陌生肖像
镜中人固有直视的任性
而她可感的全部却混沌不可知
不可知的眉眼，不可知的
欲语而坠入沉默的嘴唇
使这久立的肖像离散，像空中
驰骋过的鸟鸣，透彻却遥远

一个诗人的名声

作为一个诗人
玛丽在南方的D镇收获了她的好名声
但她以为这并非源自
人们读懂她的诗
而是那种作为一个隐居者
在偶尔出现的语言中
众人所捕捉到的零星半点的面孔
这正是玛丽的自我形象
边缘的，如同黑夜尽逝，
地平线深处露出的一点白光
如同她在此世的河流之上
混入更无边的水系

日常幻觉

我崇尚陷入幻觉的生活
每日在十六层高楼
探听城市的百般嚣声
化身为这巨大喉咙上空漂浮的云
唯一的一个沉默者
没有双脚，甚至没有眼睛
仅仅是听觉将我引向混沌的人潮
我沉溺于这个隐形者的身份
正如它就是我三十年来记忆的日常
存在着像沉睡一般
总是揣测着寂静的黑夜即将耗尽
耗尽最后的嘶哑
而死亡却似一场盛大的接风仪式
我们正是如此痴迷于昼夜交替的时刻
仿佛万物生，万物获得重释生活的可能

程小雨　1987年2月生，江西景德镇人。现居江西景德镇。陶瓷艺术撰稿人，兼事诗歌与随笔写作。

原　谅（外二首）

包华其

母亲原谅了孩子的晚归
土地原谅了庄稼的歉收
天空原谅了雾霾的侵袭
河坝原谅了暴雨的冲击
森林原谅了火苗的放肆

酒精原谅了胃口的贪婪
皮带原谅了腰围的疯长
双耳原谅了噪音的污染
眼睛原谅了手机的诱惑
黑发原谅了白发的鲁莽

尽管如此
我还是不能原谅自己
不能原谅，一个所谓的诗人
从来不敢大胆写出自己的
故乡

郝桂花

多好听的名字。郝桂花
棉花糖一样
柔软过多少男人的心

辍学后，去了东莞
渴望像八月枝头的桂花
在村子里一吐芬芳

2014 年。一阵飓风将她吹回村里
阳光下，郝桂花脖子上的项链
金灿灿的，那么刺眼

姐　姐

五岁的妹妹，是一粒开心果
天真无邪的笑容
可以融化她内心的积雪

爸爸去了广东
三年多了，至今杳无音讯
妈妈去了福建
据说，被一沓钞票掳走了

奶奶是一个斑驳的药罐子
在病痛缠身的日子里苦苦熬煎
挑水、洗衣、劈柴、做饭
这些活计都落在
小芳稻草人一样枯瘦的身上

爷爷终于可以歇一会
天堂是他心目中的世外桃源
小芳，这棵孤独的野草
在风雨中倔强地生长

小芳是刚满八岁的孩子
小芳是开心果妹妹的姐姐

包华其　1987 年 1 月生，江西遂川人。中国煤矿作协会员，江西省作协会员。现居江西南昌。诗歌在《星星》《青年文学》《中国诗歌》《中国诗词》等刊物发表。著有诗集《纸上故乡》。

模　仿（外四首）

彭　路

影子在月亮的注视下模仿人的假动作
只是害怕会走漏风声
而人在眼睛的注视下模仿影子的假动作
只是害怕会无人问津
最后人却只成了天空下的云朵
任风飞扬，随风寻梦

夜　了

心在房间里夜了
房间在大地中夜了
大地却被天空给夜了
天空又在我眼睛里夜了

眼睛却又被心给夜了
这都在我失去你以后

捞月亮

柳条，荷莲
红亭，轻风
湖水盛满了这个夜
猎人盈声出动
龙虾深藏不露
细腻观察
渔网一无所获
孩童问在捞什么
妈妈说捞月亮
顿时这片湖仿佛满是星光
顿时你仿佛在身旁
在故乡的山坡上听风声轻唱着
古老歌谣
和你的消息

身　世

酒水盛宴我决意离开
迎着风的口气下前行
隧道里点亮了一盏时光
枯黄暗淡仿佛会穿越过去的一切
窑口你就站在那里
仿佛在寻找瓷器的身世
和谁该有的故事

流浪朋友

马尾辫，箍着铜环
白色的纱衣，穿着云朵
你已是仙风道骨
仿佛是来渡化我
在这个清晨，遇见了你
朋友
你是否曾像我一样
遇上了流浪的老友
是否像我一样
已被他渡化了
那瘦弱的背影
远去　消失

彭　路　1989年10月生，江西抚州人。江西省作协会员。现居江西景德镇。诗歌在《天津诗人》《诗潮》《西部》《粤海风》等刊物发表。

对一只乌鸦进行观察和想象

左　清

蓝色荡开
一根线

它走动着一个圈，
圆点是一个靠不近的中心。

紧闭的唇舌含着一颗心
树身打开一片洁白的盐地

它独自隐身在一座白色城堡，
周围居住着它两个远房亲戚，
一颗太阳，
一颗月亮。

他遗落了一封书信
和一只白色手套。
一天，夜里他梦见一只鱼睡在水底，
他打捞起羽片给她缝作嫁衣，
水面刻有木纹，
早上起来他手足带着爪鳞。

她惊讶地回头，
有人叫出了她的名字。
镜中一张陌生人的面孔，
空荡荡的房间外
立着一个人影，
一只乌鸦在窗外叫出了声。

他走进了人群
无人走近的田地里
一只鸟嘀咕着冬天

他眼神向上翘着
眼色中的纯白
转为绿意

湿漉漉的枝头
它像一片雪落在了枝上

我站在它身旁
像火堆旁的一团灰烬

左　清　1982 年 4 月生，江西永新人。江西省作协会员。曾就读于武汉大学。现居江西永新。著有诗集《左清诗集》。

醒　来（外二首）

苏隐没

没有一次赋以平行，光的登场
与暗互相吞没

包括白昼的夜晚和夜晚的白昼
点一盏灯与太阳患有同等的灼伤
制止流泻而出的虚妄光环

直到想说的和不想说的一样多
直到所有的夜晚和白昼一样长
直到每一个梦境都真实有效
直到每一晚沉睡都不复醒来

生　雪

你开始怀想所有的细节，比如
下雪。
每一瓣风的归处可疑
日落之前，关闭街道，酒馆
在落日前，打开月亮

想象有一个灯盏，在午后呼吸，睡眠
想象梨花荡落秋千
琴声起
一窗芦花渐白

赞　颂

咳嗽反复的声音从耳朵
漩涡深处浮起

夹竹桃、三色堇、罗汉松
描摹到事物本身
像风回归林叶间

雨落下清晰面影
松针低垂纤长的凉意

如果我们不能抵达鸟鸣
那就被群鸟赞颂

苏隐没　原名刘淑娟。1984 年 12 月生，江西鄱阳人。现居江西鄱阳。诗歌在《上饶文艺》《星火》等报刊发表，入选《青年诗歌年鉴（2016 卷）》等选本。

冬　日（外二首）

邓小川

我骨骼健全而隐蔽
肉，越来越胖

越来越胖，不知羞耻的风
不知疲倦的灰色舞蹈

冬天也越来越胖
最后，静止、失去

石头上呈现虚无之所

没有抒情
没有词语

幻影般闪烁、支撑，药片身体
走动的人，去而不归

窗外的物事逐渐模糊
黄昏，石头上呈现虚无之所

无处躲藏，冬日
阳光正一点点被耗尽

爱情的水面刻满木纹

雾气弥漫，爱情的水面刻满木纹
夜晚在灯火之外，在白日尽头
没有结束，水雾、花草、牛奶
羽片睡在梦中的水底，万物消瘦

斑马线反复出现，无法安眠
房子孤零零，被麻雀包围
月亮无处逃遁
难以辨认，生活倒立的面孔
如鱼鳞般脱落，喋喋不休
黎明的渊深，一个荒凉的颤抖
手指慌乱，像失控的街道
寂静再次爬上死亡的屏幕

邓小川　1987年8月生，江西遂川人。江西省作协会员。庐陵文学院首届特聘作家。现任江西省吉安市诗歌学会常务副秘书长。诗歌在《中国诗歌》《散文诗》《香港成报》等报刊发表。著有诗集《微风如你》。

爱　情（外二首）

如月之月

古老苍穹下的一粒微光
不死地腹中的一瓢甘露
是两瓣嘴唇，鲜血淋漓的撕咬
转而又糖罐黏稠的亲吻

势均力敌，消解每一次闪电的劈裂
为你卸下枷锁，生锈的誓愿抛入深渊
只爱此时眼前人，只享用此刻的情意
说谎的明镜，不过是照见前朝人
破墙者，疑虑几深伤人无数

暴露多年刀子的锋锐
你若不用偏见操纵，它不会变成匕首

立秋之诗

过了此日，多余的雨水会成为
铁锤和钢钎，紧绷的大地会
获得一丝松懈
风不由言说，自会摘下
盛夏遗落枝头的果实
游走的人，归巢的鸟

心向微茫的灯火，所有吊唁都将装入
秋天的信封纵马寄出

爱遍了的河山，走遍了的街道
肃穆地步入浓重的凉意
夜半披衣，等待你的是一纸浓墨夜色
时钟的针摆小心地行走
多么悲伤，一只蝉深埋头颅
犹睡未醒

母亲的处世哲学

早年逢旱，有外乡人来讨饭
母亲情愿空着肚腹
施给他们阔口大碗的饭菜
还歉意地说：好菜没有，饱饭有一口

母亲的处世哲学是，吃你一粒，还你
　一斗
滴水恩涌泉难报，庄稼是母亲的膝下
　儿女
铁锹镰刀是母亲的梳子长剪
时刻提防它们蓬头垢面，不修边幅
田埂像剃了头的老汉，亮着好脾性
水稻田未见一根稗，菜园里鲜有一棵草

母亲遇事无畏，胆略过人
却时常夜里带有草嗜的忧惧：斩草要
　除根
如若不然，还没等你转过背去
草便拔地疯长

如月之月　原名周娟娟。1982 年 9 月生，江西崇仁人。现居江西赣州。诗歌在《诗刊》《中国诗歌》《文学界》《诗歌月刊》等刊物发表。著有诗歌集《茉莉花开》（合著）。

新活力·江西“90后”诗歌联展（一）　特约主持：李贤平

隐匿于市（组诗）

刘理海

生活的细节开始在你眼中生长

生活的细节开始在你眼中生长
麻将桌上，尖锐的过往逐渐抹平

拧开水龙头，触摸蔬菜的呼吸
新鲜的清晨从天际缓缓走来

儿子和大葱在这个季节长势良好
学会穿衣的小女儿更像苹果
色泽光亮，喜好在客厅茶几上翻滚
幼儿园和大学之间，隔着卷烟厂
暴烈的公交也能提供思考的空间
烟还是必需品，文天祥公园还是
避暑的好去处

当一个地名有了你的脾性
身体和思维便更加容易掌控，那么
厨房里的工具和食物就能迷幻地
与柴米油盐和迷路的老鼠温和相处

并不充裕的时光

像一次相遇的味道
从天桥穿过，初春闪闪发光
沙岗路邮政所在角落，承受着
衰老的速度。

老人推着轮椅，为一张海报争论
掩盖塑料材质的叫卖声
促销广播漫过下水道跑在最前面
带着某种身份的胆怯。

生活是一条待宰的鱼
望着美丽的天空，沾着黏稠的水
人们都走在街上，若有若无
不定期地存取并不充裕的时光。

新雨来得总是不合时宜

新雨来得总是不合时宜，带着季节的优越感
让一座城市猝不及防，便体现出伞与地铁的友好关系

你身着长裙从地底下升起，像新长的嫩叶在空气中
发出声音，娇嫩地不忍触碰，生怕瞬间枯老

它们雀跃地开启城市的嘴唇

它们雀跃地开启城市的嘴唇
在新移植的树上编织光线
和清明前夕的空气
在驳杂如置物柜的清源环路上
总是为不该想念的人而懊恼
新开的樱花一夜间纷纷落地

像理发店的某种手法
老板能描绘出这一片区的肖像
潮湿的春天也莫过如此

地　铁

地铁所积累的疲惫难以维持
两种美好关系，奈何听见晨雾中
传来黄浦江上的汽笛声

长时间与建筑群和交通系统磨合
仍无法让它们
在一顿早餐的时间安排一次愉快的交谈

隐匿于市

或许他在酒精中找到了回避死亡的方式
大卡车在雨夜吞噬了鲜红的少女
蔬菜来不及呼吸，滚落在迷失的栏杆之下
难以逃脱的是爱，他的母亲披上外衣
总有一股力量能把平凡的生活击碎
疲于奔命的姐姐靠安眠药熄灭星光

旅行是逃避，新鲜的空气、水和阳光
陌生人如水果般清甜。但反复的梦境
是隐藏的妖精，妖艳又狰狞的月亮
映入眼中，像密集的石榴突然炸裂
他开始寻找真相，聚焦斑马线上的视线
死去的母亲难以消失，是复活者的审判

刘理海　1990年2月生，江西南康人。现居上海。作品在《诗刊》《青年文学》《作品》《诗歌月刊》《西部》等报刊发表。著有诗集《植物拥有魔力》。

顽　石（外二首）

顽　石

不是你想象之中的
奶油蛋糕
任你拿着完美的样本
给它
调和、增色

冰冷，固执
不是你想当然
就能把它驯化
它不美，模样平凡
且无味
不像奶油本身
具备香甜的诱惑
所以给它的
不是锦上添花
更不是不费心思
去参透
它的内心

你需要还原
本真的自己
听顽石喃喃地自述
“不怕雕钻切身的痛楚”

谁来将它精简出灵魂
冰冷转为沉静
固执变成定力
无须再添装饰
却比装饰过的东西
更给人惊艳

龙　虾

举起手来　高高举起
死到临头　还要挥刀相向
缴械投降　是一个勇士的屈辱
干脆博一场自杀式袭击

智　齿

那个切开过缝合了的牙床
又领着半边脸
找我算账

那个气鼓鼓的东西
一定是怪我走漏了风声
去年　让一个蒙面匪盗
劫走了它的朋友

顽　石　原名石雪倩，笔名金茗雪。1992年1月生，江西湖口人。江西省作协会员。现居江西湖口。诗歌在《诗江西》《创作评谭》等刊物发表，入选《2016年中国青年诗歌年鉴》。

此　刻（组诗）

谢宝光

此　刻

此刻我被谁窥视
虚设的水井没有门槛
当你从井口俯视，影子在水下呼救
那只绿蛙冷酷如上帝之眼

此刻谁又被我窥视
风声四处串门
带来最后一只虎的消息
众生隐秘如辰星，暴露在无限的暗中

此刻在你背后站着一个我
而我的身后谁发出了冷笑

废　琴

钢琴无人弹奏
空置在无人居住的房间里
它的安静并不彻底
有时也暗自呻吟
幻想一双手带来的高潮
那是很遥远的事了
舒伯特很远　肖邦很远
黑白琴键如日月交替
越发荒蛮的四季
偶尔一只冰凉的手掌
像月光探照进来
也只加深了它空洞无比的睡眠

一种假想

住进一块石头里，不对外部的

声音发表意见，四目漆然
这样冷冷的，硬硬的，失之诸野
被无聊的人拾起，掷向更远的荒地
嘴巴是一切麻烦的起源，如灯盏
召集着飞虫。最好的办法是把灯关掉
交给顽皮的句子一块绝壁。
月色可有可无，一如最初的混沌
在荒原，万物用沉默互相取暖。
所有的阴影均来自事物内部，又隔断于
冰冷的外壳。

秋　至

一个人睡过了漫长的夏天
在秋至的时候醒了
空气像暮钟一样凉了下来
无名的赶路者
相互打听各自的身份
他们已经走得太远
一些人奔走如同站立
一些人躺着如同死去
一些人像干冷的风
从暗绿的树枝间索取温暖
泪水提前耗尽，笑声徒有其表
生活的过度挤压使身体薄如纸片
无可赘述的一生
在道路上印制着极简的影子
现在，太阳的炙烤已经过去
秋风中影子集体抖抖尘土
贴着沉睡的大地
继续起伏不息

谢宝光　1990 年 7 月生，江西南康人。中国作协会员。现供职于浙江《交通旅游导报》社。诗歌在《诗选刊》《北方文学》等刊物发表。著有散文集《捡影子的人》。荣获第四届井冈山文学奖·文学新锐奖。

我这样生活（外一首）

徐圣兰

我从农村走到城市
混迹在一群漂亮的城市人里
读书，论道，给远方的亲人写信
也学他们
说字正腔圆的普通话
看都市报，喝玫瑰花茶
或者谈一场美妙的爱情
但更多时候
我像是一株满含热泪的稗子
举着心虚谨小慎微的生活

像所有生长在俗世的人一样
我在白天走动
仰头生活
吞下阳光，食物和水
将小日子打磨得外圆内方
偶尔也和孤独对峙
把曾经坚硬不摧的骨头
——敲碎

借学生的身份走动
习句读，攻术业，修世事的通达
用清水洗脸，素面示人
健身，交友，谨言慎行
过一种简单的生活
我在名字的河流里行走
带着植物的力量
谈天说地，指物为诗
也扬鸿鹄之志
喝酒，唱歌，手捧诗书
做一个安静的女子

在梦里种满你的名字

停电的夜晚

我们退出花草茂盛的朋友圈
借着烛火，围坐一团
聊天，说笑，相互打趣

门外风雨正好，万物各安其所
你紧靠着人群，如同一枚秋果
等待甜蜜的认领

徐圣兰 1996年10月生，江西鄱阳人。现求学于江西生物科技职业学院。偶有作品发表，乐于从生活中打捞诗歌。

棉　球（外一首）

涂序团

太阳在折射杨花的光
一团野蛮的棉球
鸟声被地面反弹以后
两片榆荚的叶子就悄然下落

当我以为是一根小树枝在走路的时候，
忽发现那是蚂蚁驮着他的猎物英勇前行。

在水光摇动的杯子里
啜饮一壶电影
那是春天还未走远的消息

等　待

等待，是
骇人的台风停了，
归乡的班车停在不认识的候车亭。
等待，是
墙上的旧广告被撕下来。
垫在了极脏了的座椅。
等待，是
从檐头掉下的雨滴，
一粒一粒溅入循环播放的轻音乐里。
等待，是
山间的水气黏黏地咬着裸露的皮肤，
像乡愁，
像爱情。
等待，是
用耳朵外的耳朵迎来，又用眼睛外的眼睛送走，
所有路过的
雨后。

等待呵，
还能暂时放下沉重的行李；
还能了无顾忌地坐一坐；
还能听完很多很多遍，像打着拍子走路的生活
却不会腻；
还能像娇弱的婴孩
被太爱你的山乡疼到重感冒。
可是
等待，是大雨停了所有车上寻找　房子和亲人的眼睛与眼睛里
不会有候车亭；
是父亲的摩托车上，坐在他和母亲身后的我
竟已能被稀疏的银白色的风雨
打湿了眼睛；
是没有人会知道
下一个候车亭在哪里
什么人等着什么人。

涂序团　1992年1月生，江西新建人。现居江西南昌。诗歌在《名作欣赏》《红豆》等刊物发表。

孤　僻（外二首）

左　秦

是太过于孤僻了，
我作为半个聋子，
都能听到，地球另一面的雨声
和一只蜗牛
抬起头用两万颗牙齿
咀嚼草叶的声音。

豪爽的汉子

喝下一杯水
肚子里多一杯水
水不会保持
杯子的形状
当我把水哭出来
也不会哭得像杯子一样
我是豪爽的汉子
喝水都是
大碗大碗地喝
哭也是
大碗大碗地哭

半　夜

我醒了，睁开眼睛，
一片漆黑。三张床板，
围绕我，张开嘴，
但它们没吃：孤独的肉，
是苦的，不好吃。
起床倒杯水喝，
水摇晃，有点晕。

喝一口，口腔是睡着的，
喉咙也是。

水，使劲爬，
爬进食道，
“砰”的一声，落在胃里

左　秦　原名邓声朝。1994年生，江西上栗人。崇尚肢体写作。2017年11月意外逝世。

美丽人生（外一首）

野草生

大热天的等车
真要命
我看见一个年约六十的男子
等车
他不站在棚里
只站在外面张望
他的头发凌乱
黑色和白色胡乱生长
胡子拉杂
肩上裂开一大口子
顺着往下
手里随意地捏着
一顶草帽
上面印着
“美丽人生”

其实，我得的是胃癌

有段时间没联系了

那个喜欢和我们唠嗑的
政治老师
突然在微信联系我
“天天忙什么?”
我直接打电话回他
他说我们有两个月零三天
没有联系
他记得很清楚
因为上次打电话
他正在做胃切割手术
他说
那只是一个小手术
没什么事
过了一会
又说
刚刚女儿在旁边
其实
我得的是胃癌

野草生 原名李玉红。1994 年 8 月生，江西萍乡人。现居江西萍乡。诗歌入选《伪先锋诗歌》《2017 江西诗歌年选》。

欢　喜（外二首）

易美鹍

一棵树有多少眼睛凝望世界?
而我只得双眼。
无法直视日光，无法承接雨露
更无法让风暂住脆嫩的身中

我何等欢喜，那飞鸟轻踏的云端
夜露低垂的心事，甚至
一对小虫微皱的灰衣
三只松鼠无望的爱情

在一个清晨慵倦的睁眸里
我想打开一场细雨
把蘑菇一颗一颗地种在
自然的裙边

黄　昏

风小碎步走过。
雨和雪都不会认识你
多的是路人，爱上两旁树影
你摇曳，它就死去

辞别古樟，闲坐谁家屋檐
白发满头，记忆残损，夜色染衣
这一生的灵魂，只有炊烟的味道
为你打开人世间的门

空　青

只要足够冷，山就会入夜
只要足够静，我爱的草
就会起身，整理衣裳，开始怒放
只要足够孤独
我就能把山背回家，不被人知晓

易美鹍 笔名紫溪。1992 年 6 月生，江西萍乡人。现供职于江西省萍乡实验学校。业余写诗，偶有发表。

星空

元宵老人夜（外一首）

李春林

元宵酒阑问明月，
柳桥莺啼晚。
人面桃红春意盎，
阡陌花暖香远。
新年宴席散，
筵连海角天涯，
十里长棚，
客谢心始乱。
看电视江南女子，
诗词大赛，
口吐莲花，
笔酣才情比美，
茶伴香灯消遣。

窗外江湖岸，
光明网开一半天，
水盈春风散。
原是烟花放，插翅逍遥，
纵千愁一醉断。
理心中魂牵锦绣，吐口内梦回诗卷。
放眼是凤舞龙翔，雀屏惊雁。
掩帘抚弦唱和，
微信群友，神交经年，
淡如水缱绻。
小女子，莫悲怆，
岁月消逝无处藏，
天姿窈窕，壶里日月，
酒底霜眉，瞬息一转。
花颜云鬓，清词博雅，
月食红影年前梦，快醒来，
泪痛莫沾绢。
月缺月圆，殇离怎奈？
天地万物，
生乃死国南柯，死为生野归馆。

酒旄斜挂，琴曲轻弹，一阕花烂漫。
君不见，帅哥追美，靓妹贪欢，
宝马闲骤，膀吊臂卷。
今宵有爱，今宵同享，
有诗有酒快自乐，
那丘堆，尽客当年汉。
欣瞻小陌轻烟，袅袅悠扬，缕缕春暖。

痴呆老母

老母痴呆，

是被死神袭击了生命的指挥部；
是失去了指挥，
失去了顶层设计的生命士兵，
在顽强地作殊死拼搏。

儿女床前的照顾，
是老母生命延续的嫡系二代指挥部，
在指挥老母生命的残兵败将，
夺取最难获胜而不言失败的一场战斗。
儿女知道老母的部下都将全部牺牲，
全部殉母，
儿女却不愿离开床前一步。

不分朝夕地清洗
受伤的老母指挥部排出的残渣遗滓；
不厌其烦地消停
崩溃的老母指挥部音传的密码错误。
儿女知道老母部下坚守的大地已难
活活保住，
儿女却半亩花田
也不愿让死神活活占有。

儿女即使最后失败了，
也是天经地义
虽败犹荣，
因为老母获得了
与儿女共享的人生最后幸福。

风带走了一些花朵（外二首）

殷　红

风带走了一些花朵
也带走了一些人
现在，我视野辽阔，一无阻碍
黄金一样的光芒
均匀地撒在土地上
除了云朵
几乎看不见阴影

星星与月亮各自发出自己的光

天空深邃，辽阔
星星与月亮，各自发出自己的光
它们从不在乎自己的明亮或暗淡
被光照见的事物
只是人间的一部分
我们歌唱过的东西
隐于光的背面
多数已经不为人知

表　演

把活过的日子串起来
就是一部戏
花红与青草应该是喜剧部分
但其时，我总是被安排在幕后
等待。少有的出场
是作为一个道具
卷刃的剑，或磨刀的石头

落幕时，总有一场雪
下在归途上
我应该做仰天长啸状
喝酒的人
活过了大唐和大宋
来到我面前，叫一声
“兄弟，反了吧！”
而导演，早把绞刑架
树在了舞台中央

我扮演过许多角色
但没有一个是成功的

一部戏演到结束
也没有一句完整的台词

假　象（外一首）

凌　子

她在看一盏灯
她没有看灯
她在看天上的繁星
她在数一片雪
她没有数雪
她在数圣诞老人
到底有几根花白的胡须

其实这一切都是假象
在水与火的交融
泥土的涅槃重生中
她从一块瓷的温度里
触碰到唐朝的一片月光
丰盈了一条陶溪川

陨　落

一朵乌云飘了过来
天空突然下起了大雨
窗外响过一声惊雷
一颗巨星穿越时间的黑洞
陨落于浩瀚无穷的苍宇
一尾金鱼隔着孤独的玻璃
惶惑不安地告诉世界
巨星并没有陨落消失
他是去赶赴另一颗巨星
一次特殊的生日的派对

红月亮（外三首）

胡水根

内心的烈火疯狂地抓住一个
寒冷的奔赴，一个个冲动的
深邃在夜以继日地放纵
当克制的站点以背叛者的姿态
无意逡巡时，我最信赖的爱人
却已经融化了交接的痕迹

披着围脖的风华环绕真假
绣着蜂蝶的图案用着陌生的香气
撩开一张熟悉的脸，厚墙
积存的忧郁被凄凉唤醒
疲惫的时空用遥望怀念远行

御动加速，闪光的词语从
夜半的长椅上出发，擦过潮湿的
萧条，忽视跌宕。众多的神秘从
故土的血统里迸射
我从深秋的虚位里逃离
戴上那个纸糊的面具

有这么一个春天就够了

雪花，随指间的掌心变幻
那个夜晚，你亮出温度
如一盏灯，在黑夜深处点亮
说好了，就在这儿等你

风吹的秀发，梳理衣褶
在湖边，春水孵化一芽嫩尖的彳亍
楼角的那轮圆月，悄悄引领
一颗魅惑的心，孤独穿行

很美，一缕轻扬的风
在月色之后，莲花的坐台
在菩提树下发芽，春天来了
除了这，再没什么必要

被躺着的人踢

我得赶快声明
这决计不是自愿的

为了这一次损失
我把残废的呻吟和古怪的悲鸣拧成一枚
螺钉
打算钉住一个叫着“强盗”的标题
然后给自己留下些许力气
去赢得路人丢弃的一两个便利

桥头有一块空地
撕开口子的风，略显盈余
被弹蒙的月亮一合眼就把我的情境也缠
了进去
我忍受着尴尬的侵袭
期望在这儿捡到一份实实在在的“给得
起”
我伸直腰背　巡视人形
却已经习惯了缩回去

天啦
我已失去无限的空明

行走在裂缝的边缘

一滴时间像布一样在撕扯，赶走的影子
逃进疑团，奢侈的滚圆无法收缩。锋利
驾驭贬低的优势在皲裂的皮肤上游泳，
一个
神经末梢取走最后翻腾的波纹，乞求抱紧
物语

开花的石头没有控诉，开花的铁插足油桶
迸裂的螺纹终于呻吟、蜷缩。落日鲜红
即将抵达的沸点被画上轮廓，呼啸的躯体
将一对迟暮的目光刺破，抛光最后一次咬
合

我不记得我的脸。撕心裂肺的尖叫敌不过
红椒辣嘴，露宿的四季悄悄流逝。潮水在
漫溢，被卖掉的两行文字亮起翅膀，淹没的
红尘重归酒窖。痂结里的沉疴复加了沉重

扭动的秘密（外三首）

龙艳华

晨练时
身后有两棵相距百米的树
奋力扭动腰肢和头颅
左一下右一下
朝左时　双眼斜向右边的那棵树
朝右时　双眼斜向左边的那棵树
久而久之
两棵树成了一棵树
一段腰成了两段腰

蛋糕裙

裙是一样的裙　只是层与层之间
多了些镂空的花边　我的同事
穿上了街头重新流行的蛋糕裙
米黄色的海涨潮了
拍起一阵高过一阵的巨浪
一尾坐在木凳子上的鱼　濡湿了
关于裙子的记忆　曾经

十五岁的妹妹穿着它　像悠游的绿荷
搜寻十多年前的身影　我的青春
在蛋糕裙风靡的岁月
飘扬一条黄格子的大摆裙
我无法抵挡蛋糕裙的诱惑
就把自己装扮成一盘佳肴吧
在成熟的季节里　想入非非

中　药

沉重的白瓷碗
一口幽波潋滟的古井
褐色江流穿越千古风烟
播撒希望的种子
吻过潮湿的红唇
冲撞之后是渗透
拒之千里又相濡以沫
干枯的花草
在温暖的怀抱
重温美丽气象
开败血的腥气
反刍阳光的甘甜
苦涩硝烟沉静如潭
微澜轻扬一阵
醍醐灌顶的舒畅

我躲在我的身体里

我躲在我的身体里
像囚犯又像女皇
日夜与温润的血液赛跑
透过两扇窄窄的窗
我曾无数次兴奋或悲伤

我亲密的战友
常常经受暴风雨的洗礼
我们是孪生姐妹
她的痛便是我的痛
她的喜就是我的喜
我痛哭我雀跃我狂奔
使我的身体一次次痉挛
累了　我便沉睡在小小的心腔
我的身体便在梦中
迎着风雨幸福地飘摇

我躲在我的身体里
没有阳光普照也不会危机四伏
以一种纯粹的感受
关注人世间的真善美与假恶丑
理解短暂的迷离和惊悸
品味无边无际的爱恋与牵挂

我躲在我的身体里
如鱼嬉戏在水波里
如蝉鸣唱在树林里
如玉隐藏在矿石里

姐　姐（外二首）

阿　郎

石门楼的灯笼已经褪去红色
竹林很绿很绿了
串兰花儿躲在九岭山里
姐姐，这个夏天真的很热
西海的水冒着热气
被运送小雨的南风吹了又吹
你前脚跟回来，后脚跟又要走
菊花茶都未吹凉
又像一匹母斑马一样，逃往北方
北方北方，那里的夜色肯定温柔
姐姐，你的笑容像祖母晒干的笋衣
在南风吹过的时候，瞬间凝固

姐姐，今天是农历六月二十二
傍晚时分，电闪雷鸣
西边日头东边雨。姐姐
这多像你，经年累月
仍未抓住的爱情

花　海

你说你要去看花海，在这秋日的午后
从浔城驱车出发，到多宝这个小地方的
　时候
太阳都快下山了
看花海的人都在往回赶
你赶紧下车奔向这片湖滩
零零散散的野花扑面而来，蓝蓝的
镶嵌在枯黄的野草中
你说小时候你家屋后牛栏边上也有这种花
我说花很漂亮，但不是海
波涛汹涌的鄱阳湖畔，怎么会容得下另
　一个海
回去的路上霞光万丈
你说不上欣喜，也看不出失望
一头秀发迎着晚风飘扬
我忽然发现花海就在你脑门上，绚烂迤逦
缥缈无边
呵，这无比清香的花，无边无沿的海

静

阳台上的青菜被虫吃了很多
野鸽子也不时飞过来，啄一口菜叶赶紧
　飞走
边上放杂物的角落，有个旧轮胎
几双没穿了的旧童鞋，也乖乖躺在那儿
火车站就在不远处，站台上的人三三两两
没几下全钻进了火车厢
火车缓缓开动的地方，有家驴肉馆
里面坐着一位消瘦的作家和一位丰腴的
　女子
他们在调侃，发出轻微而放纵的笑声
我也笑了笑
我站在自家的阳台上
楼下客厅里，儿子正在数 3 加 4 等于几
他妈妈教了一遍就再也不作声
生活如此安静，一不小心又立冬了

名著阅读（组诗）

张小康

《三国演义》

那是一个风云激荡的剧变时代，
那是一些铁血男儿的英雄故事。

多少雄主纵横捭阖，
多少谋臣经纬天下，
多少战将沙场拼杀，
其中也有几个奇女子豪气冲天。

刀光剑影里热血飞溅，
觥筹交错中杀机重重。
在那气势磅礴的山河大地上，
留下了一个个可歌可泣的传奇。

好男儿当建功立业战死沙场！
为什么我没有生活在那个时代？

《红楼梦》

这是一个有关少男少女们的琐碎记事，
在万千柔情中带给你无限感慨。

春暮愁绪难排且提篮葬花，
中秋月圆思远须邀伴赋诗。
还记得昨日缠绵同读西厢，
却无奈今朝别后再无知音。

怡红院春光浩荡，
潇湘馆情意绵绵。
漫天飞雪遮盖了园内的一切丑恶，
春风吹来人间大地又会换上新装。

看小桥流水间花红柳绿，
不要让那柔情缚住了鲲鹏志！

《水浒传》

太平日久，自生骄纵，
官逼民反，古今常态。

林冲刺配沧州道，
英雄有泪不轻弹。
浔阳楼宋江题反诗，
燕雀安知鸿鹄志？

景阳冈武松打虎，
少年侠气冲云霄。
放冷箭燕青救主，
风流浪子情最真。

一百〇八将个个是好汉。
最可悲英雄末路无人能回天！

《西游记》

孙猴子七十二变却跳不出如来的手掌，
问世间多少豪杰总是被那框框套住。

虽说你是石头变的，
但也要守人间规矩。
因为你曾经大闹天宫，
所以要给你个紧箍咒。

取经路上，
你历经了千难万险。
每一次的结局，
其实都是菩萨安排好的。

如今我只想问一问，
谁能为这混沌世界打出一片碧海蓝天！

莲的心事（组诗）

杨国兰

我不敢靠近你

我不敢靠近你
不敢看你的眼睛
雨水太多
鹅卵石小路光洁如玉
湖水变得浑浊
已看不见绿树的倒影

暴风雨还会来临
你是否也不敢靠近我
四目相望时
看见陌生的自己

花的表情

我倚窗而坐
窗台上的花芬芳
不管眼前人是富贵还是贫贱
尘世的喧嚣，世态的炎凉

为读懂她红掌似血
为与她一见如故
为只想拥有一种面孔
耗尽了我一世的坚忍和悲悯

我想听你的声音

那天我想去看你
想听你的声音
途经那片松树林
采拾了一些松针
湖心亭前蝉鸣声声
蓝色睡莲在水上开放

斜阳倚在你的屋檐
竹林翠绿依然
我在想那七弦琴
琴弦安否，琴声何在
忽然，雨越下越大

莲的心事

雨后莲叶
在暮色中飘摇
苦涩的莲子
收藏了莲的心事

梦里几回
回到开满莲花的故乡
看那晨曦中低头的娇羞
星辉下起舞的倩影
如今只有在心头惆怅的秋

人在微尘里
心又安放在何处
蘸满相思泪
写一纸素笺
寄往那荷塘深处

待到来年
我要在故乡的荷塘
让幸福采撷莲的微笑
种在我的心底

那场雨穿越了千年

千里之外
一声浅吟低叹
使指尖的流沙随风飘散

尘埃铺满妆台
无边的红云吞没无边的寂寞
细雨穿越千年走来
红尘中便有了最长情的告白

是谁将记忆之门打开?
所有的落寞与繁华都是为
了却一次尘缘?
是否我定要破茧成蝶
才能有这三生有幸的遇见?

准时的老人（外一首）

陈修平

每天早饭后
老人习惯坐着公交车
抵达城市中心的一个公园
众多跟他一样的老人
不约而同，从城市的不同方位
聚到这儿
如同退休前上班一般准时

玩牌，聊天
看来来往往的人流车流
就算坐着打盹
他也喜欢这里的热闹

暮色降临，鸟儿归巢
他才像儿时一样回家
只有到了晚上
家里才不会只他一人

雪与冰

洁白的绵软的雪
纷纷扬扬下到地上
地面也洁白绵软起来

一夜过后
路上雪结成冰
各种污秽混合其中
脏兮兮的
硬邦邦的

想起一个儿时的玩伴
曾经那么单纯如雪
后来却把欺骗当成游戏
心似坚冰
连至亲好友也不放过

母亲说，他已不是儿时的他了
我知道，冰也不是当初的雪了

梦的衣裳

肖玲红

我的梦
有很多种模样
在不同的日子
穿着不一样的衣裳

有时是一片瓦
盖在老家的旧房
有时是一条路
通往他乡的学堂
有时是一滴泪
落在南昌的赣江
有时是一片叶
长在洪都大道的路旁
有时是一朵映山红
开在湾里的山岗
有时是一盏灯
立在秋水广场
有时是一枚手机
屏幕上滚动爱的诗行
有时是一双眼睛
遥望远方

我喜爱我的梦
它听着书声琅琅
知了响在童年的池塘
它开在校园的篱墙
思念是枝上的丁香
它倚在爱人的肩膀
冰雪化为冬日暖阳
它飞进满是叮咛的行囊
前路不再崎岖漫长
它爬上中秋的月亮
亲人就在身旁
它落在旧日时光
岁月清浅芬芳

有时候

梦叠着梦
衣裳叠着衣裳
今生叠着来世
我就在
层层的梦境里徜徉
我们
永不分离

火（外二首）

张　岚

我们掩埋苦难，在炉火的灰烬里，
重生
而它们，藏起锋芒
在漫天飞雪中
合上一双名为希望的眼睛
趁着月色如初，轰然坍塌

疼

一到夜里
我右手的伤口隐隐作痛
蔓延到全身
生长出新的疼痛

万物陷入沉默
我渐渐找到一种平衡
好像融进一整年的伤心事
轧过心头
又静静地，驶向远方

弯

是一盏台灯的脊背
是山脉的起伏
是头发恰到好处的弧度
是培根边缘的翘起

我的脊椎
弯曲成惊人的角度
人格，也
长成一株紫藤萝
蜿蜒而上
你在群山之巅，矗立
坚韧而自由
而我，常被一道曲折蜿蜒的光
击中内心

你有我不可仰望的直
我有我柔软的弯

你是针尖
我是穿行在你心中的线

种一把椅子（外一首）

刘丽萍

春天在土地里种下一棵树，
到了秋天，
它能结出家具吗？
比如椅子
可爱的机灵鬼跑上去，
一坐就到了冬天，
雪花飞溅，笑成了两个酒窝。
郁郁葱葱的森林里
放眼望去，
全是桌子和灯罩。
空气，泥土，阳光
奏起了交响曲，
桌子和灯罩侧耳倾听

较　量

一个清晨，
狮子在原始森林中怒吼咆哮，
为猎物没有出现而狂躁。
猎豹正疯狂追逐一只麋鹿，
麋鹿惊恐万分，四处逃窜。
晨光在逃窜中喘息，
喘息的刹那，
照射到一队长长的蚂蚁，
蚂蚁安详自在地迁徙，
它们什么都不曾知道。
听到了树的密语。

登岳阳楼

陈杰敏

说好去大别山
车到通山路口，想起洞庭湖
岔道，牵引我们奔赴岳阳
人在旅途，去什么地方真的不重要
重要的是，错过了这一道风景，
前方依旧是风景

拐上了另一条路
只是左转了六十度，二百公里
转换了山与湖的时空
仁与智，其实就在一念之间
这一日春和景明
我们只是岳阳楼上的过客
像黄鹤楼的鹤
诗意地栖居在唐诗的忧伤里

这淡淡的忧伤，范仲淹有过
居庙堂之高，身不由己
一生没有到过洞庭湖
他晓得岳阳楼处江湖之远
仅此而已
李白的孤帆远影的确从黄鹤楼出发
载一江春水，抵达烟花三月的扬州
两般忧愁，一个沉重，一个清闲
全都安插在历史的某一页

我来岳阳，为的是走进一段文字
看五月的沅湘，远山一碧
看洞庭横无际涯，一派空蒙
唯有孤寂的一栋楼，清晰突兀
他掩映在一个坐西朝东的园林中
一箭之遥，无边的喧嚣与唐诗宋词无关
侧畔的小乔墓，花草历经多少枯荣？

枕上片时春梦中，行尽江南数千里
如果这感觉是真的
那么我眼前的庙堂并不高
我脚下的江湖也并不远
此刻，站在岳阳楼上
将那三百六十八个汉字反复揣摩
远和近被人不断地排列组合
唯见君山一抹，皓月千里

天　空（外一首）

章晚华

鱼儿的天空，是水
紧密的，绿色
鸟的天空，高高在上
空的，蓝色
我的天空，是你的脸
既近又远
或大或小
或黑或白或灰

天 梯

天
把光放下来
我扶着
芒
往上爬
教堂在下面
我祈祷
天
不要黑

桃 花

喻小玲

作为报春者
关于你的传说不少

你才不管不顾
待春风吹来
你如约而至
饱含爱的血液
展开你好看的笑靥
艳丽又多情
灼灼且夭夭
如一位温婉的女子
讲述着岁月常说常新的故事

我可是来晚了
错过了花期
只好拾起树下的花瓣
交付给一汪春水
再采下枝头的一朵
轻轻别在衣襟

浪花砸碎黄河口

铁 含

一

云站在黄河滩上
俯视黄河滩气壮山河的气魄
一朵一朵浪花
诉说黄河的沧桑
一道一道沟梁
在告诉黄河儿女的坎坷与勇敢
一串一串浪潮
砸碎海面
砸碎太阳
泛起无数波光涟漪
惊艳黄河口的壮观

二

鸟瞰视黄河的浪尖
在浪尖觅食，鸟捕捉黄河的鱼
那汹涌的黄河水
穿越古道
穿越历史
从巴颜喀拉山的雪
溶化水的味道
一路奔腾
踏碎无数的冰川
跨越无数的沟壑
凝聚浊浪
呼的一声
巨响滚在浪尖
被鸟的爪子
沾满一片夕阳的海滩
海风一吹
雨云如水

三

芦苇花瞅着黄河口
万马奔腾的涛声震撼大地
咕咕，啾啁……在芦苇荡飞出
破译呢喃的爱情
黑黑的泥沙淤积一种黑的元素
石油从这里生根发芽
推开东营经济
海水阻止不了黄河水的漫延
揉搓水的颜色
望着秋季的黄河滩
展现自然与原生态黄河口的生命
一浪高一浪砸碎黄河的浪尖
呈现一幅幅黄河口的印象
贴在自然
嵌在生活

四

星星露出小眼睛
扑通掉进黄河
夕阳走进海里
听不到夕阳的脚步声
悄然无声翻动了夜
河与海的碰撞
就像男人与女人的交欢
孕育一片水的光泽
渔夫小心翼翼捞出星星
却无法捞出夕阳
远处的桅灯
瞬间点亮黄河口的夜色
落在河滩
砸在芦苇
倒腾一张张风景如画的东营
贴在云里风里
贴在世界各地

存在与虚无（组诗）

刘东生

存　在

这个城市的某些部分让我心动
比如下在黄昏的一场细雨
以及，午夜摊点上的香味

冬天的赣江水沉默流淌
大榕树安静
不为人知的喜悦藏于内心

虚张声势的寒流遁形
古南塔下走过少年的身影
存在让一切具体而真实

气　息

天空在风中
压低声音
不惊扰思考的森林

荒原留下几粒种子
鸟的飞翔之梦
目光所极，土地上的山河大好

一个人的离去改变不了什么
日常生活紧张时，偶尔
怀念你留下的气息

密　码

荒凉在城市顺势生长

野草扎根街道角落
探究，深藏午夜的秘密

一棵树知悉所有的谦卑
自傲者内心冷漠，无视
盛大之后的萧条

水是清醒的智者
潜入黑暗深处
破译有关生存的密码

让生命燃烧（外一首）

徐琳婕

黑夜
伸出它贪婪的双手
将太阳的最后一缕光芒
收入囊中

乌鸦发出嘶哑的哀号
树叶在枝头沙沙作响
天空
无奈地闭上双眼
轻轻叹息中
吐出一颗星
在灰蒙蒙的天际颤抖

倦了的人们
并不如夜的安谧
狂笑后的静默
如繁华后的苍凉

卸下光鲜的外表
打开一颗鲜活的心脏
显微镜下
残缺不全的伤口
又一再被毒菌感染

赶在黎明到来之前
将伤口缝合
抢在风雨侵蚀之先
将毒菌清除
借着冷星的微光
将热情重新植入心房

当夜梦结束
你会发现，原来
每一双眼睛
都是一轮新升起的太阳
以生命的名义
燃烧，燃烧……

日　子

日子
是一日三餐
咀嚼在嘴里的饭粒
扒着时间的车轮
拾掇着零碎的生命
莫名地忙碌
茫然地压抑
一只脚拽着另一只脚前行

日子
是一年又一年
不曾改变的四季
握着岁月的方向盘
驶向人生最终的墓地
成功中的失落
失败后的忧郁
一双眼对着另一双眼啜泣

日子
是我心中
不愿放弃的诗意
一支钢笔，一张白纸
写满生命中那些闪光的记忆

直到某一天
白发苍苍，青春逝去
我也要用我颤抖的双手
用我湿润的双唇
将它们描摹成天边
一颗颗璀璨的明星

心在远方

林宝兴

河背在童年的记忆里发芽
不大的村庄
中间有一条河流淌
隔岸自然叫着河背

两岸始终住着我的双亲
一头是至亲，一头是乡亲
河也很特别
一河溪水自东向西流

身上的乳臭
浸泡在清澈的河水里
尽管冲洗了千百次
仍抹不去那股固有的味道

父亲觉得累了
躺在河东边勺子垴的山头上
休息了十五年
思念再也无法唤醒熟睡的人

孤独的母亲
守在老家的屋檐下
双眼总会盯着回村的路口
期望儿女们的归来

我总在夜深人静时
整理乡愁
叩问自己
心在远方？

阵阵心酸
很是愧疚
因为回家的路不长
可心依然在远方

假　设（外一首）

王志远

我假设丢盔卸甲的时候
还会有那么三两个人
上门陪我喝几口以及扯一通闲经

我假设自己安睡多年以后
还会有那么三两个人
在不经意的时候
说我的坏话或者好话

这可能都是极致的奢求

我只好假设自己只是一支
极不显眼的火柴
划了就划了
证明了自己
也可能顺带让旁人察觉一闪的微光

活着

最好还是别去假设
也别去奢求什么
是一条蚯蚓
你就得拱地

熬　夜

我端一只
盛满水的茶缸
先咕咚咕咚漱两口
再咕咚咚喝两口
剩余的哗啦倒在毛巾上
早起的程序
一步到位

为了不迟到
我不得不这样
为了我自己
我不得不
熬夜

白天
我活着
夜晚
我知道
怎么活着

金色的梦（外一首）

金朵儿

我又做梦了
梦见落叶变成
一群金色的蝴蝶
成了童话里的主角
翩然起舞
低吟浅唱：
有谁知道
一片落叶的忧伤

我又梦见你了
梦见你站在
金色的银杏树下
对着我暖暖地笑
吹着口哨
神秘兮兮：
你有一封
来自春天的信件

金色的蝴蝶
向着蓝天
飞啊飞

我们手拉手
向着太阳
跑啊跑

你的眼睛
开出了一朵花
我的心里
开出了一滴泪

一个村庄的童话

一个叫湖塘的村庄
生长在温润的南方

一蓬青苔
在活了几万年的来石山岩壁上
肆虐地生

两只蜗牛
用花生壳盛着朝露酿成的酒

慢慢地咂

三只燕子
在暮色的炊烟里拍着沉重的翅膀
欢快地叫

四颗流星
在藏青色的天空流着透明的眼泪
静穆地思

五只蚂蚁
在一朵白色的朝颜里安然沉睡
甜甜地梦

一群孩子
在充满皱纹的大山里光着长茧的脚
疯狂地奔

在故乡湖塘
那个孕育童话的村庄

谁也说不清
一朵花开着多少个春天
一滴水流过多少粒沙石
一堆土埋了多少种人生

疯　女

黄美金

惊讶于六年未见，
她的芳颜又飘落河边。猩红
的嘴唇，长发乱成花蕊，
那标志性的桃花不再插在发髻
取代的是一只草做的
蝴蝶结。

没有对视的慌乱和尴尬，
依旧是死死盯着一个
方向的执拗。
擦肩而过，是那精神上的
穷途末路。

在盛开中抵达永恒

胡　杨

多么美丽的春天
一些纯净之物回到自身
回到高贵之中孤独之外
这是我向往和期待的

鸟羽变得细致而庞大
飞翔 成为可能
心底的快乐 越来越多

每一朵花都像被阳光洗过
每一株草都像被路人吻过
处处张扬的热烈与迷醉
将所有的圣美化作简单与透明
将所有的观照飞出重量与颜色

于是，心存诗意
美好与力量迎面扑来

家

周建好

家是父亲抽出的炊烟
只有父亲的呼吸
炊烟才能烧得旺
可常常呛得父亲的眼泪
从鼻孔中流出
酸楚的味道晕开炊烟的浓淡

家是父亲脚下的土地
赤裸的双脚插进泥里
就成了大地的血管
输送着父亲的汗滴
可常常被刺破
只能用汗水蒸馏出的盐粒
敷在伤口上止着血

家是母亲的磨刀石
父亲收割的一捆捆日子
在母亲粗糙的手中
被打磨得锃亮
锋利地切开夜幕
放出　太阳

老电影（外二首）

曾素蓉

秋日午后的时光躺在竹席上
老电影一部接着一部上演

剥着新出土的花生，家乡味滑过心境
咀嚼配乐，淡淡的
情节原汁原味，与屋前的老院落相得益彰

主人公倚在门框，望着一棵老树想着什么
导演一些琐碎的旧事，汩汩往回倒带

村头那口水井冲洗一路风尘
老屋前的桃树也老了吧，斑驳得常常卡带
儿时的甜蜜如桃核在心头落地生根

闲暇时，去家乡的后山坡赏赏花吧
梨树林下，听蟋蟀独白一段童年
不远处看蚂蚁刷屏，一粒粒记忆掉了一地
梨花瓣纷纷，仰面接住，泪流不下来
生活是电影，老地方旧情节被时光剪辑，
　已成经典

那年背影

躺在一摞干净的稻草上想家
星星落在枕边，
一声叹息，两行垂泪

离别时，所有的话窝在一碗面条里，
三个土鸡蛋橙黄橙黄的，母亲亲手
为我占卜一路平安

荷塘浅浅。依在门框岁月弹着箜篌
从村尾走到村口，步履如莲
开在季节的最深处

念想，在那年的池面上打水漂
一个个记忆跳跃激荡
背影驮着夕阳，炊烟袅袅

恋旧是女人一件碎花夹袄
深深浅浅的故事温暖裹身
紧贴心口

母　亲

小小读书郎时，背着书包上学堂
一片苦楝树叶
山风里来，山雨里去
弯弯的山路是身后母亲绕肠的牵念

母亲总是打着哈欠
茄子辣椒豆角趴在米饭上打盹

袅袅炊烟叫醒乡村的黎明
和上油盐酱醋，生活纯朴走心

路旁巴茅草一茬一茬地长
它们是学数数的最佳拍档
煤油灯下，母亲领着我
将清贫的日子一一点清

布鞋是母亲一针一针纳的鞋底做的
棉衣是母亲一朵一朵摘的棉花缝的
书本是母亲一张一张旧画报包的
岁月是母亲一笔一笔描红的

很多很多年后
我也成了母亲
想起母亲，就想起村前那潭静静的湖水
它是母亲一个永恒的表情

美丽的田园画（外一首）

夏向东

落日黄昏，我总会经过
一座围着篱笆的院落
木门一直虚掩
里面，野草安静地生长
闲散的燕雀三三两两地落着
晾衣的竹竿挂着几个葫芦
颇有酒肆的味道
一把废弃的六弦琴，倚在一旁
也萧瑟落寞
也闲愁素雅

每次，我总好奇地向内张望
景致如许，唯不见主人
便生种种猜想
主人到底长什么样

好几次，想借问路为由
一叩柴扉，探个究竟
但我依然踩着谜，径直而过

人生的美
不就是在圆满与未满之间
完成抵达么？
院落就像一幅美丽的田园画
而那一直未见的主人
好比画中的留白
既有呼吸的自由，想象的美好
又何必去刻意填满

老　巷

远离尘世的喧嚣
三两位耄耋老人
踯躅隐现
市井的青蔓　如
一本线装的史书
爬满岁月的痕纹
梳理绵亘悠远的回响

王谢堂前的燕雀
偶发几声呢喃
唤不醒　巷口
深睡的古柳
秦砖汉瓦的光辉
浓缩成一段
斑驳狭长的故事
定格于
木门虚掩的回忆

老巷的路很窄
却始终通向
远方

稻草垛

范录军

转过几道山
猛然看见一堆稻草垛
孤零零地端坐在破旧的牛栏前
像一位久历风雨饱经风霜的老农
沉默　寂然又安详

金黄的稻子已稳稳地藏入谷仓
锈蚀的犁耙已静静地靠在墙角
曾经忙碌的大黄牛悠闲地躺在一旁
一只勤快的母鸡带着一群欢腾小鸡
固执地绕着草垛转圈

稻草垛
曾经是孩子的乐园
乡村爱情的会所
也是农家越冬的棉被
耕牛过冬的主粮
带着阳光的味道
泥土的芬芳
而今已成为
乡村渐行渐远的风景
一道消逝的乡愁

孤　独

首　金

你一直在那
从不远走
过着风餐露宿的日子
也不见你
垂涎尘世的酒肉

多少次，走近你的跟前
想听你走过的故事
为何，你的岁月宠辱不惊
却要我叩问自己

你一直在那
从来不言
沉寂着，自己低调的岁月
却又眨眼间孤傲地
怒放如画的枝叶

相遇你，我懂了
放逐孤独，是你不羁的行走
但那孤独的深处
是星月相惜的苍穹

篱笆里的春天

谢飞鹏

我不知道
置身篱笆里的那片春天
是否一样喧闹缤纷
我不知道
紧锁园门的那道篱笆墙
是否能挡住投来的赞赏目光
但我知道
不论藩篱多高多长
总锁不住涌动的春情
和那辽阔的天空

如果
我只是篱笆里的一茎草
也要恣意生长
努力开出几朵小花
轻吟着自编的歌谣
沉醉在无何有的梦乡

靠　近

吴捍东

云朵离天空很近
我离你很远
每次的见到
我们都是莞尔一笑
开心却不自然
虽然
你答应过
哪天我会依了你
依了你的心愿
驻在你的心间

春天的绿色
等到秋的落叶
我们的心
满地寻不到
当初的跳跃
风渐入深秋
我淋了雨的渴望
聆听不到你的诺言
感觉不到你的温暖

阳光下的晚稻田

陶雅婷

阳光下的晚稻田
羞怯地低着头颅
膨胀的心事举重若轻
秋风轻拂沉甸的脸颊
鼓起勇气抬头张望

农人手持弯刀
脊背弓成远山的形状
汗珠从布满沟壑的
黝黑皮肤滴落
脚下红色的泥土
也是秋虫、田鼠以及鸟雀的家园
草帽淹没在金黄的海洋

霞光与稻穗相接丝丝璀璨
稻田的尽头是村庄
乡音萦绕，乡情温暖。
空气中弥漫着泥土的香
父辈童年骑在牛背的画面
笑语欢声伴随乡人的唢呐
随金色的麦浪蔓延开去

阳光下的晚稻田
山庄和田野像幸福和喜悦一样
相望
收割过后的稻茬
每一颗被遗忘的谷粒
都反刍着光阴
并非消逝
又一轮希望的开始

与妻书（外一首）

胡保国

比起苍穹
我的心不及一汪海洋
承载那么多的岛屿
任一滩滩鸥鹭　栖息翱翔

比起海洋
我的心不及一条河流
冲刷那么多的悲欢离合
任千帆竞渡　一袭长飘

比起河流
我的心不及隔岸的小屋
挡下那么多的风雨
任窗棂透出的灯光　畅享幸福

一粥　一饭　一个家

我在河的这边思小屋
你便是河中的那条渡船

我在海的中央望星空
拥着你的长发数着繁星点点　多像
我们繁衍的后代
一颗比一颗熣灿

生命燃尽
我们像一双流星
拖曳着最后一道亮光
划过长空

岁月不羁

总想
在生活的某种地方
多打下些楔子
让生命更具张力
总想
在山水的某个节点
多种下些芝兰
让怀想更具灵感
生命是一场等不起的苦旅
岁月是一条静不下的长河
经历过春花秋月的氤氲
从此便有了烟霞林泉之姿
饱受过风霜雪雨的扰攘
从此便多了怀毫舐墨之蕴

曾几何时
几丝白发已点缀了你的流年
不经意间
两缕鬓霜已炫染了你的容颜
然：
天地本宽
岁月本长
多想
踯躅于山林猿鸟之间
用断不了的情
携停不下的笔
与山海同一卷
与天地共一色

关公耍大刀

蒋力庆

关公乃九尺大汉
丹凤眼卧蚕眉
头裹青巾
面如重枣
三尺美髯黑瀑般胸前飘

八十二斤的长柄大刀
在关公的手中
上下挥舞举重若轻
他就是耍着这把大刀
于温酒之片刻
将董卓帐下
前来骂阵的凶悍大将华雄
斩落马下枭首而归
此等气概
令关东十八路诸侯
面面相觑无不刮目相看

关公也是耍着这把刀

单刀赴会
淡定无畏地直闯
旗幡浩荡的东吴大营
那嗜血的刀斧手
正四面埋伏
鲁肃掷杯为号
步步紧逼
如此杀局惊魂夺魄
令人不寒而栗
却奈何不得
蜀汉五虎上将之首
关云长
如入无人之境的冲天豪气

关公耍大刀
耍的正是
威风八面万人无敌的
青龙偃月刀
桃园结盟义在先
关公身在曹营心在汉
过五关斩六将
护皇嫂寻兄
千里走单骑
屡次刀光剑影
多少险象环生
甘愿燃尽英雄血
只为了成就
先主雄居一方的宏图霸业

关公耍大刀
他那飘逸如仙的美髯
在忠义智勇的章回中狂草
他那胯下火红如炭的
追风赤兔马
在风云变幻的兵法中驰骋
他那迅疾如电的
青龙偃月刀
刀刀皆在古今传奇中闪耀

红军雕像

田智生

迈着前进的步伐
耸立在街头
历史
为他的生命
画了殷红的句号
然而，他那最后的一声呐喊
依然在天空中
回响

尽管
英雄目视的前方
已经是满园春色
可人们仍把他们的步伐
当成标尺
来校正自己

翻译诗

诗五首

文/〔美〕玛丽·奥利弗　译/柳向阳

作者简介

玛丽·奥利弗(Mary Oliver)　1935年生，美国女诗人，以书写自然著称，曾获美国国家图书奖、普利策奖等诗歌奖项。

译者简介

柳向阳　河南上蔡人，诗人，诗歌译者，唐诗迷。译有美国诗人杰克·吉尔伯特诗集《拒绝天堂》，露易丝·格丽克诗合集二册《月光的合金》《直到世界反映了灵魂最深层的需要》，加里·斯奈德诗集《砌石与寒山诗》等。

夏 日

谁创造了世界?
谁创造了天鹅、黑熊?
谁创造了蚱蜢?
这一只蚱蜢，我是说——
突然从草丛里一跃而出的这一只，
正吃着我手里的糖的这一只，
她正前后移动她的双颚,而不是上下移动——
她正左顾右盼,用她巨大而复杂的眼睛。
此刻,她抬起柔弱的前足,一丝不苟地洗着脸。
此刻,她呼啦啦一声展开双翅,飘然而去。
我不知道一个祈祷者到底是什么样子。
但我确实知道怎样专心致志，怎样
降落到草丛里，怎样在草丛里长跪，
怎样悠闲而心怀感恩,怎样在田野里游荡，
而这正是我整日所做的。
告诉我，我还应该做什么?
难道万物不都是转瞬之间，终将消逝?
告诉我，你打算做什么
用你野性而精致的一生?

当死亡到来

当死亡到来
像秋天里饥饿的熊;
当死亡到来，拿出他钱包里所有明晃晃的硬币

来收买我，“啪”地合上钱包，
当死亡到来
像麻疹症，

当死亡到来
像肩胛之间的冰山，

我想跨过充满好奇的门，一边思索:
将会是什么样子，那黑暗小屋?

因此，我看万物
犹如兄弟姐妹，
我看时间——只是一念，
我把永恒看作另一种可能，

我把每个生命看作一朵花，平常
如一朵野地的雏菊，唯一，

每个名字看作一种令人欣慰的音乐，在口中，
如所有的音乐，倾向寂静，

每个身体看作一头勇敢的狮子，大地
珍爱的某种事物。

当它结束，我想说:我整个一生
都是一个新娘子，嫁给了“惊奇”。
都是那个新郎，把世界揽入怀中。

到结束时，我不想疑惑
我是否度过了特别、真实的一生。
我不想看自己叹息，恐惧，
或是充满争辩。
我不想只是在这个世界上走了一遭，就结束。

信 使

我的工作是爱这个世界。
这边是向日葵，那边是蜂鸟——
都在寻找甜蜜。
这边是苏醒的酵母；那边是忧郁的李树。
这边是蛤蜊，深藏在斑斑点点的沙滩里。

我的鞋子旧了吗？我的上衣破了吗？
我不再年轻，而且仍然不尽完美？让我
把心思放在要紧的地方吧，
这是我的工作。

是经常静静站立着，并且学会
惊讶。
是霸鹟，翠雀。
牧场里的绵羊，和牧场。
是常常快乐着，因为所有的成分都在
　这儿，

是感激，对被给予了头脑和心
和这些作为衣物的身体，
和嘴巴，用来对飞蛾和鹪鹩，
对困倦的挖蚌，发出快乐的叫喊，
一遍又一遍地告诉它们：我们永远活着
是怎么回事。

在森林里睡眠

我想大地记得我，
她如此轻柔地把我带回，
一边整理着她的深色裙子，口袋里
满是地衣和种子。
我睡眠，仿佛从未如此，一块石头在河
　床上，
无物介于我和群星的洁白火焰之间，
除了我的思想，它们漂浮闪亮如蛾
在完美树木的枝条间。
一整夜我听到那些小王国
在我周围呼吸着，昆虫，
和鸟儿，它们在黑暗里做着它们的工作。
整夜我起起落落，仿佛在水里，
与一种微亮的厄运扭打。早晨到来
我已消逝了至少十二次
变成更好的某物。

当我置身树木之间

当我置身树木之间，
尤其是柳树和皂荚树，
同样的还有山毛榉、橡树和松树，
它们散发出这般的快乐暗示，
我几乎要说它们救了我，每天。

我离自己的期望如此遥远，
在期望中我善良而敏锐，
从不匆匆穿过世界，
而是缓慢地走，经常鞠躬。

在我周围，树木摇动着树叶
呼唤着："请停留片刻。"
光沿着树干流淌。

它们又喊道："这很简单，"它们说，
"你也来到了这个世界上
要做这些，要活得轻松，要充满
光，还要闪亮。"

责任编辑　石立新　胡水根

评论

聚焦

“种子被选出，就要对土地和汗水负责”
——二〇一七年江西诗歌观察

李贤平

2017年，对于我国新诗而言是一个值得纪念的年份。自1917年2月《新青年》杂志发表胡适《两只蝴蝶》起，新诗走过了百年路程。于是，关于中国新诗的研讨活动层出不穷。天津、江苏、浙江、福建、安徽、山西、湖南等省区纷纷推出研讨会、编选百年诗选等形式，总结本土诗歌的成就与不足。2017年的江西诗坛，和最近数年的发展脉络大体相似：在创作风格、书写内容和精神向度方面呈现丰富的、葳蕤的态势；相对省内小说、散文等文体创作数量而言，诗歌写作者的群体更为庞大。不过，2017年的江西诗歌又彰显不同气象：以“60后”（如程维、汪峰、凌翼、熊国太、石立新、白海）和“70后”（如三子、布衣、圻子、叶小青、陈离）为创作主体；“80后”（如林珊、吴素贞、刘义、漆宇勤、如月之月）整体创作相对疲软，“90后”（如卢游、丁薇）身影稀疏。尤其令人欣喜的是，不少“60后”诗人保持着“长跑”雄风。

一、家园意识·关注民生

在江西诗歌谱系中，家园意识始终是重要的创作特色。在长达千年的历史进程里，农业一直是在江西社会生产中占主导地位的生产方式。在与土地为伴的日子里，人们逐渐形成了勤奋务实、淳朴善良的精神特质，使得江西人文风貌具有质朴、稳健的色彩。不少诗人拥有共同的生长背景，成长于乡村，工作、生活在基层，有的远离乡村，在都市里奔跑，但故土依旧成为他们得天独厚的创作资源。他们的诗歌体现关注赣鄱大地上的家乡、亲人的拳拳深情，体现了浓郁的家园意识和情结。也许，当下的乡村不完全剩下美丽的田园风光，但他们歌咏乡村的美好，或者怀念远离喧嚣的恬静。2017年，赣南数位诗人创作中的家园意识体现得较为集中。

三子执着于乡村生活与景致的抒写，痴迷于对时光的询问与精神原乡的找寻。他曾经这样说：“诗歌的写作，是倾听生命、时光、自然的细微呼吸，并使自己保持宁静的最有效的方式。”他诗歌中的故土——“松山下”早为我们所熟知。他在2008年出版的诗集《松山下》对生养自己的那片土地，对亲人、对祖先的敬重与虔诚的爱，让漂泊在外的人有了情感的根。他在2016年出版的《镜中记》歌颂了故乡和亲人、朋友，表达了他对生活的热爱和对未来的希望、向往。2017年，他的《春衫忆（组诗）》在《诗刊》推出。尤其令人瞩目的是，第3辑《诗探索（作品卷）》（作家出版社2017年9月版）“诗坛峰会”栏目推出他的诗歌小辑，发表了35首作品，并配发范剑鸣关于他诗集《镜中记》的评论《我们在人世彼此镜鉴》。在这篇评论中，范剑鸣比较透彻地概括了三子诗歌中的“故乡意识”：“村庄当然作为故乡，生命的载体和源头，三子首先试图复述着个人的经验。但我注意到他的节制，他不会复述得太多。三子早就知道诗歌有一个绕不开的主角，那就是时间，他在诸多的叙事碎片中，构筑了一个时间装置，这是诗歌重要的语言张力之一。”在《一个诗人》中，三子深情地表达对故乡的热爱与追忆：“他说：‘关于故乡，我还有四十首好诗/没有写出’/为什么是四十，为什么是故乡，我想问/终究没有开口。坐在人群里/他有点矮，头发愈显稀落的脑袋不易发现”。诗中的“他”“我”或许就是一种暗喻，是诗人三子内心无法抹去的对故乡的痴爱。

江西省作协评选的年度诗人奖是江西诗坛年度重要事件。赣南诗人布衣以其累累硕果斩获2017江西年度诗人奖。2017年，第2辑《诗探索（作品卷）》推出他的21首诗歌，第9期《中国诗歌》推出了《布衣的诗》（组诗14首）。他写“岩石”：“岩石拒绝了泥土，也就拒绝了森林和野草/岩石把自己赤裸裸地呈现在世间。这是一种坚硬的事物”。他写“春雷”：“它隐隐作响，没有使用闪电作为前奏/没有理会红尘滚滚的人间。它是春雷/它没有形状，它用隐忍的声调呼唤——”他喜欢将“岩石”“春雷”等显示刚毅、坚韧含义的意象付诸笔端，凸显出诗人隐忍、昂扬向上的内心世界。江西年度诗人奖评委会授给他的颁奖词精辟地概述了他创作风格：“布衣是一个倾心于以我观物的诗人。他善于将生命感悟和文化经验相融合，在日常生活细节和自然意象中寻找诗意。物在他的诗里既作为存在之物在场，有效地完成了诗人对自我诗歌世界的构建，更作为征象之物而若隐若现，打开了他心灵星际旅行的神秘空间。他的诗语言清晰、质朴，结构简洁、完整，较好地将发自内心的真情呈现在一首首精短的诗歌作品中。他的诗很好地表达了赣南这片土地上人们简朴的生活和真挚的情感。”

相映成趣的是，同为赣南诗人的圻子荣获诗同仁2017年度诗人奖。尽管这是一项民间奖，但依旧彰显出圻子创作的光华，授奖词说：“他的诗有着多重的维度，小处细密，大处浑然。他的写作即以语言在自我中建立条条向外的通道，叩问生命及永恒的秘密。”在他的《必然的食物》〔载《诗刊（下半月刊）》2017年6月号〕中，故乡土地的粮食、菜蔬也是那般亲切：“冬天的田野里，白菜啊，萝卜啊/每天我只要一棵；香葱啊，大蒜啊/每天我只要几株。这些地里滚动的/菜蔬，存有祭献的形色”。他应该感到很富足，因为他坚信：“喂养着我的生活，如同词之于诗歌/我早已相信它们可以抵御寒冷”。

范剑鸣，是赣南诗人群体中的后起之秀，诗歌、评论双管齐下。在《抄自故乡的单词（组诗）》（载《星星·诗歌原创》2017年第6期）中，他细腻且深情地歌颂故乡——水陂的土地，“我热爱它的干净”，热爱故乡的红薯、耕牛、民宿。“泥巴沉入水底。阳光照着人间的幽微之处/除了多出来的几粒鱼虾，沧浪之水/保持了山中的模样。水边的乡村”。但作者“也热爱/它的肮脏”：“洗菜的人撂起了衣袖/丢弃的叶子开始腐烂。锄头把泥土的咸味/吐进水中。粪桶将剩余的营养/留给岸边的水草：这热闹的一切”。由热爱水陂的干净，再到热爱它的肮脏，又到热爱它的枯竭，这样的挚爱何其深情！在范剑鸣的一些诗歌中，他喜欢用复句，每一句与下一句紧密相连，不可分割，造成诗意的连绵与延续，似一幅幅赣南风物的画卷徐徐展开，“记住了大地的恩情”。

现代都市带来生活的便捷与资讯的丰富，也会使诗歌创作者失去安于寂寞与坚守的决心。尤其是市场经济浪潮下的外出务工现象，城镇化推进中的乡村建设，一些诗人怀揣对乡村与故乡人命运的关切。汪峰，早在1998年就因《甘蔗》关注乡村而受到关注。“甘蔗”，仿佛乡村的女儿，命运堪忧。这么多年，汪峰依旧把故乡和百姓放在内心最柔软的地方。他说：“乡间成了我最温暖的记忆，也成了我最初和最终的艺术。乡村内在的高度构成了此在的山冈。”“成年以后，我仍然对山冈充满激情。写作，是漫游者的安魂曲。”在《姓氏的山冈（组诗）》（载《星星·诗歌原创》2017年第6期）中，“在逼窄和促狭中，我不停地寻找遥远的自在之乡”。组诗中的《青溪村》，是乡村三姐妹——雪娥、莲娣、细婞坎坷的命运：“雪娥喝农药过旱地变成了房前的池塘。/莲娣因一场疾病飘向了一个比一个更高的山冈。/而细婞去年也因难产涂满红漆蹲在了炊烟里，/一个和她长相相近的孩子，咿咿呀呀/坐在门槛上。”同赣南数位诗人一样，叶小青在随笔《文字的初心》中谈及他深爱的小镇：“那个叫金盆形的小山村，有我的老屋、祖坟，有我的老母亲，她不肯搬走，说留下来，这样逝去的祖先回来也好有门进。老母亲的坚守让我成了还有故乡的人，这是多么幸福的事情。”叶小青在位于江西遂川的小镇，默默写作。2017年，他的《碎碎念（组诗）》在2017年2月号《诗刊（下半月刊）》“双子星座”栏目推出。守护乡村，有的诗人闲看日落日出、云卷云舒，在诗歌中与美好的故乡相遇。但在叶小青的眼里，故乡的亲人、朋友、邻居，肩负生活的重压，使得他的诗歌显得有沉重与悲壮。《碎碎念（组诗）》中的《我把他们写在这里》，令人悲愤，凄然泪下：“挑煤没有再回来的牛古”“脑膜炎早逝的小姑姑”“在广东工厂里被电死的捡山，春节回家死在车上的阿东”“一生未娶的寿古”“被人情杀而死的阿建”“判处死刑被枪决的阿狗子”“出生就断气还来不及取名的”……叶小青——“也写在这里”。在他的眼中，更多的是故乡人生存的艰难、人世的艰辛，血淋淋的现实如刀锋般寒冷，让人沉重。“他们命薄如纸地生与死/让他们在白纸上重新做鬼，不问前世/让他们在纸上做兄弟姐妹”。诗人唯一能做的，诗人也许唯有如此。

漆宇勤近些年来比较关注赣西这块热土，“龙背岭”是他诗歌中常常出现的地名。在《在风里汇集整个村庄的温暖（组诗）》（载《星星·诗歌原创》2017年第12期）中，他的故乡“摇曳”：“今夜湘西的村寨里整村流水席/而赣西的村庄有一门一户小家的世界/烟花与鞭炮炸响得大地和空气同时发抖/落尽叶子的乔木上/似乎有一些什么被惊吓得颤动/一群鸟雀的家园此刻也是飘摇的”。

二、歌咏日常·挚爱亲情

关于诗歌与生活“空前复杂的咬合式

的”关系，评论家霍俊明谈道：“任何一个时代都有特殊的诗歌‘发生学’机制，而时下在不断强化诗人‘现实生活’和‘当代经验’的吁求中，在诗人与公共空间的互动上，如何把个人的日常生活转化为精神生活，如何把个人的现实经验转变为整体性的历史经验，就成为诗学和社会学的双重命题。”（《犯忌的常识或秘密知识——诗歌与日常生活》，载《文艺报》2017年7月17日）。关注日常生活，是诸多诗人的选择项。林莉偏爱关于春天和故乡的主题，而这是她长期践行的原则，在宽广迷人、生机无限的文字原野里传递爱、光明、美、智慧。写小镇的林莉，也关注美好的事物。她的《之后（组诗）》（载《四川文学》2017年第6期），写“5月16日和父亲观蔷薇”，写田野中的油菜。在《阁楼记》里，“一切都在寂静中哗变，一阵风/掀起楼板陈旧的松香，我们抚摸/其中的木质年轮和松脂”。这勾勒出幽静的画面，有一些古老，有一些怀旧。“我们躲在里面，说起理想、划着红叉的试卷/白色连衣裙、一本连环画中的叛徒和同志/很久以后，谁也不能说清那里面/我们究竟发生过什么?”这是属于女性的心事，让人无法不追忆，无法不怀念。而作者并未止步如此，提出更深的思考：“人生开端之境，竟是如此幽闭、冷峻/在无法绕过的时间和流逝里/我们仅仅需要一把向上的梯子?”林珊，2017年依旧是丰收年，荣获第二届诗探索·中国诗歌发现奖。诗人孟醒石这样评价她的诗歌：“宛如纯手工织出的绸缎，光滑、细腻、温柔、敏感，令人赞叹。不时出现的暮色、花香、花丛、蝴蝶、荷花、白桦林等意象，也非常唯美。”2017年4月号《诗刊（下半月刊）》“双子星座”栏目推出了她的《我们想要去见的那个人（组诗）》和随笔《有旧年的灰烬》。“我和我的小狗手牵着手去远方，见一个人/我们路过白桦林的叶子、蟋蟀的琴声/砍柴的妇人，背书包的孩子……/她们纷纷扭过头，眼神明亮地望着我们/一阵大风吹过。满池的荷花，都开了”。画面唯美，充满童趣。当读者跟随她沉浸在美好的童话中时，作者却笔锋一转：“我站在原地，忽然想起/我们想要去见的那个人/早已不在人世……”

亲情、爱情是不少诗人歌咏的对象。学者陈离，在2017年诗歌创作令人眼前一亮。在《归来》（载《人民文学》2017年第5期）中，他细腻地刻画了父亲的形象。对于父亲，作者记忆深刻的是他擦灯罩的过程：“把灯罩擦得雪亮/把灯罩擦得不像灯罩/把灯罩擦得看不见/然后把灯罩/罩到那盏/小小的煤油灯上”。陈离“絮絮叨叨”，不厌其烦地回放父亲这一细节。而正是日常生活中的细节，升华出对父亲的那份挚爱：“那曾经被黑暗所吞没的/所有微不足道的细小之物/正一点一点地/重新显现出来”。第2期《汉诗》（长江文艺出版社2017年2月版）推出《熊国太的诗（十首）》。其中，《如烟——献给岳父高列佳》让我感触颇多。通过作者近乎白描式的叙述，勾勒出岳父的形象：沉默寡言，滴酒不沾，喜欢吃红烧鱼、辣椒炒肥肠……通过岳父塞回他两包香烟等诸多的细节，传递出岳父的关爱与慈祥。“我用手搓揉着您的骨灰/您的骨灰是热的/甚至可以说是滚烫的/当我和亲人们把您的骨灰盒放进墓穴时/天边飘来一缕缕如烟白云/信江涌动一朵朵白色浪花/——岳父，您是我的另一个父亲”。读着读着，我不由自主地想起自己于2015年辞世的岳父。徐国亮的《爱情是对的（组诗）》〔载《诗选刊（上半月刊）》2017年8月号〕在首届“仙女湖杯”全国爱情诗大奖赛获得二等奖。“爱人，我要陪你练绝世武功/我不愿做取人首级的将军/只做你日日相伴的夫君/我要为你取一个好听的名字/叫练霓裳/一辈子相信爱情”。真情、真挚，没有装腔作势，没有故弄玄虚。

尽管口语化诗歌伴有拒绝精神提升、迷恋语言把玩、诗意过度平面、滑向游戏快感等诟病。不过，在我看来，口语化在江西是一种试验的意味，带来具有破坏性、撕裂性的审美感。杨瑾的《虫子的美学》（载《诗潮》2017 年 1 月号）写道：“前几天/虫子在我的右腿/叮了几个包/这几天/虫子又在我的左腿/叮了几个包/它要让我的不适感/保持对称”。落莎的《宇宙星球》（载《诗潮》2017 年 1 月号）写道：“总这样问自己：/会不会是上帝/在某个球场/生气了，几脚将它们踢飞/孤悬在天空中/再让一个个人来/一代代将问题搞清楚”。以上两首诗寥寥数语，题材生活化，语言口语化、均以轻松甚至戏谑的笔调叙述着人与事物，产生颠覆性的效果。

由于有了一批“80 后”“90 后”，江西诗坛才显得勃勃生机。他们大多突破了对客观生活具象的表层再现或直陈意念的泛泛抒情，拓展了诗歌的艺术空间，在更广的范围内寻求突破。评论家张清华在《新世纪以来的诗歌状况与精神特征》（载 2012 年 9 月 28 日中国作家网）论及网络媒体对诗歌的推动作用：“在我看来，诗歌中多种声音之所以能够产生奇怪的混合，首先得益于网络新媒体平台的普及。过去我们一直希望诗歌能够无限丰富，但却无法做到，原因即在于某种习惯的禁忌与约束。而网络媒介彻底冲破了这些禁忌。”如今，诗歌微信公众号和博客等载体一样，在一定程度上缩小了诗歌写作者的成长期。无疑，诸多“80 后”“90 后”诗歌作者“勇闯江湖”，也正得益于网络新媒体平台的兴起。2017 年第 3 期《星火》推出了“诗歌新星三人行”栏目，推介子衿、丁薇、卢游的作品。身为父亲的角色之后，我更关注涉及两代人的诗歌。子衿的《圣诞夜》给我留下比较深的印象：“已经很久没有见到女儿了/圣诞夜通视频/也躲着我/晚上画画，听说只要/把想要的东西画上去，塞进袜子/圣诞老人就会带给她/她画了一颗糖，一枚硬币/想了想，又画了一个面目模糊的人/她说这是爸爸”。语言平实，没有刻意地使用创作技巧，以真情取胜。卢游，在《我来到这》中透露出少年的忧伤：“我来到这，看见落日将逝/万物另一种美，得以在暮色中呈现/多少年了，山川的斑斓/云朵的轻柔，被我一再忽略/那平静的流水，转身，便不再回头/那急促的流年，逝去，递给我悲伤的理由”。他着力于探索个人的内心世界，以不同的视角、不同的抗衡姿态形成另一种话语：“旷野苍茫啊，秋风起身，在耳边再次/悄悄为亡灵演奏，凋零的挽歌/多少年了，请原谅我，不曾捧起这/珍珠般的水滴，不曾向/一株卑微的花朵，低下高傲的头颅/尘世喧嚣，如果生命的过程就是衰老/请原谅我，来到这，无言以对，这大地的静默——”《诗刊》社编选的《我听见了时间：崛起的中国 90 后诗人》，丁薇是江西唯一入选的“90 后”。她的《人间的事物呈现同一种白（组诗）》（载《诗潮》2017 年 11 月号），语言纯情、自然，通过日常事务展示生命的底蕴，拓展语言的张力。比如：“她把针用力插进鞋底，/勒紧线，/再拔出。/动作十分吃力。//阳光下，/她脸上的老年斑像极了/针上的斑驳锈迹。//不，/她就是那枚针，/扎伤过别人，/也扎伤过自己。//多少年了，/不再与人针锋相对，/她收起了最尖锐的部分”（《针》）。在《掩盖》中，她描绘了学习化妆这一日常习惯，凸显少女的顽皮，透出对生活的包容和对美好生活的热爱："用厚厚的粉底去掩盖/新生的眼纹，隐藏小任性。//遇见的人都夸我愈加漂亮乖巧。/我对所有人笑，/哭已经是多年前的事"。

三、重构生活·哲理思辨

回顾20世纪50年代至80年代的江西诗坛，一批诗人坚守现实主义创作立场，对英雄人物、重大事件的激情歌咏与纵情高歌，对英雄主义、理想主义的追怀与颂扬，对纯粹价值、普世价值的缅怀与呼唤，他们执着的信念呈现出崇高感甚至悲壮感。新时期的江西现实主义诗歌改变了注重歌颂他人、他物而隐匿自我、忽略自我的创作手法，在感悟历史与现实的交汇中把触角伸向未来，抒发对生命本真的关怀、对生活的诗性表达。坦率地说，2017年江西诗歌，关注英雄人物、重大事件的作品是不在场的。不过，程维、凌翼、石立新、白海等诗人的作品在现实性、历史感中表现出较强的思辨色彩、哲学气质。

程维，依凭"新古典主义诗歌"奠定影响力。新世纪以来，他出版了诗集《他风景》，创作到地域与市井性升腾诗意的"江右书"系列。2017年，他在《诗林》《诗潮》等刊物发表诗歌。尤其是他的诗集《妖娆罪》产生了较大的影响。这部诗集体现了他丰富而迷人的诗歌表达——在文学想象的辽阔疆域里重构生活、重述神话、重建现实。

凌翼，2017年创作颇丰。他的诗集《以魂灵的名义》获第七届全国煤矿文学"乌金"奖。他就如"夜航者，把翅膀打开/一道道山川被悉数揽入怀中/当然还有痛苦和欢笑"。他的《流星划过的景象（组诗）》（载《人民文学》2017年第5期）透出成熟的写作气质。如组诗中的《影子》："黑夜在窗外低泣/被灯光驱赶出了屋子/灯光，不分好恶/让所有物体都跟影子相依为命/一个人是另一个人的影子，我是谁的影子呢//很久不曾问自己到底疼痛在哪"。他的诗歌言简意丰，娓娓道来，对时间流逝的追问，对人生路途的喟叹。不仅如此，他在追问与喟叹中编织历史与现实的交错感，充满诗情与思想的融合性、思辨性，彰显出广阔的气象。

石立新，他的《大写意：张家界（组诗）》《给予的意义（组诗）》富有浓烈的抒情色彩，大量的意向铺排而开，有点窒息，但又舒张有度赋予语言形式上的韵律美、音乐美。他的《馆陶物语（组诗）》〔载《诗选刊（上半月刊）》2017年6月号〕充分体现了这一特点。在组诗《懂得温故的河流：卫河》中，"流淌中，今天，卫河像一个病怏怏的男人，一棵曾经冠盖参天，/如今却不停地被命运砍去枝丫的大树"。在《所记：黑小麦》中，"种子被选出，就要对土地和汗水负责，/人活着，如果不想对灾难负责，就必然要对万物负责"。"有一种麦子，会憨厚地说出爱上黑色的故事/有一本书会写道：关于黑小麦故事，会在馆陶等你"。更为重要的是，他看似谈普通之物，其实关乎的是对命运的思考。

白海，他的组诗不断在《诗选刊》《星星》等刊物发表。《世界，已抛出很远（组诗）》〔载《诗选刊（上半月刊）》2017年6月号〕，"好久没出远门/好久不看天/好久不记得空气的味道/好久没有弯下腰来和自己的影子说说话"。白海比较重视心灵对客观世界的开放和积极的审美介入相适应，注重生命存在的经验感受性。"不再让愤怒指向天空。/植一地碧色，编织爱的永续/借故土青砖，铺就此番宁静/拐弯处，我在邂逅属于自己的富足”（《我在邂逅，属于自己的富足》）。

结　语

2017年，江西太多的诗人或发表诗歌，或获奖，丰富着赣鄱诗歌的谱系。如，杨北城的《布拉格，致卡夫卡》、邓诗鸿的《边塞曲》、吴素贞的《吴素贞的诗》、刘义的《山中（组诗）》、殷红的《大刀》、傅菲的《傅菲的诗》、如月之月的《给夜空拔钉的人》、许天侠的《礼佛》、左拾遗的《没有人比村庄更懂得守候与抒情》、曾若水的《乡村电影印象（外一首）》，等等。王彦山荣获中国新锐诗人奖。老德、胡刚毅、水笔、雁飞、刘理海、熊亮等人的诗歌、散文诗入选《汉诗十年灯》《2015—2016中国新诗年鉴》《2017中国年度诗歌》《2017年中国诗歌排行榜》《中国年度优秀散文诗2017卷》等选本。

2017年，江西诗歌生态依旧良好。诗歌活动十分活跃，且越发注重跨界合作，主动融入全国诗界。江西省文联、江西省作协、江西广播电视台综合新闻频率等单位主办“欧公故里　红色胜地”——2017年江西（永丰）谷雨诗会、《锐力·文学江西》文丛诗歌作品研讨会、2017年谷雨诗会诗歌创作座谈会两场学术会议。抚州日报社、金溪县委宣传部联合主办“金溪诗群”现象研讨会。这些具有学术性的活动有力地推介了优秀的江西诗人诗作、促进诗人之间的交流、提升公众的审美能力和人文素养。如，《南昌晚报》联合南昌市诗歌学会筹划“诗歌下基层”活动；江西省新余市仙女湖风景名胜区管委会联袂《诗选刊》杂志社主办首届“仙女湖杯”全国爱情诗大奖赛；中共江西吉水县委、吉水县人民政府联合《诗潮》杂志社主办首届“杨万里诗歌奖”；浙江文艺出版社推出刘晓彬主编的《2017江西诗歌年选》。

匆匆观察2017年江西诗歌，我们也应该要看见：微信诗歌浪潮下，诗歌写作者轻视打磨；尽管发表的数量不少，但能够击中我们内心，让我们长久感叹的诗歌并不多。我们呼唤更多的诗人深入生活现场，直指残缺的现实，展示对现实的洞穿能力。当前，江西不少诗人的作品写得太美、写得太精致，写得太像诗歌。我们需要粗粝的、“野蛮”的诗歌予以冲撞，生发出江西诗歌的勃勃生机！

（此文选自江西省社科院文学研究所编撰的《2017年江西文情报告》，标题系编者所加）

书香

古琴为谁而鸣

——张瑛诗集《古琴之恋》序

谭仲池

张瑛和我同是湖南浏阳人，甜不甜家乡水，亲不亲家乡人。我读张瑛的诗，就读出了家乡水的清甜，家乡人的挚情，家乡山水的灵秀和葱茏。

你说
等到一个有雨的夏夜
一个人
打开音乐
听“雨打芭蕉”
肯定别有一番滋味

——《等一场雨》

不知道张瑛是在什么情绪的支配下，她要等这一场雨。也不知道她在雨滴声中，听雨打芭蕉嚼出了何种滋味？我更不知道“你的背影/如此悠长/长过整个春的雨季”的那个人现在何方，如何会让你把夜的澄明，当作“像我握在手里的玻璃杯/那样空透/那么暧昧”，直到“碎成千丝万缕的烟”。这些有点像李清照吟出的诗句，使我的心在激烈跳动的胸腔里，流出了一丝殷红。我不敢猜想，这是否是诗人离情别绪的自我饮泣。我只当这是诗人在为她心中的那架古琴的凄清倾诉。

今夜

我把梦　遗落在
古木斋
……
今夜
古琴悄悄走进我心里
……

而我只想　只想
成为古琴今世的爱人
——《古琴之恋》

我的判断是对的。原来古琴的命运和哀愁早就告诉了诗人，因之诗人总想等春天的那场雨，想看春天那样长的背影，然后和古琴一道“听风听雨”“相依相恋”。这一切就是为了走出尘世的“奢望”和“栏栅”。

在这里，我透过芭蕉雨，看见了诗人茫然、朦胧、忧郁和聪慧、典雅的目光。像这样的眼睛是不能受伤的。可她偏偏在这样的雨季，心上坠入了落花的碎片。诗人哭了，诗也哭了，古琴哭了。

可古琴为谁而鸣？只有诗人知道。

“想你的夜/我的琴声如麻，我/终于/离他而去/让他等候千年的心风干成一叶/飘零的星”面对这样痴情而又不可相守的恋人，可能有百条千条理由不可能比翼齐飞，但“情”这个精灵是要生死相许的。因之让内心情感纠结得不能自拔的诗人，才写了这么多惨惨烈烈的情诗。诗人是痛苦而无奈的，也是欲罢而不忍的，也因之缪斯便成全了张瑛美丽的诗歌梦。

好诗难得。已得到了，就要百倍珍惜。让朋友记住一两首，读者能背出一两句，作为我这样的诗作者就足矣。何况，我此时就从张瑛的诗歌里剪下了这么多纤细玲珑，放射着心灵美丽的情感和生命向往的诗叶。

我

朱颜吐艳
羞残了百花
却让滋生的思念
疯狂了记忆
——《千年庭院》

我把思念背进
行囊
踉跄着脚步
离炊烟
渐行渐远
——《游子》

真的，读着这样的诗歌，我的泪花在眼眶里颤动。我也在离炊烟渐行渐远的旅途上，看到了这个在爱河里跋涉了一生的女人。她的坎坷，她的守望，她的失落，她的梦幻，都只能是青春吐艳时的滴血的记忆和痛苦的呻吟，谁能理解同情她。天地有知可又怎样去抚慰这颗飘零在风雨中的芳心呢？只有古琴，只有她自己找到的那架古琴才伴她生息，为她沉吟。

是呵！古琴如人。在弹琴人的怀抱里它的情和意，它的心和血定然也是缠绵的温热的赤诚的，能与之相恋也是一种幸福和缘分。

张瑛写出了这么好的情诗，是因她在生命的征途上，慢慢地读懂了自己的情和爱、诗歌的清澄与寂寞。

同时，她也读懂了元好问的心！

《陈良运传》序

陈 卫

父亲去世的时候，我才知道，生命可以这么短，它完全不由你设计、想象，你也不能给它任何约束、打包。它要匆匆地走，你只能旁观、闪开。

在同龄人中，父亲离开得过早了些。他的新一轮写作计划刚刚展开。

父亲太着急，把自己当作一束火去燃烧，而不是一根根一线线地点燃。如果他还在世，我也许要跟他把这个话题探讨一下。

父亲离开后，我时有感到无人交流的困惑。以前父亲会跟我讲文坛，讲诗歌，那些诗人名字，在我听来都像家中老友。

父亲生前，我们曾一同参加学术会议，我极不愿意朋友把我和他放在一起说事，不愿意自己总是被父亲的朋友们当成未成年的小孩。现在，他离开了，我会主动告诉陌生的朋友，我父亲以前也研究诗歌，他写了《中国诗学体系论》。

我们是有血缘关系的父女，也是诗歌联系起来的父女。父亲是我的启蒙老师。他并没有教过我如何写诗，他也从不给我推荐诗歌。到现在，我还觉得自己懵懵懂懂进入诗歌圈：有一天，突然能看懂诗歌；有一天，突然觉得非要用诗行才能倾吐。小时候只是在翻父亲书桌时，偷看他摆放在桌上的诗文，这就是我的诗歌启蒙。记得有一年清明，我在公共汽车上，看到沿街的白花，想起另一个世界中的父亲，当时掏出手机就写：“你在故乡，而我在天涯/你的种子在我体内/发芽，在手指尖喊。”

我一直认为母亲不太懂诗。虽然她年轻时研究过李清照的词，自己也偶尔填词作旧体，写小说，但是她谨小慎微的性情，我一直不以为她懂诗。我曾建议她安度晚年，游山玩水，不要费时费力给父亲写传，因为父亲的生命，几乎就是与诗歌联系在一起的。没想到谨小慎微的母亲固执地做了最大胆的决定，而且坚持了下来。两年后，她完成了继《活路》之后的第二部传记写作。

为了父亲这部传记，母亲赴父亲的老家采访当地人，发掘父亲遗留在老家的故事。她还想方设法寻找到一些白发苍苍的见证人。然而，传记毕竟不同于虚构文学，它除了要求真实准确，还要有第一手材料。母亲在这方面下了一番功夫，把父亲的日记，书信翻出来。靠原始材料弥补了叙事方面的不足，展现了父亲与诗书和亲友为伴，在政治潮流与学术世界中度过的喜怒哀乐的一生。

如果你不想把它当成一部传记，也可以看作是一部情书。一位在你身边的老人写给她天国爱人的情书。那里记录了他对诗歌，对生命，对人世的最炽热的爱。他的爱中，有着她固执不变的爱。

正是江南好风景

——涂国文诗集《江南书》序

孙昌建

今天是2017年5月4日，已到春夏之交时节，下午的窗外似雨非雨，正是读国文诗歌的好时光。我想我这样的开头，不仅仅是交代一个写作时间，更在于要指向一个历史的节点，即中国新诗一百年的节点，由此来看国文的诗，可能会更有意思。

感谢互联网，今天读诗，准确地说读朋友的诗已变得十分容易和亲切。国文博杂而宽厚，对己甚为严苛，但对朋友的诗文，他一直是以赞美和鼓励为主的，尤其是在形成文字之后。国文愿意尝试多种风格，他的诗歌一直在做着把西湖与大海打通的努力。这种努力的心理前提是，他对之前的诗作是有所不满的，更进一步说，他对同时代的不少诗人的诗作也是不满意的，我想这应该是诗人写作的另一出发点，所以国文试图想改变此种境况，从我阅读的感觉来说，大约也是从2016年开始，我越来越觉得国文的诗很像中国台湾诗人的诗。

台湾诗人，如洛夫、痖弦、余光中等，可能因为近期来杭州次数多了，他们也可以公开出席活动并被报道了，不像二三十年前，只能在小范围内品茗、喝酒。我们最早是从流沙河的《台湾诗人十二家》开始对他们有了较为系统的了解，初读惊为天人，因为当我们在20世纪五六十年代还在向民歌学习时，人家早就义无反顾地奔向了欧美现代派，而我们那时的民歌又停留在假大空和顺口溜的水准上，而非真正的风雅颂、真正的诗经。然后出生于20世纪二三十年代的那批台湾诗人，即使他们是裸奔向西方，也还是黄皮肤、黑眼睛的根底，即不管他们的诗写得多么洋派，也还是中国的当代汉诗，而且跟20世纪三四十年代是血脉相连的，跟徐志摩、戴望舒还是一个谱系的。近些年我也听到一些议论，说台湾的中生代诗人有很大的局限性，这一点我也承认，但从社会和文化的现状来看，我以为大陆诗人的处境要更为芜杂，有时还处在一种犬儒的状态中，无非一种是坐稳了犬儒的位子，还有一种没有坐稳，所以暂时以流氓的姿态示人。

读《江南书》，江南扑面而来。这在他的《我是江南王朝的末代废主》中表现得淋漓尽致——

“我是江南王朝的末代废主/我只做了三天君王——//第一天　千里莺啼/第二天　水

光潋滟/第三天　暗香浮动//第四天　大雪纷飞/我向虚无拱手让出我的江山//我遣散百花妃子/让她们回到水湄回到山坡/回到美和春天/回到大家闺秀或小家碧玉中去/只带着芍药：我忠贞的王后/开始在宋词中的逃亡//我是江南王朝的末代废主/我不期望分封　更无意复国/我将西湖瘦西湖斫成琵琶/将秦淮河斫成胡琴//将苏堤白堤杨公堤三根琴弦/装在这三把乐器上//我只愿做一个永远的废主/怀抱三把独弦琴/任内心的黑暗/在江南五千年的颓废和孤独中/长出一身闪光的木耳”

还有诸如《若惦念，请来旧时光里寻我》《让我离开自己一会儿》等无不都是这样一种趋势，仅从诗题上也可看出这样的情调。这显然是压抑的效果，这种压抑，就是不再高八度，他不是写开花，而是写落花，是落花飘在流水之上，是落花死在了泥泞之中，他是用低音来吟唱这样的意境，因此格外迷人和别致，或许也还有一点点颓废之美。这样的写作，已经为国文在朋友圈里获得了“江南废主”的名声，虽是戏谑，却也是在语言上的一次冒险。对这一批诗，我愿意用标题把她们列出来，这是我在这本诗集中较为喜欢的——

“秋天记/我在江南坐牢/我可不可以这样倒退着看雪/在一面青铜镜里辨认故乡/卷珠帘/有些废墟是我们一生无法抵达的高度/没有谁曾把西湖比作砚台/清明/一声细小的鸟鸣也可以切开天空/我们每天都在一点一点死去/唯有故乡喊我，我才会将整个灵魂转过去”

……

我觉得分行的排法，且不加书名号，可能更具美感，这就让我们知道《江南书》是一部怎样的书了。

国文在诗观中说到了写作这一批诗的体会，他说：“在时光的侵蚀下，我们明显地‘旧’了。然而，对此我却没有丝毫的沮丧或悲观；相反，我却越来越迷恋这种‘旧’的气息。岁月褪去了我们身上曾经的鲜亮，生命还复一种璞真，如同某次我在山东青岛一蛇馆看见的剔去了皮肉的蛇的骨殖，它盘旋在标本架上，洁白、细腻、精致、美丽，宛如一首生命之歌。”是的，这是生命之诗，但这生命却是旧的是老的是前世的，犹如他虚构的“江南废主”，或者就是暗指那个春花秋月何时了的李后主（在另一首诗中他也写到了这位诗人）。

这就让我感觉国文的气质仍是浪漫主义的，或者说他的全部家当是浪漫主义＋古典主义，或者叫新古典吧。这是他的命中劫数，无关褒贬，已成基因，放在全中国来看，国文这样的诗人或许尚能数出几个来，但放在浙江，那只有一个他了。他的这种风格可以近作《吼夜》为例，且看——

“行至路尽头。他像一头濒临绝境的老狼/运足丹田之气/对着前方布袋似的夜空怒吼//他的怒吼声，令夜色颤了几颤//他将一条火龙从喉管里吐出/从窨井里吼出清风/从淤泥里吼出莲花/从峭壁中吼出裂缝//他从绵羊的头颅上吼出犄角/从豆腐中吼出刀子/从酒盅里吼出侠骨/从血脉中吼出子孙//他从自己的身体里，吼出一支黄巾军”

诗有好多种，有的诗我们看下来，找不出一个标点符号的毛病，但我不感动；有的诗我觉得很有感觉，但还是发现有一根小小的刺，刺进了诗歌的肉里面，把这根刺拔将出来，是我的一厢情愿，但也有可能久而久之，这根刺风化成了一颗美人痣，成了某种标志之一，这样就得从历史的语境中去看了，正如徐志摩诗中的“沙扬娜拉”。也有可能，是根本没有这根刺，是我的眼睛花了。

我这样说，是我以为好诗也只有在批评和讨论中才能更上一层楼，正如我对“江南废主”的最后一句“长出一身闪光的木耳”中的“木耳”百思不得其解一样，我知其形象，但不知为什么要用这个形象。还有，我对这一首中的“他从自己的身体里，吼出一支黄巾军”中的“黄巾军”也觉得可以拿出来讨论。如果光从意象上看，这是不错的，至少有颜色，且是中国色，也寓意为“造反”或“造反派”，也会让人想到“王侯将相宁有种乎”和“燕雀安知鸿鹄之志”的陈胜吴广等老前辈们。

先不谈“木耳”和“黄巾军”这些意象的所指，因为每个人都有自己的硬盘和软盘。我想讲的是这样的诗这样的写法，实际上是把自己逼到了悬崖绝境。我认为“木耳”和“黄巾军”是两根小刺，尤其是后者，实在是一种观念上的问题。这不是国文的问题，也不是我的问题，这是历史已经把这些词给污化了，而且我以为在诗歌中做非黑即白的道德评判是颇为危险的。在这本诗集中，以人物为题的一些诗，除了几位古代诗人之外，我以为相对来说就草率了一点。

既然讲到“历史”这个词，我以为这倒是解读国文诗歌的一把钥匙，至少是一个撬点。比如《口红》一首，一上来就是“一支西周的口红，打败了烽火台”，这作为诗句的确动人，但作为一种历史观或女人观，实在乏善可陈，我倒更期待邻居女子用一支口红能打败诗人的领带……我知道这不是在一个语境上述说，但我们读国文的诗，的确是要去找到他那个历史的撬点，在这个撬点上，撬起了诗人的才气横溢、语词华丽、节奏明快、收放自如，这些无一不在显示着国文的成熟和造诣，同时他的诗又适合朗诵，特别是适合他自己来朗诵。

另外，我要说的一点是，国文的“非诗歌”却能把非诗写得非常像诗，这意味着国文的努力和自觉已经开花结果。建构和解构都是构，木构钢构也是构，这就涉及创新和怀旧的统一，暧昧和准确的同步，丰富和抽象的合一，更在于会不会有一颗意想不到的子弹射来。在国文那里，我以为子弹还藏在他身上，他还舍不得掏枪，他喜欢用飞镖，飞镖一出手，江南便落花，这让我想到了杜甫的那句诗，用在今天也可应景，因为今天就是历史中的一天：正是江南好风景，落花时节又逢君。

杜甫的伤感就是国文的伤感，也是我们共同要面对的问题——这就是新诗一百年后的大问题——什么是好诗，什么是一般的诗，什么根本就不是诗？国文以一本《江南书》做出了自己的回答，而我通过阅读国文的诗来表明我的一些观点，其中见仁见智或见谬都在所难免，因为不管怎样，正是江南好风景，落花时节又逢君，这样的诗句摆在那里，而且已经摆了一千多年了，我们还能怎么样呢？

地域诗选、评论序言小辑

广西诗歌的“地理档案”

——《穿越诗的喀斯特——当代广西本土诗人访谈录》序

容本镇

“广西是一块适宜于诗人成长的土地，一块盛产诗歌的沃野”，改革开放以来，广西诗歌以积极的姿态参与着中国新诗的发展。广西青年诗人及其作品也越来越受到外界的关注与重视，围绕着广西诗歌的研究并不鲜见。钟世华所著的《穿越诗的喀斯特——当代广西本土诗人访谈录》（下文简称《穿越诗的喀斯特》）以访谈录的形式为广西诗歌研究提供了丰富的原始资料。

这本约 32 万字的著作，历时 3 年多完成。出生于广西的钟世华，于 2003 年结识了诗歌，凭借着作为诗歌爱好者所具有的诗歌情怀以及对乡土的热爱之情，以细致的规划和充分的准备开展着这项耗时较长的访谈工作。在《穿越诗的喀斯特》的后记中，他写道：“做广西本土诗人访谈，是受《巴黎评论》的启发。在这本世界重要作家访谈录里，我读到了许多原汁原味的思想内核。广西有那么多优秀的诗人，他们的诗歌各显奇异，仿若广西特有的喀斯特地貌，充满奇峰异洞，但研究他们的资料较少，现有的研究也大多是从作品解读出发，缺乏对诗人生平、内心世界、写作时代、地域背景、写作意图和指向的阐述。如果能够做一本包含上述内容的访谈录，减少人们断章取义的误读，确实是一件非常有意义的事情。”可以说，《穿越诗的喀斯特》所展现的正是诗人们“原汁原味”的思想内核，带领读者走近并领略广西诗坛中的“喀斯特”。

该书选取了25位具有代表性的广西诗人为访谈对象：冯艺、田湘、刘频、盘妙彬、石才夫、非亚、张民、庞白、韦佐、荣斌、林虹、高瞻、吕小春秋、伍迁、吉小吉、三个A、刘春、许雪萍、琬琦、韦适华、陆辉艳、牛依河、费城、侯珏、微克。除了著者个人阅读偏好和客观条件限制外，从地域上来说，这些诗人不仅出生在广西，目前也仍然居住在广西，他们的出生地或现居地几乎遍及了广西14个地级市；从诗歌群体上来说，这些诗人几乎涵盖了广西各大重要诗歌群体，如“扬子鳄”“自行车”“漆”“麻雀”“凹地”“南楼丹霞”等等。在访谈形式上，有面谈、QQ对话、电子邮件或短信联系等，大多数访谈都历时较长。在不同的提问背后，体现出采访者为了对采访对象有尽可能全面而深入的了解所付出的时间与精力。

这些访谈既展现出了诗人们各自不同的内心风貌，又避免了漫无目的的随意而谈。针对不同的提问，诗人们的回答或具体详尽，或相对简单随意，或长篇大论，或三言两语，既有具有一定学术深度的探讨，也有轻松随意的如同友人般的闲谈。这些回答从某种角度上来说，展现出了诗人们不同的个性特点。书中所集合的广西诗人们的“内心自白”，所涉及的问题点十分广泛：创作历程、成长和工作的经历、地域环境、诗歌中的独特意象等等。

在访谈的初始阶段，往往从诗人们的创作经历切入。诗人们纷纷回忆与诗歌结缘的过程：或回忆童年经验对个人的影响，或追忆各自的诗歌启蒙者，或谈及各自的阅读情况。随后展开的访谈则围绕着创作展开：有的诗人十分坦诚地谈及自己在刚开始学习写诗时所经历的模仿阶段，展现了诗人之间的相互影响；有的则阐述了个人走过的现实与创作之间的冲突历程；有的涉及工作经历、现有生活状况与诗歌之间的关系；还有的谈及了诗歌对个人生活的影响。当然，其中也不乏从诗人自身的角度对其诗歌创作进行自白。例如，钟世华在对诗人琬琦的采访中，就其诗作中的“玻璃”意象进行了提问，诗人阐述了自己对“玻璃”意象情有独钟的原因。类似的话题还有荣斌诗中的“自我”、高瞻笔下的传统诗词的痕迹、许雪萍诗中的“孤独”与“死亡”、牛依河和费城笔下的“石头”意象等等。

此外，大多数诗人都谈到了自己对诗歌的理解。刘频将诗歌视为自己获得完整生命的最好方式，冯艺以诗歌记忆心灵的自我，石才夫以流水的姿势抵达心灵的诗海，吕小春秋认为“情怀绝对远比技巧重要”，吉小吉将情感视为诗歌内在的血液追求“质朴、原本、真诚”，韦适华对诗歌的追求与理解则是“诚实而沉静地面对内心”，等等。在写作状态上，有的诗人善于把握住诗意的瞬间激发和内心中的闪电，有的则将自己的写作状态形容为“一个手艺者，反复打磨一件石器，直到擦拭出一丝光亮”。尽管诗人们的创作风格和写作状态都各不相同，但无一例外，这些诗人们都道出了对诗歌的尊崇和信仰，和在诗歌求索之路上的甘苦与体悟。

书中还有相当一部分采访内容，是从诗人的视角出发，考察中国当代诗歌发展历程中的重要节点和话题。一是围绕20世纪80

年代和90年代的特定时间段展开探讨。其中有对重要诗歌事件的回忆与评价，如“朦胧诗”“寻根”“百越境界”“88反思”“盘峰论争”“1986中国现代主义诗群大展”“汪国真热”等；还有的则侧重诗歌事件对诗人个人创作的影响。二是围绕诗歌边缘化，采访诗人对诗坛现状的看法以及个人体验。最后，钟世华还结合诗人的创作以及诗歌发展的热点话题展开了访谈。例如，“网络与诗歌”“诗与歌”“诗歌语言”“大众化”“日常经验”“口语化写作”以及跨文体写作所带来的影响等等。

作为一本当代广西本土诗人访谈录，《穿越诗的喀斯特》对诗歌地域问题的关注与重视是显而易见的。这方面的采访，从较细致的角度选择上，大致可以分为以下几个方面。

第一，从诗人的角度观察广西诗歌的现状。有的诗人对广西诗歌现状及发展持有积极乐观的态度，例如，刘频就指出“近年来，广西诗歌生态呈现出丰富性、区别性，自我生长能力在有力提升，一如这个亚热带地区蓬勃生长的丛林”，并且表达出了“让广西诗歌狼烟四起”的希望与信心。有的诗人则侧重于指出广西诗歌发展中存在的一些问题，并与其他地区的诗歌发展进行比较。例如伍迁在访谈中直接指出“广西诗歌最大的问题是后劲不足和可持续发展的问题。诗歌新人少，令人眼前一亮的新作少”。从不同诗人的视角来观察广西诗歌现状，为更全面客观地了解广西诗歌现状提供了条件。

第二，访谈多方位涉及了地域文化对诗人创作的影响。广西独特的地理环境、自然风光和风土人情，为诗人们的诗歌创作提供了特有的素材。广西作为一个少数民族聚集地，民族文化对诗人创作的影响也是非常重要的一部分。在25篇访谈中，我们可以看到不少诗人真诚地吐露个人对地域文化的深情。他们或是直接将地域文化纳入其写作的重要部分，并与个人创作紧密联系起来，或是将其与诗作中的独特意象有机地结合起来，或是表达个人对民族文化现状的思考。例如刘频在访谈中直言“从某种意义上来说，我和我的诗歌是这座城市的产品”；费城解读自己诗中的“石头”意象时，这么说道：“如同生活在桂西北这片贫瘠却充满神秘色彩的土地上的人们。他们内心冷峻，却暗藏熔岩，剖开内部纹理，看到的却是饱含血丝的阵痛与苦涩。”在一部分诗人那里，地域文化作为诗歌因素之一是与“乡土”缠绕结合在一起的，体现出了“眷恋乡土”的这样一个相对公共的情结。

洪子诚和刘登翰的《中国当代新诗史》中提到，“提出诗歌的‘地域’问题，不仅是为诗歌批评增添一个分析的维度，而且是‘地域’的因素在20世纪80年代以来诗歌状貌的构成中是难以忽略不计的因素。在诗歌偏离意志、情感的‘集体性’表达，更多关注个体的情感、经验、意识的情况下，‘地域因素’对写作，对诗歌活动的影响就更明显。”《穿越诗的喀斯特》以诗歌中地域问题为切入点，从诗人的独特视角出发，展现了关于诗歌发展多方面的探讨。它犹如一份广西诗歌的“地理档案”，为后继的研究者提供了丰富的原始资料，同时也在一定层面上积极拓宽着广西诗歌研究的角度。

《力的前奏：四川新诗99年99家99首》序

胡 亮

1919年2月，胡适译出美国女诗人蒂丝黛尔（Sara Teasdale）的《关不住了》，并自诩为中国新诗成立之纪元。这个蒂丝黛尔出生于美国密苏里州的一个比较保守的家庭，她永远也不会想到，胡适偷借她的这首小诗，冲任了吾国白话诗运动的急先锋。事实上，早在此前的1916年7月，胡适就已经写出第一首白话诗，用以回应和挑衅他的朋友梅觐庄。后者非常奇怪地认为：白话不能作诗，只能做小说。其实，白话诗古已有之。风，乐府，佛经偈语，白居易和王梵志，杜文澜辑录的《古谣谚》，冯梦龙辑录的《挂枝儿》《山歌》及其拟作的《夹竹桃》，包括无名氏用官话译出的《新约》，在我看来，都是可爱的（或谐谑的）白话诗。对此我们可以熟视无睹，以便继续把胡适成全为一个滥觞；我要很勉强地说，这就是新诗的滥觞：充满喜剧性，又不无象征意味。很快，新诗就成为新文化运动之戈。流风所及，仿佛不做新诗，无以表明某种“进步的”文化态度。多年之后，虽然仍有“迄无成就”的断言，也不能打乱和阻断新诗的步伐。鲁迅，冯至，艾青，卞之琳，穆旦，昌耀，北岛，这些诗人的出现，已经勃起数座绝巘。他们的写作，增加了汉语的丰富性，增强了汉民族的感受力，让百年新诗史间奏出了救亡与启蒙的交响乐。

但是，即便到了今天，新诗经典化问题仍然没有得到很好的解决。历史的歧谷，现实的巉岩，美学的生门与死门，给每一位学者和选家都平添了无穷的缭乱和絮烦。我们甚至发现，愈是卷帙浩繁的选本，愈加无益于新诗经典化。古代选家，比如蘅塘退士，曾经多次启发我们，这个问题的逐步解决——也许永远不可能最终解决——只能依仗小型选本，甚至袖珍选本。是的，我们亟待进行的工作，就是从百位里选出一位诗人，从千件里选出一件作品。这种选学的减法通过不断收紧的苛刻，只愿意网住那些成年或半成年的虎齿鲸。怀着这个费力不讨好的初衷，2008年，笔者选出《1949—2008：中国当代诗100首》。五年之后，时间来到2013年，笔者虑及生为蜀人，当惜蜀籁，故又历时两月，增删八稿，选出《四川新诗99年99家99首》。今之四川辖区，已不包含重庆。诗人之原籍四川，出生四川；原籍四川，出生外地；原籍外地，出生四川，均视为四川诗人。另有杜谷、孙静轩、骆耕野、柏桦、靳晓静、万夏、程宝林、何小竹、李亚伟、尚仲敏十家，虽非四川诗人，然其创作和影响与成都均有莫大渊源，亦斟酌收录。卷首诗人郭沫若与卷尾诗人余幼幼生年相距99年，故以年均一人、人限一首为例，最终筛得99家99首。沐川宋氏兄弟早年联袂写作和发表，近来虽已双飞，则仍然视为一家。入选诗人按生年排序，生年相同，则以姓氏笔画排序。覃子豪生年有二说，1912年与1914年，刘登翰即忽持前说忽持后说，今从张默、奚密、古继堂，采1912年之说。入选作品全部为新诗，以短为主，以质取胜，强调其现代性、抒情性和完整性，间亦虑及流派代表性和时空均衡性。不收录长诗、歌词和散文诗。引入西方文选惯例，坚不收录编者之作品。

自郭沫若以降，四川新诗史与中国新诗史呈现出惊人的同构性，换言之，中国新诗谱系可以大体上适用于四川新诗。白话诗，自由诗，创造社的澎湃，文研会的担当，新月派引入并化用维多利亚时代英诗格律，九叶派对“现实、象征、玄学的新的综合”，七月派和平原社的“战歌时代”，以及紧紧跟随的“颂歌时代”，台湾现代诗运动（尤其是创造社集团），归来者，泛朦胧诗，他们，非非，莽汉，汉风的重现，女权的勃兴，叙事性的提出与践行，杜甫式修辞论，知识分子写作，北京大学小传统，第三条道路，口语与后现代主义……四川诗人着墨于每张毛边纸，几乎可以自行连缀出一部中国新诗长卷。特别是郭沫若、陈敬容、商禽、于坚、翟永明、欧阳江河、柏桦、萧开愚、李亚伟等人的写作，涌动着热烈而强劲的文体意识，改变了并改变着我们对于语言和现实的态度。记得是2012年11月30日，在成都宽巷子香积厨——此处必须插播广告：香积厨主人就是酒鬼李亚伟，美食顾问可能是“吃货”石光华——几杯酒下肚，诗人柏桦似乎微醉了，他忽然轻声叫嚷起来，“要有文体意识，要创造新的生活方式，你晓得，这才是最恐怖的事情”，反复两次说罢，眼睛放光，脸颊透红，几乎站将起来。“恐怖”，蜀语，可训为“厉害”。尽管已经如此恐怖，但是四川新诗的某些板块，至今仍是“全国性研究”的盲区或半盲区，比如周无（又名周太玄），羊翚，孙静轩，宋氏兄弟，马松和郑单衣。写至此处，想起一个插曲。三十年前，学习小学课文，《我的老师》，作者魏巍回忆道，“温柔”“美丽”“十八九岁”的蔡老师曾教读一首无名诗，“圆天盖着大海，黑水托着孤舟，远看不见山，那天边只有云头，也看不见树，那水上只有海鸥”，多年来时常引起我的遐想，谁是蔡老师，其命运如何，谁是这首诗的作者，其命运又如何？这次细细收捡散乱的新诗小历史，才发现这首诗就是《过印度洋》，作者周无，生物学家，1895年生于四川省新都县，1969年卒于成都。编者过眼新诗甚多，向来自矜，经此，则背心手心汗出如浆矣。后来想来，周无虽然能够将格律诗写得浑如自由诗，可能也没有太多的人能够注意到，他恰是早期白话诗和稍晚新月派之间的奇怪的纽绳。还有羊翚，其胞兄覃子豪远赴台岛，仍然没有逸出大陆读者和学者的视野，倒是他自己，几乎已经被彻底淡忘，其1979年以后所作《无题》诸诗，沉痛哀切，却没有进入任何一册归来者诗选。此外，孙静轩后期之怀疑主义，宋氏兄弟早年之复古主义，马松之天才如昙花，郑单衣之抒情性如恒星，亦均未引起足够的关注。我们渴望本书的出版，或能稍稍拨开乱象，弥补四川的“占位”弱势，让四川诗享有与北京诗相当的契缘，最终合理地推动吾蜀新诗经典化进程。

当然，本书在校正天秤的同时，也有可能碰歪托盘。编者亦心知肚明，目前的名单确有遗珠之憾。重要诗人落选，不外三种情况：一是编者审美偏见，二是编者视野局限，三是诗人及其作品不被许可。亲爱的读者，你们一定要晓得，当编者反复权衡，放弃一个又一个诗人的时候，曾经过缓慢而谨慎的犹豫，有时候还感到疲弱而急迫的伤怀。这时候，编者就会如此宽慰自己：即便是蘅塘退士的《唐诗三百首》，也漏了李贺；同样经典的选本，弗兰西斯·特纳·帕尔格雷夫（Francis Turner Palgrave）的《英语最佳歌谣及抒情诗之金库》（The Golden Treasury of The Best Songs and Lyrical Poems in the English Language），甚至漏了布莱克（William Blake）和邓恩（John Donne）：而这两个选本，丝毫也不能扣减三位诗人的天才的光辉。

在这次工作中，编者参考了若干类书及选本，撮其要者，计有陈敬容主编《中外现代抒情名诗鉴赏辞典》（学苑出版社，1989），唐祈主编《中国新诗名篇鉴赏辞典》（四川辞书出版社，1990），海梦主编《中国当代诗人传略》（四川文艺出版社，1990—1993），公木主编《新诗鉴赏辞典》（上海辞书出版社，1991），陶本一、王宇鸿主编《台湾新诗鉴赏辞典》（北岳文艺出版社，1991），万夏、潇潇主编《后朦胧诗全集》（四川教育出版社，1993），毛翰主编《中华诗歌大辞典》（陕西人民出版社，1994），罗洛主编《诗学大辞典》（安徽文艺出版社，1995），陈超编著《20世纪中国探索诗鉴赏》（河北人民出版社，1999），谢冕主编《中国新诗总系》（人民文学出版社，2009—2010）。其他选本及别集，尚有百余种之多，此处不及一一细列。

最后，要感谢蒲小林先生策划选题，柏桦、树才、凸凹、龙炳、蒋浩、萧颂诸位先生提出建议，阳凌女士寄赠乃父羊翚先生之大著，——计有《涉滩的纤手》《火焰的舞蹈》《心中的城》，此三种诗文集，坊间似乎并未多见。

读江西

责任编辑　雁　飞　李佩文

生活

雅趣

张云书法

张　云(1957.11.11—2017.7.16)　江西临川文港(今属进贤)人。中国简体篆书创始人。民间书法家、民间收藏家、民间诗人。曾任二十一世纪出版社集团《旅游画刊》副社长、副主编。著有《月光河》《寻找太阳》《张云短诗选(英译版)》等诗集。在《诗刊》《词刊》《世界语文学》等刊物发表作品600余篇(首)。

其独创的简体篆书作品广被收藏；篆刻作品流传东南亚诸国及美国、日本。《江南都市报》《信息日报》《江西晨报》《南昌晚报》《今日中国》《赣商》等报刊均有其书法专题报道。

宁静致远
乙未秋月 张云书

张云 二〇一五年九月书

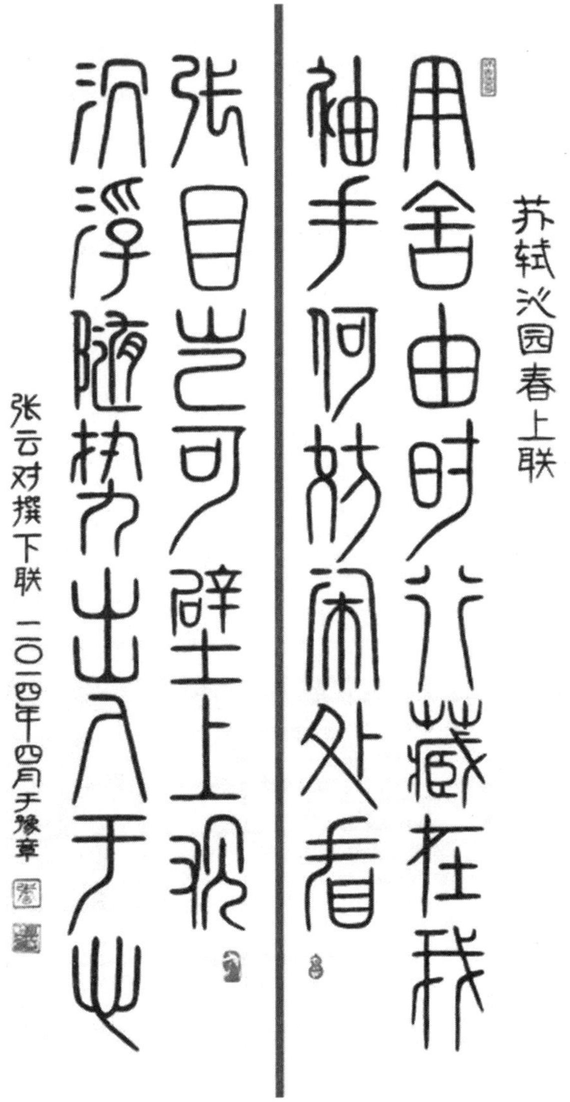
苏轼沁园春上联
用舍由时行藏在我
袖手何妨闲处看
张目岂可壁上观
沉浮随势出入于心
张云对撰下联 二〇一四年四月于豫章

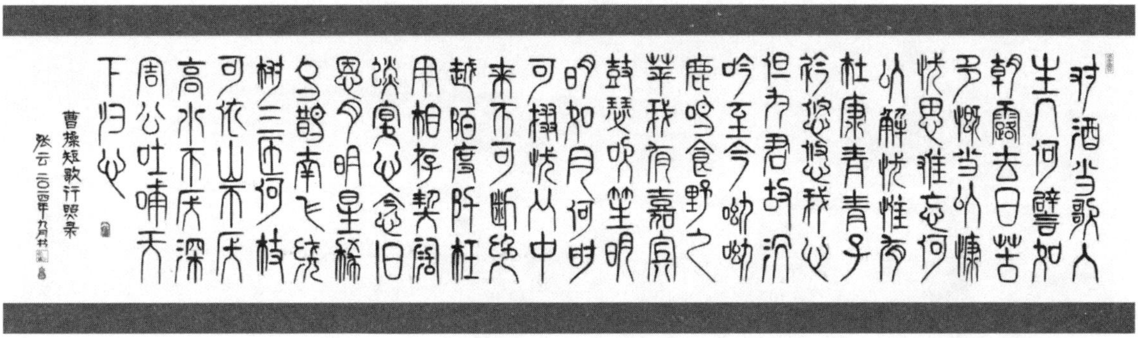
对酒当歌人
生几何譬如
朝露去日苦
多慨当以慷
忧思难忘何
以解忧唯有
杜康青青子
衿悠悠我心
但为君故沉
吟至今呦呦
鹿鸣食野之
苹我有嘉宾
鼓瑟吹笙明
明如月何时
可掇忧从中
来不可断绝
越陌度阡枉
用相存契阔
谈宴心念旧
恩月明星稀
乌鹊南飞绕
树三匝何枝
可依山不厌
高水不厌深
周公吐哺天
下归心
曹操短歌行节录
张云 二〇一四年九月书

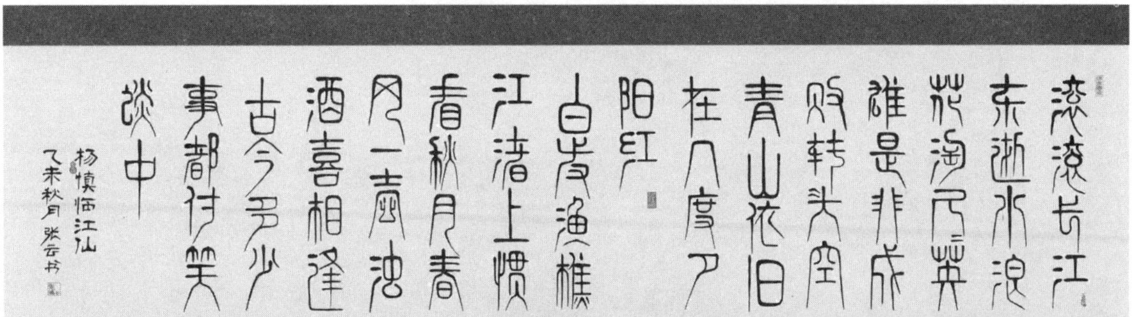
滚滚长江
东逝水浪
花淘尽英
雄是非成
败转头空
青山依旧
在几度夕
阳红
白发渔樵
江渚上惯
看秋月春
风一壶浊
酒喜相逢
古今多少
事都付笑
谈中
杨慎临江仙
乙未秋月 张云书

雁西绘画

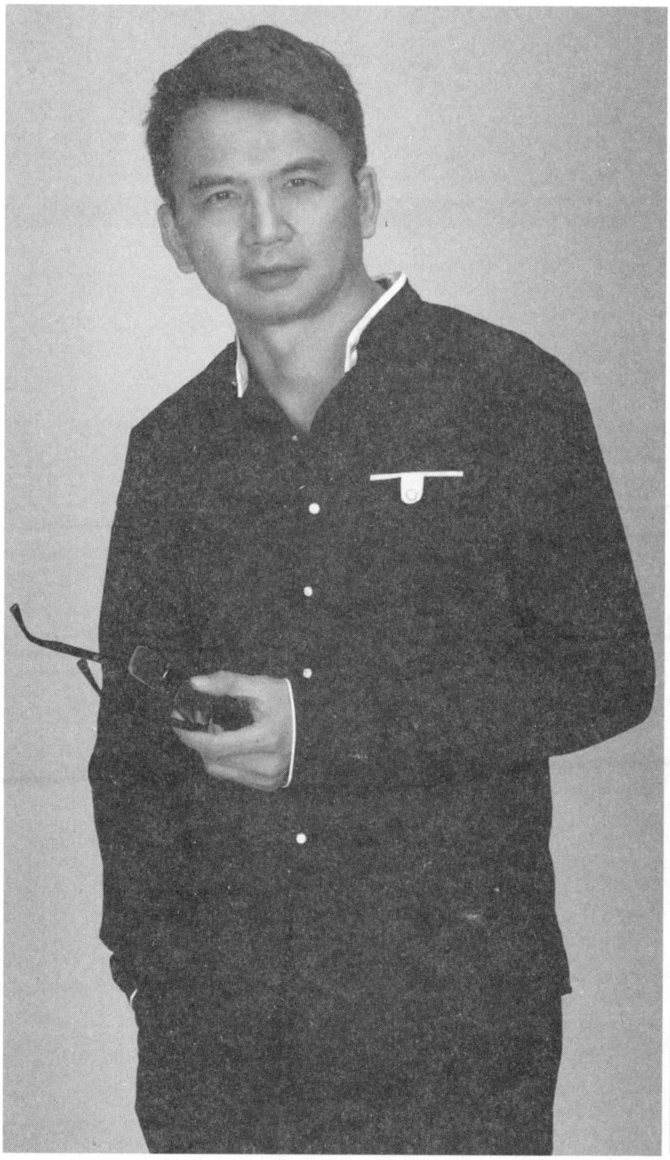

雁　西　原名尹英希。1965年9月生，江西南康人。策展人、评论家、诗人。中国作协会员。现任《现代青年》杂志社总编辑，中国文化管理协会文学艺术委员会副会长、秘书长。著有诗集《走出朦胧》《世纪末梦中梦》《永远的鸽群》《活着的花朵》《时间的河流》《致爱神》等。作品曾获《芒种》年度诗人奖、《人民文学》优秀作品奖、中国首届长诗奖、第四届中国当代诗歌奖、两岸诗会“桂冠诗人奖”。

致大海系列三

万泉河印象系列八

萌动系列一

流逝系列三

文摘

江西日报 JIANGXI DAILY

春色满园诗满城

——鹰潭“微诗热”现象解读

文/《江西日报》记者　祝学庆　钟海华

2017 年 4 月 19 日，“中国诗歌万里行”活动走进鹰潭，这是该活动首次走进江西。活动中，中国作协诗歌委员会主任叶延滨向鹰潭授予“中国微诗城”牌匾，鹰潭微诗正式“加冕”，鹰潭成为全国唯一的“中国微诗城”。此次活动不仅把鹰潭微诗创作推向了一个高潮，同时也是对鹰潭微诗创作的极大肯定和褒奖。

鹰潭“微诗热”现象为何引起国内文坛高度关注？鹰潭微诗一路走来，经历了怎样的历程？“微诗热”现象为鹰潭带来了什么？又有着怎样的借鉴意义？

B4 江西日报 JIANGXI DAILY　综合 News

春色满园诗满城

——鹰潭“微诗热”现象解读

红色教育应多些“体验感”

瑞金文明乡风拂面来

“眼镜”书记进村来

呢喃信江畔　诗香溢鹰城

“一缕怀念的飘零/越来越浓的味道/熏得我　泪淌满面”（夏维纪《炊烟》）

“直挺挺　齐刷刷/相遇滚烫的力量/软了整个身心”（酒使一生《面条》）

“桃花扑哧一笑/慌乱的风/打翻　颜料桶”（如意萍儿《春》）

……

龙虎山下，信江河畔，低吟浅唱中，诗香便溢满了鹰城。

微诗，又名微型诗，属现代诗，是除诗题外 3 行以内的小诗。但就是这样一般不超过 30 个字的小诗，却在鹰潭掀起了滚滚“热浪”。

张火炎（网名“火火”）、艾建新（网名

“酒使一生”）这两名鹰潭的诗迷，点燃了鹰潭微诗创作的“引线”。2015 年 10 月的一天，他们在一起创建了信江韵微诗群，后改为“信江韵微诗社”，这是一个以鹰潭诗人与诗歌作者为主体的微诗创作团队。随后，国内首个微诗协会——鹰潭市微诗协会正式成立。

协会成立后，迅速聚集了一大批当地诗人和诗歌爱好者，其中既有公务员、教师，也有企业家、学生、农民、商人。如今，该协会会员已发展到 800 余人，培养微诗爱好者数千人，累计创作微诗作品 3 万多首，制作微信公众平台微诗刊 500 多期，引起了全国诗歌界的广泛关注。前不久，国内第一部微诗佳作专集——《信江微诗韵》成功举行首发式，这本书精选了鹰潭 100 名诗人的 3000 首微诗及 30 篇诗评作品，是鹰潭微诗文化发展成果的集中体现。

不到两年的时间，微诗迅速走进了鹰潭的机关、社区、企业、学校，产生了强烈的反响和良好的社会效果，如今已是春色满园，繁花似锦。龙虎山上清中心小学教师谭秀琴尝试把微诗引进小学语文课堂，成立了“上清小学嫩芽微诗社”。经过一年的微诗进课堂教学实践，学生的综合素养和审美情趣得到了很大提高。

纸上繁花盛　此中有真意

鹰潭“微诗热”之所以能成为一种现象，有多方面原因。探究其原因，对江西省乃至我国当前文学发展具有借鉴意义。

当前社会快节奏的生活方式，使得人们的阅读时间更趋碎片化、零散化，但人们对诗意的渴望却并未减弱。于是，以“短小微”为特点的微诗受到读者的青睐。正如诗歌评论家、文学博士谭五昌所说，“微诗的出现非常符合大众快捷性的阅读需求。”

新媒体为“微诗”的迅速发展提供了沃土。江西省文联主席叶青说：“鹰潭微诗创作群体，正是借助了新媒体的力量，才迅速走出了地域的局限，走向了更为广阔的空间；同时，信江韵微诗社以微信公众号为媒介，也在不断扩大其在社会公众中的影响。”

微诗创作的组织者采取的一系列颇有针对性的做法，也为微诗发展发挥了积极作用。信江韵微诗社通过举办专场微诗朗诵、专题诗赛等活动，充分调动了诗友们的创作积极性。同时，诗社对出题、收稿、展示、点评、诵读等环节分工明确，确保了微诗创作的持续性。诗社经常采取同题创作方式，组织会员及诗歌爱好者参与写诗。制题者对主题的确定非常考究，或关切社会现实，或关注传统文化，或颂扬地方风采，或感悟天地自然……江西省作协驻会副主席江子表示，“这些精心设置的题，将整个鹰潭微诗创作引导到了一个健康、高格、积极的良性发展轨道上。”另外，诗社不断加强与外界诗友之间的联系沟通，与中国唯美微诗原创联盟等诗歌创作队伍多有接触，在不断的交流切磋中，提高了自己的创作水平。

值得一提的是，鹰潭微诗创作群体的崛起离不开当地党委、政府的关注和支持。当地宣传部门、文联、作协敏锐地捕捉到这一现象的积极意义，以各类文化活动为载体，将微诗推到前台，极大提升了微诗在当地的影响力，激发了创作者更强烈的创作欲望。

对于鹰潭这种势头强劲、高潮迭起的微诗创作现象，谭五昌认为，“不仅构成了近一两年江西诗坛乃至国内诗坛的炫目亮点，更值得我们进行诗学层面的总结、探讨与研究。”

（原载 2017 年 5 月 3 日《江西日报》）

江西日報 JIANGXI DAILY

悠悠信江韵　浓浓微诗情

文/《江西日报》记者　祝芸生　张　衍

深夜建群——点燃微诗引线

龙山毓秀，信水英华。鹰潭，这方人杰地灵的土地，自然是文学爱好者的天堂。张火炎、艾建新便是一对意气相投的诗友。

“工作之余进行诗歌创作是我们的共同爱好，而且我们都喜欢微诗‘短小微’的特征，它符合‘短平快’的现代生活。”说起建微信群的故事，现任“信江韵微诗社”总策划的张火炎依旧激动不已。

“其实，鹰潭像我们一样热爱微诗的人还有很多，我一打听才得知，大家都苦于没有好的平台进行微诗创作交流。”“信江韵微诗社”社长艾建新告诉记者。

2015 年10 月，一个充满诗意的夜晚，漫天繁星犹如一朵朵盛开的花。“大家都在使用微信，为何不建立一个微信群，把诗友都拉进群里，尽情地分享诗歌?”张火炎与艾建新的想法一拍即合。

深夜，“信江韵微诗群”建立起来了，作为发起人，张火炎与艾建新两人被诗友们亲切地称为“火火的艾”。

诚如这个名字一般，微诗群的发展犹如燎原之势，50、100、200……群员人数不断增加。

江西日报　文化赣鄱　B1 聚焦
悠悠信江韵　浓浓微诗情
深夜建群——点燃微诗引线
升级社团——提质微诗创作
名人拉动——影响辐射全国
追求卓越——小诗绽放大美
一笔　一碗　一生

就像艾建新在《似锦年华》中写的“在一点点地发生/在一点点地改变/幸福　不止一点点”。

祁人告诉记者，鹰潭的微诗可贵之处在于设立了“行业标准”：如三行内、不超过三十字；如标题不能出现在诗行中，词汇不重复出现等等。而且，微诗的创作极其符合互联网（电脑）、新媒体（手机）、自媒体（博客、微博、微信）时代人们的参与兴趣与热情，是多元文化的体现，升华了人们业余文化生活的情趣与追求。

在这个人人都有麦克风的时代，“人人可成‘微诗人’”是艾建新的追求。“入群的人越多，也代表着人们对更高品质生活的向往。”他告诉记者。

有诗友说，微信群里总是弥漫着微诗的丝丝甜香，沁入心扉，让她心甘情愿做了缪斯的囚徒；

有诗友感谢诗群让自己找到了一群情趣相投的好朋友；

有诗友自白与微诗有一种天然的亲近感，他说这是一个温暖人心的地方。

……

信江河畔，这群“微诗人”正在用诗意的情怀弹奏生活、工作的琴键，奏响一个个平凡的音符，汇合成一曲曲或婉转或直率的乐章。

升级诗群——搅热微诗创作

2016 年 10 月，恰逢“信江韵微诗群”建群一周年。

“用什么活动庆贺一下呢？把微诗群升级为微诗社吧！”张火炎与艾建新的想法再次不谋而合。

于是，“信江韵微诗社”在大家的欢呼声中诞生了。

“诗社目前已发展到 800 余人，有专人出题，专人收稿，专人评论，专人朗读。我们坚持每周推两期原创微诗，每天晚上 8 点至 10 点进行微诗创作。到目前，已创作 30000 多首微诗作品，制作推介‘信江韵微诗社’微信公众平台 548 期。”说起这些，张火炎眼里流露出止不住的自豪感。

王萍，小学教师，她始终坚信“艺术的东西，只要坚持就一定有收获”。加入“信江韵微诗社”后，文字的锤炼重新点燃了她的文学情怀。“在这里，谈笑有鸿儒，往来无白丁，大家都是志同道合的朋友，相互切磋、互相鼓励，诗和远方离我并不远。”

唐萍，医院护士，从写第一首微诗时的忐忑，到现在的得心应手，离不开诗友的帮助。“是‘火火’老师不断给我鼓励，帮我改诗，给我评诗。”说起创作缘起，她近乎啜泣起来，“诗社里尽管是一张张陌生的面孔，但莫名地感到亲近，仿佛认识了许久一般，我想这大概就是微诗的魅力吧”。

季萍，公务员。“以前写的都是公文，与诗离得远，自从加入诗社后，感觉寻觅到了心灵的港湾，身心健爽。恰如画家用颜料作画，音乐家用音符谱曲，通过语言文字的拟物象形，雕琢微诗，让我心神安宁。”说这话的时候，她一脸的恬静，“现在，我的散文、公文写作功力都有了很大提升。”

车静，个体户，白天做生意，晚上利用微诗丰盈自己的精神世界。她说：“我的日子因诗而憔悴，因诗而丰满，微诗给我一份信仰，让我努力把每天都过成一首诗。”

微诗魅力无穷，正如网名为“倚栏观景”的诗友在《我与微诗》中写的那样：“风尘久了　心无处安放/闯进　三叶草的净地/从此　不再流浪。”

给别人翅膀，你也能飞翔。“信江韵微诗社”里的充电和交流，让诗友们共鸣连连、感慨深深。

高位推动——影响辐射全国

有人感慨：“鹰潭的诗人真幸福。”这话的确不假。

“信江韵微诗社”创建以来，得到了鹰潭市委、市政府及相关部门领导的高度重视。

2016年10月，“鹰潭市微诗协会”注册成立；由鹰潭市委宣传部资助出版的江西省首本微诗集《信江微诗韵》也于2017年4月19日面世，市委主要领导为诗集作序，为创作群体鼓劲。

鹰潭市民政局、市文联把“信江韵微诗社”“鹰潭市微诗协会”作为重点单位支持，社会各界为微诗社的活动推广、作品发表等纷纷伸出援手，极大地鼓舞了诗友的创作热情，形成了“全市支持微诗发展，微诗助力全市繁荣”的独特氛围。

“从鹰潭市委、市政府主要领导，到主管的宣传部长以及文联组织，从上至下为鹰潭微诗的兴起贡献力量，可以说是地市级党委政府积极响应中央‘推动社会主义文化大发展大繁荣，进一步兴起社会主义文化建设新高潮’精神、践行文化创新的典范案例，是当前网络新媒体时代挖掘创新文化建设、凝聚发挥正能量、繁荣社会主义文化的一大收获。”祁人动情地说道。

高位推动和部门联动，直接让微诗从“微诗人”的纸上走进了校园。

“角落里　稚气的嫩芽/茁壮成长　期待/与天空的鸟儿一起　谈笑风生”，贵溪市上清镇中心小学学生倪琳歆的一首《恰同学少年》语言凝练，意味隽永。

2016年7月，该校教师谭秀琴的微诗讲座《巧用微诗润童心——通过微诗创作提高小学生的语文素养》在课堂内外全国中小学语文教师创新成长与核心素养研讨会暨第二届语文湿地创造者大会活动中，获得全国一等奖。

“微诗让我们从一所名不见经传的农村学校由此登上了全国教育的大舞台，也为我这个普普通通的乡村女教师打开了一片全新的教育领地。”谭秀琴不无感慨。

“现在，不仅有越来越多的孩子、老师、家长学习写微诗，还有全国各地的不少人也纷纷加入到我们的微诗创作队伍中来，他们也像我一样在接受着微诗文化的浸润，收获成长的快乐。”

立足全市，走向全省，辐射全国，“信江韵微诗社”的这群“发烧友”，做到诗意精彩了鹰潭并不断向外蔓延。

追求卓越——小路终成大道

走在微诗的道路上，诗人们迈出了坚实的步伐。向着前方，向着梦想，向着阳光，让爽朗的心情撒落在途中。

为了提高自身的创作水平和队伍人员水平，“信江韵微诗社”加强了与全国其他微诗团队的合作和学习、交流。

“我们与中国唯美诗歌论坛微诗版块、诗心斋微型诗社联合建立‘四季微型诗联盟’，推出同题微诗精选50期1500首作品。”

“我们还培养、推荐有潜力、有积极性的诗友到全国各大微诗网站学习、交流，有些已经成为中国唯美诗歌论坛、中国微型诗等高层级微诗网站的重要管理人员和特约诗人。”

诗人们争先恐后地回答，让轻松愉快的采访变得热闹纷呈。

微诗社的唐萍、吴涛等人的作品还经常登上中国唯美诗歌论坛微诗版块、诗评版块的首版。全国其他的微诗平台推出“信江韵微诗社”诗友作品专辑30多期，反响热烈。

诚如艾建新在《我与微诗》里说的那样，“锻炼过并继续锻炼/爱过并继续爱得更强烈/小路走成大道”。

所有年轻的故事都不曾走远。

一年来，信江河畔的“微诗人”靠着一路的勤奋与打拼，已是成果丰硕。他们将在悠悠信江韵的旋律中继续书写浓浓的微诗情。

所有年轻的故事都将不断走远。

“鹰潭是全国唯一的微诗城，也是诗歌万里行十三年来最靓的一站！从参与群体大、数量多，到今后的质量高、出优秀作品是必然的！”祁人的话铿锵有力。

“为了进一步发展‘信江韵微诗社’，更好地发挥微诗在鹰潭乃至全国经济、社会、文化、生态发展中‘无微不至’的作用，我们还需要更多的组织关心、支持和鼓励。我们也有信心把微诗进一步做大做强，为现代诗歌的发展、让诗歌服务大众，发挥我们的‘微’力量。”

张火炎说这话时，诗友们都握紧了拳头，目光沉着而坚毅，那是在文字跳跃中，磨炼出的冷静和从容。

（原载2017年5月5日《江西日报》）

江西日報

一场充满诗意的文学行动

文/《江西日报》记者　毛江凡

“在金桥，我与一朵洁白的油茶花不期而遇/尽管十月的风/将饱满的金黄吹得香飘四野/而雪一样的白/成为这个季节最唯美的主角。”这是 2017 年 11 月 5 日，南昌的诗人卢炜在“诗歌下基层”活动第六站——南昌市新建区金桥乡采风后，满怀深情写下的诗句。

在当天的活动中，来自省内外的 10 位江西籍诗人，在金桥乡展开了为期一天的诗歌采风之行。他们走访了千亩油茶林，探寻生态农业的勃勃生机；他们登上了上天峰，在历史与现实的交集中，探寻并感悟深厚的文化基因与遗存；他们来到塘下中心村，与老百姓话桑麻拉家常，感受新农村从内到外的深刻变化。

一天的行程结束后，诗人陈安安告诉记者：“诗人们下基层，这样的诗歌实践给诗歌界注入了活力。来到基层后，我发现农村这几年变化确实太大了，诗人应该去讴歌时代，这是诗人在新时代的担当，更是诗人当下的责任。”

江西日報
文化赣鄱
WENHUA GANPO
B1 聚焦
2017年11月17日 星期五
播撒人文馨香
文化脉动
高贵不贵的『种子』在萌芽
——江西艺术中心托管安源大剧院为地方剧场运营探索出新路
不用跨市　不再出省
五十元票价可享精美好戏
省内托管　成本分摊
一场充满诗意的文学行动
□ 本报记者 毛江凡

据了解，“诗歌下基层”活动从 2017 年 5 月份启动以来，已成功举办 6 次，数十位诗人先后前往南昌高新区昌东镇，南昌县幽兰镇、黄马乡、塘南镇，南昌市青山湖区塘山镇，新建区金桥乡等地采风，共创作了 120 多首诗作。诗人们走进了田间地头、工厂车间、农户家里，用“接地气”的语言，谱写了一首首属于人民的诗歌。在不少采风地，诗人们的诗作有的被喷绘在新农村建设的宣传墙上，有的被刻在乡镇主干道的石碑上，不仅便于人们诵读，也给乡村增添了别样的人文气息。

诗歌以这样的方式回归到人民大众之中，而且效果如此立竿见影，让发起人与诗歌参与者都感到惊讶。原来诗歌从来不缺乏受众，也不缺乏传播的途径，缺的是回归本真的诗心，缺的是对一个时代与社会生活的真切抒怀。

在“诗歌下基层”活动第六站——“金桥乡”采风活动中，有一位远道而来的诗人——中国作家协会会员、温州大学瓯江学院中文系主任熊国太。为参加本次活动，他连夜坐火车从温州赶来南昌。“诗人在家写诗虽然未尝不可，但是想要写出有生活气息的作品，就必须深入基层。诗人很有必要到基层去体验生活、观察生活。”熊国太认为，自古以来，所有具有浓厚生活气息的文学作品，如屈原、陶渊明、王维、李白、杜甫、辛弃疾等人的诗作，无一不是从所处时代的具体生活体验中提炼出来的。在今天，广阔的社会生活依然是作家们创作的源泉，否则其作品将失去生命力。

卢炜告诉记者，“诗歌下基层”是习近平新时代中国特色社会主义思想在文学领域的具体实践，让诗歌走进社会最深处，贴近生活，亲近百姓，歌颂新时代，传递正能量，是诗歌创作者的正确选择。

通过对六期“诗歌下基层”活动的观察，评论家刘晓彬认为这是一个“三赢”的创举。首先，对于诗人而言，下基层采风可以深入生活、观察生活、体验生活，捕捉到新的诗意，使诗人在创作时关注到生活中那种潜在意识和灵感的苏醒。其次，对于采风活动举办地而言，本地的自然景物、人文景观、历史遗迹、名人先烈和风土人情等不仅会以诗歌的方式得到广泛传播，这些作品也将丰富当地的文化底蕴并得以传承。最后，在碎片化阅读、庸常化阅读越来越占据人们手机屏幕的当下，“诗歌下基层”通过有品位的诗歌写作产生的作品，如一缕清风，通过微信、微博等自媒体的传播进入大众生活，对传播与建设具有特色的地域文化高地，能起到强大的促进作用。

（原载2017年11月17日《江西日报》）

新余日報
XINYU RIBAO

《星火》重点作者采访新余
“香樟诗会”开启笔会新风

文/《新余日报》记者　李佩文

2017年10月20日至22日，《星火》文学杂志重点作者采访团走进新余。此次采访团包括新余作者共30余人，结集了范晓波、江华明、刘国芳、石红许、胡刚毅、赫东军、彭文斌、简心、喻虹、吴素贞、何闯等11位中国作协会员。采访团在新余召开了《星火》重点作者座谈会，参观采访了进士村防里村、石头村太源古村、严嵩故里介桥村，在千年古樟下举办了“香樟诗会”。

新余日报　XINYU RIBAO　关注　中国福利彩票　今天您买了吗?　5

《星火》重点作者采访新余
“香樟诗会”开启笔会新风

香樟诗会，与古樟和自然对话

足够深情，难忘短暂新余之行

我市一书法作品荣获
全省党办系统比赛一等奖

后花园诗人采风团走进分宜山山水水

香樟诗会，与古樟和自然对话

10月21日上午10时，一场别开生面的“香樟诗会”在防里村一棵最古老的樟树下举行。

《星火》执行主编范晓波担纲诗会主持人。简单明了的开场白后，小说家江华明关于《古树的故事》的讲述拉开了诗会序幕。

“每一个都是进士的前身/有人秉烛持卷，有人打马进京/光阴有急蹄，有一种方法可以留住前朝的葱茏/将一株香樟植入岁月的年轮……”青年诗人吴素贞朗读新作《防里古樟》，把人带入防里的远古时光。

随后，作家诗人们纷纷走上前去，讲述和诵读与古树与生态有关的故事和诗歌，有的即兴为古樟作诗赋词，抒发着对古樟对树木对生态的无限眷恋和怀念之情。

古樟为檐，原野为席，芦花摇旗，稻谷倾听，飞鸟配乐，绿叶拍掌。

此情此景，让我们不禁唱起那首歌：我

们坐在高高的谷堆旁边，听妈妈讲那过去的故事。又让我们轻声哼起“让我们荡起双桨，小船儿推开波浪……小船儿轻轻，飘荡在水中，迎面吹来了凉爽的风……做完了一天的功课，我们来尽情欢乐，我问你亲爱的伙伴，谁给我们安排下幸福的生活……”

诗人简心说，古树代表婆婆奶奶的味道，没有古树的村庄是失水的，没有古树的家园是缺氧的，没有古树的心灵是失血的，没有古树的诗歌是缺血的。

是的，古樟成为这场诗会的主角，成为我们无法忘却的一个念想和意象。

众所周知，防里村历史上共出过 19 名进士，村里有个传统，每出一个进士或者举人就种一棵樟树，目前村里百年老树有上百棵，最老的 1052 岁。古樟是家园的线索，不仅与生态有关，也与文化相连。

范晓波说，香樟是新余的市树，也是江西的省树，古樟既象征着美好的生态，也是能穿越时间的信物，承载着人们对家园的记忆、对先人的思念。香樟诗会这个笔会也隐喻着一种敬重自然、珍爱自然、守护自然的人文精神。

诗会结束后，大家纷纷与古树合影，唯愿诗文与古樟一样青春常在。

足够深情，难忘短暂新余之行

“温暖而开心的诗会。”

“释放心怀的诗会。”

“以香樟为火炬，接力未来，点亮未来的诗会。”

……

难忘的记忆总是令人无限回味。

喻虹感叹：“文学的距离，真的太近了。”

简心感动：“夜幕下回到赣州，摸了下心口，还好，心带回来了。感谢《星火》，感谢新余。”

如月之月说，万水千山总关情，难得这份纯粹的文友之情、师生之情。

“我们在乡下读诗，很多人在城市侧耳倾听。”范晓波说，“到家就回忆，如果足够深情，两天也可以成为一个独立的小人生。谢谢新余的朋友和各位作家、诗人、记者和《星火》共度周末人生。”

是的，仙湖摄制了大家的美丽，古樟珍藏了名人的诗文，渝钤铭记了星火的温情。

据了解，《星火》是江西省文联主办的老牌文学期刊，创办于 1950 年。为了顺应期刊市场的变化，自 2016 年第 1 期开始改版升级，既展示文学作品，也展示文坛景观。眼下，《星火》已成为省内外作者渴望发稿的高地和维系改良本省文学生态的湿地。在提升文学品质的同时，《星火》杂志社积极举办各类活动，延伸服务手臂，拓展文学的社会影响力。香樟诗会就是《星火》精心策划的品牌文学活动之一。据悉，《星火》将不定期组织诗人作家寻访不同的古樟举办香樟诗会，每年一至二届，以文学的方式挖掘宣扬江西的生态资源和文化传统。

《星火》杂志与新余作协共同举办的这场防里古村露天“香樟诗会”，可谓接地气、接天气、接水气、接香气、接清气、接灵气，开创了中国诗歌笔会新模式，已被中国作家网、凤凰网江西频道报道。

古樟在，家就在，人就在，诗就在。

（原载 2017 年 12 月 5 日《新余日报》）

诗江西

责任编辑　胡刚毅　张小康

诗事

一频道

"面向东湖　春暖花开"

二〇一七年南昌市谷雨诗会南昌诗派研讨会纪要

吴红铁　吴　欢

2017 年 4 月 8 日上午，南昌市文联、南昌市东湖区委、区政府主办，南昌市作协、南昌市东湖区委宣传部、南昌市东湖区文广局、南昌市文艺评论家协会、南昌市诗歌学会承办的"面向东湖　春暖花开"——2017 年南昌市谷雨诗会南昌诗派研讨会在南昌召开。

南昌市文联党组成员、副主席、南昌市作协主席邹时光，南昌市文联党组成员、副主席周文彬，南昌市东湖区委常委、宣传部长胡洪水，南昌市东湖区政协副主席、南昌市东湖区文广局局长胡薇，南昌东湖区委宣传部副部长黄君，南昌市东湖区文广局副局长黄艳，南昌市东湖区文化馆馆长闵思龙，南昌市作协名誉主席、南昌市诗歌学会名誉会长陈安安，南昌市作协副主席、南昌市文艺评论家协会主席、南昌市诗歌学会执行会长邓涛，南昌市作协副主席、南昌市文艺评论家协会副主席、南昌市诗歌学会副会长刘晓彬，南昌市文艺评论家协会副主席王治川、陈米欧、詹冬华，南昌市文艺评论家协会副主席、南昌市诗歌学会副会长李贤平，南昌市诗歌学会副会长游华、牧斯、舒琼，南昌市作协秘书长吴欢，南昌市文艺评论家协会秘书长任志星，以及南昌诗派部分人代表老德、杨晓茅、文向滨、毛江凡、张萌、吴红铁、杨晓林、张小康、朱仁凤、熊亮、湖拮、吴悍东、田智生、刘希巴、聂丽芹、杨津、张云、夏侯俊杰、胡宝卿、卢炜、殷奋进等40余人出席研讨会。南昌市作协副主席、南昌市文艺评论家协会主席、南昌市诗歌学会执行会长邓涛主持研讨会。

邓涛、王治川、刘晓彬、舒琼、李贤平、老德、詹冬华、陈安安先后发言。大家从南昌市东湖区的人文历史、地域特色及流传的名篇佳作等维度探讨了南昌市东湖区在南昌诗派的地位与重要作用,分析了当前南昌诗派部分优秀诗人的创作成绩和作品的审美价值及影响力。同时,就南昌诗派的宣传、推广的方式和渠道做了充分交流,对南昌诗派今后的发展提出了许多可行性的建议和措施。

邓涛做了《论南昌市东湖区在南昌诗派中的地位》的主题发言。他通过剖析南昌市东湖区几千年以来的人文风景、名家诗作以及在文学上的历史沉淀及辐射的影响来旁征博引、借古论今,认为南昌市东湖区有举足轻重的诗人,有极具号召力和美誉度的诗歌作品,有颇具影响力的滕王阁、八大山人故居、百花洲等名胜古迹,说明这里历来就是一个诗城,回到东湖,也就回到了诗歌的故乡。他还就南昌诗派的发展提出了几点建议:一是把历史的元素融入南昌这座诗城;二是为南昌诗派建立一整套理论体系,作为学术支撑;三是邀请一些全国知名诗歌评论家,为南昌诗派的诗歌作品进行剖析,分析症结,打开视野,提高南昌诗人写作水平;四是组织优秀诗人的作品在全国各大期刊集体亮相,促使南昌诗派发展得更好更有影响力。

王治川表示,写诗必须具有自己的风格和个性,要写出诗歌的独特性、思想的独特性、人文的独特性。诗的语言可以空灵但不要轻飘、文采斐然但不要过艳,过艳就会媚俗。南昌诗派的诗人还要多加努力,在创作中有所转变,在创新中有所发展。他还寄语大家,只要有一颗诗心,就会获得幸福感。不论贫穷或是富贵,诗歌都会来敲响你的门。

刘晓彬做了《本土文化的血脉与骨肉的鲜活生命的延续》的发言。他对南昌市东湖区区域、文化、诗歌、诗人、自然生态、自然诗性等六个方面做了阐述,认为只要明晰以上六个方面,那么东湖区在南昌诗派中的地位也就一目了然。他还就南昌诗派作品的创作提出建议:第一要营造诗歌创作的良好环境,第二要突出诗歌创作的南昌特色,第三要提高诗歌创作的个人素养,第四要建立南昌诗派的理论体系。

舒琼认为,要进一步扩大南昌诗派的影响力,必须加大宣传力度,重视传播。他提出了三点建议:一是以南昌市东湖区牵头,设立年度"滕王阁"诗歌奖;二是在南昌地铁建立"南昌诗派诗歌墙",把南昌诗人优秀的诗歌作品在地铁展示;三是注册"南昌诗派"公众号,定期发布南昌诗人的诗歌作品。

李贤平回顾了2016年江西诗歌创作的特色,既有歌颂革命历史的重大题材、具有主旋律文学特征的抒情诗,也有讴歌、赞咏家园和反思故乡的乡土诗作,还有关注生命、生存、关注卑微的人物、事物的现代派诗作。其中,南昌诗派的代表诗人有着突出的表现。对于南昌市东湖区在南昌诗派的重要作用,该命题还难以完全成立。他认为,南昌市东湖区在南昌诗派发挥重要作用倒可以大有文章可做。前提是需要盘点、梳理、厘清东湖区当下的诗歌资源与诗人群体。重要的是形成会议成果,比如出版南昌市东湖区诗人诗选或者把反映南昌市东湖人文风物、景观的诗歌结集。

老德认为,南昌诗派目前虽然在全国诗坛产生了一定的影响力,但是随着网络和自媒体时代的全面到来,一个诗派不一定是区域性的，它更可能是全国性的，是跨地域的，而非拘泥于一城一池。南昌诗派最关键要解决的，是诗歌必须体现南昌的文化特征，在于其语言的不同、体温的不同，只有这样的诗歌才能具有生命力，才能迸发出南昌诗派的影响力。

詹冬华探讨了现代诗与古体诗的差别，觉得现代诗比古体诗难写，因为古体诗经过几千年的沉淀，已经形成了某些固定的格式，但是现代诗发展至今不过百年，如果要达到古体诗那样的高度，非常困难。古体诗要达到的是情景融合，而现代诗要达到的是志和意象，以及由意象延伸开来的诗歌形式。现代诗最难的就是通过各种意象巧妙地表现出思想深度、高度和密度，在缺少思想准备的情况下，是很难写好现代诗的。

陈安安重点论及诗歌的高度、广度和深度。诗应该有思维的高度，一首诗的构思以及表达很重要，立意要高。另外，诗要有广度，诗不管长短，要带给人更多的信息，给人以很多的联想。最重要的是诗要有深度，他点评了程维、老德等诗人的作品，如程维诗歌借助小说的语言触及社会万象，老德的口语诗歌里值得玩味的地方和深层次的批判。他建议南昌诗人要虚心接受评论界的批评，因为批评里面有闪光的金子，可以促使诗人在今后的创作中不断反思和改进创作。

南昌市东湖区委常委、宣传部长胡洪水对南昌市文联、南昌市作协、南昌市文艺评论家协会、南昌市诗歌学会组织的这次谷雨诗会活动表示感谢，此次活动让诗人们把目光聚焦东湖、把脚步聚焦东湖、把诗歌聚焦东湖，创作了许多优秀的诗歌，让人看了为之一亮。他认为，一个城市要有阳春白雪，才能体现城市的高贵，而此次诗歌研讨会对东湖区的诗意宣传，无疑成为东湖区对外展示的一张珍贵的文化名片。

南昌市文联党组成员、副主席，南昌市作协主席邹时光总结发言。他从地方特色、继承与发展、占领期刊阵地等三个方面对南昌诗派的进一步发展做了总结。他指出，如何打造南昌诗派，是一个进行式，不是一个休止符。南昌的诗人、评论家要把南昌诗派的旗帜立起来，要不断完善和发展南昌诗派的地域文化特色。要多思考新诗“怎么写、写什么、向何处去”这几个问题，努力把好南昌诗歌的脉搏，多写出有时代气息、有美誉度、有影响力的好作品，并以此为契机推动南昌文学的繁荣与发展。

游华:江西艺术跨界和职业跨界的典范

“让诗走进画里——游华作品研讨会”纪要

整理/左凌丰　**摄影**/李　阳

主办　江西省社科院文学研究所　江西省摄影家协会
　　　南昌市艺术创作研究所　南昌市作协　南昌市文艺评论家协会
　　　南昌市摄影家协会　南昌市诗歌学会

协办　江西省民俗摄影协会　江西画报社　《诗江西》诗刊

时间　2016年5月21日

地点　南昌鑫顺祥国际大酒店2号会议室

邓　涛(南昌市作协副主席,南昌市诗歌学会执行会长,南昌市文艺评论家协会主席)

受主办、协办单位和游华兄的委托,我主持研讨会。研讨会主要有几个议程:首先,由我介绍与会的领导和嘉宾。其次,请邹时光主席致欢迎辞。再次,请大家发言。最后,由夏汉宁所长总结。

邹时光(南昌市文联党组成员、副主席,南昌市作协主席)

今天高朋满座,一起研讨游华先生摄影、诗歌特色和价值,这非常难得、非常有意义。第一,我代表主办方欢迎新老作家、艺术家和省、市新闻界媒体的朋友们出席游华先生的作品研讨会,对远道而来的叶延滨先生、荣荣女士、刘立云先生表示深深的谢意。第二,热烈祝贺游华作品研讨会隆重举办。作品研讨会有助于从理论上分析作家、艺术家作品的艺术特色。总结创作得失,更好地鼓舞文艺家下一部作品更加出色,我们愿意为推动南昌、推动江西文学艺术事业发展,让更多的文艺家走出深宅,让更多的读者品味佳酿。游华先生是中国摄影家协会会员、江西省摄影家协会理事、南昌市摄影家协会副主席、南昌市作协常务理事、南昌市诗歌学会副会长、江西省民俗摄影协会主席。30 年来,他创作丰收,出版了《游华诗集》、摄影作品集《让诗走进画里》、长篇小说《税官》,在中国摄影家协会网推出了个人影展,20 余幅摄影作品入选、获奖国际、全国摄影展。举办"让诗走进画里——游华作品研讨会"恰逢其时,我向游华先生表示衷心的祝贺!

陈正云(《诗江西》诗刊主编,南昌市诗歌学会名誉会长)

我和游华先生相识多年,因诗结缘。我觉得要评论一位诗人的诗写得怎样,不容易说清楚,远比欣赏一张风景照费事。摄影则不同,无论你懂不懂摄影,往深一点的说,无论你有没有艺术细胞,审美情趣是不是高雅,对美的感知在一定的层面还是可以找到相同的契合点。光线和色彩对人的视觉冲击力所带来的愉悦感似乎更容易找到共性。诗也好,摄影也好。欣赏角度因人的品位而异,各自都可以天马行空地任由看的人、读的人自行咀嚼。但一旦两者结合,则是另外一番情趣。我认为,画一旦配上了诗,便给看画的人某种程度上圈了圈,投来了一束光,暗示了方向,指向作者的内心或者更深邃的境地。如此来说,这的确要一个高明的向导,配得好的话,画便平添姿色,否则有画蛇添足之嫌。游华在这一块深得其中妙谛,在江西诗坛独领风骚。皆云,诗画同源。特别是在古诗词文化中,诗中有画,画中有诗,可以说是诗的一种高境界。游华会写诗,又擅长摄影,还写电影剧本。所以说,游华先生是一个多元性的优秀文艺人才。游华的摄影作品既有油画感,又有中国水墨韵味。摄影对光线的把控真的不仅要有灵巧的手,还要有一双敏锐的慧眼。游华的摄影作品风格多样,丰丽多姿,很多作品都取之于我们身边。他镜头中的有的物件,我们十分熟悉,但我们缺乏的是发现。游华的摄影作品给普通事物赋予了固化的外在形式,更重要的是画面所具有的厚重的内核。这便是游华诗歌的源头。没有思想的诗歌不是好的诗歌。没有责任的诗歌不是永恒的诗歌。他的诗歌不是浅显的叙事抒情,他的诗中流露了责任和担当。更多的是诗人最应该具有的悲悯情怀。他的诗歌路线也不是单一的,有时散淡,有时深邃,有时浪漫,厚重与简约,现实和禅境相得益彰。他的创作历程就是他的人生历程。他怀揣赤子之心,崇尚光明,呼唤真诚。游华常说:"作品不能刻意去模仿,要不断注入新的思想。"这便是创意。创造全新的境界,我想无论对诗对摄影,都是一种永远的风向标。

陈安安(南昌市作协名誉主席)

很高兴参加游华先生的诗和摄影的作品研讨会,就像陈正云先生所讲的,诗写得好的有,摄影作品好的也有,但是把这两者结合在一起的,目前并不多见,特别像游华这种达到一定水平的更是凤毛麟角。作为一种新气象,那么特别是在作家、摄影家之间这么一种结合。我感到由衷的高兴,也觉得应该提倡,因为多元化的时代应该有多元化的艺术体现。游华先生多年从事诗歌创作,他的摄影作品更是在全国频频获奖。他的一些摄影作品像铜版画一样,特别是《渔夫和船》,可以登大雅之堂。游华在这方面做了很多尝试,包括摄影、诗歌创作的尝试,正云先生已经做了诗歌方面的点评,我就不多说了,我们再次祝贺游华先生百尺竿头更进一步。

汪晓毅（江西省摄影家协会副主席、秘书长）

游华先生是先文后画，亦文亦画，可能是他在庞大的摄影爱好者丛林中能够闪亮的方式，愿他使用风光摄影这根手杖，配上诗歌这把手电筒，在路上不断寻觅着漂浮中的风景，去发现他的灵魂栖息点。我们都在路上，让我们收获更多更美的绚烂风景。我和游华先生相识十多年，由不太熟悉，到现在不断地看到他的大作频出，游华用自己的真诚、学识、厚实的成果打动、感染、教育大家，游华的作品是路上的风景，是每一次旅行中的感想、感悟、感知、感动，用心写下，用镜头摄下来、用诗画记下。游华用他多年的勤奋耕耘和艺术感悟，再次丰富了自己也打动了读者。

罗水长（中共南昌市委宣传部副部长，南昌市摄影家协会主席，江西省摄影家协会副主席）

游华是长期扎根于基层，扎根于一线，扎根于红色土壤的艺术家。他是作家、诗人，又是摄影家，还是我们一线的从事税务工作的领导者，他非常接地气，有灵气，有思想。他能把工作艺术化，从工作中悟到其艺术的感悟点，他是有诗性的摄影家。从他的摄影作品中，看到他的诗性、看到他的才华、看到他的思想。他一直是有影像的、形象的思维，色彩丰富的诗人。从他的诗词里面，看到他的画面，看到他的色彩，看到他对生活的热爱和挚爱。他是有成就的作家，他的长篇小说《税官》被拍成了电影，是我国第一部反映人民税官的电影。这可喜可贺。因为他的思想、他的学识、他的艺术在各个方面，他所有一切都是来自于生活，来自于基层，来自于我们这个时代，我对他的艺术成就表示祝贺，更希望他在艺术的道路上越走越宽广！

李海燕（中国画报协会理事）

我跟游华先生是第二次握手，也是第二次看他的摄影作品。我感觉他能把风光摄影，还有一些人文摄影拍得这么好，值得我学习。我看过比较多的摄影作品集，也看过一些诗配画摄影作品集，我觉得这比较难。因为有的是诗人配的，有的是作者配自己的作品，如果是自己配自己的作品感觉会到位一些，因为他知道自己的作品所要表达的是什么。如果是作家配的话，他可能就是再度创作，有时候并不见得到位。因为受王维先生的影响，诗配画、画配诗也不少。我感觉游华先生摄影、诗歌相得益彰，在江西名列前茅。所以，我今天也是来学习的，谢谢。

陈　政（江西美术出版社原社长、总编辑，江西省作协副主席）

游华的作品研讨会，我期待已久。为什么说期待已久？因为我最近从事美术评论，我在想一个问题，就是中国美术史有两种画派，一种画派叫匠人画，一个画派叫文人画。匠人画因为他没有把文学引入美术里，所以匠人画没有那种高度。文人画就是把文学引入其中。人要学会跟自己签合同，我开通微信，每天写一条，我不是转一条我是创作一条。一年就有365条，十年下来，就不计其数。所以，我就在给游华写了一条长长的微信，我稍微读一下：

爱上一道风景，或许就是一瞬间，而忘记这道风景，可能需要一辈子。六年前，我为《诗歌摄影作品集》写过序。我说：人生的过程本质上就是体验选择的过程。我说：选择也是转换。人生造型有多种，一定存在转换关系。失败的转换者往往做的是表面文章，披的是时髦外衣，追的是虚伪风雅。而成功的转换者，必须是自觉的选择，狂热的喜爱，全身心的投入。我说：由浮世转向飘篷，由簇拥转向寄旅，由灯红酒绿转向青瓦孤灯。考虑到游华有过写诗的经历，先文后化，亦文亦化，与文俱化，可能是他日后在遮天蔽日般庞大的摄影爱好者丛林中，能够生存下来的不二法则。

诗人干什么？用文字去守护自己的真性情。摄影家干什么？用镜头去寻找一次次陌生的怦然心动。游华左手诗歌，右手摄影。对一个情深而又孜孜不倦的人来说，就是超越平凡，就是超越自我。还是那样说：因为镜头影像平面化造成了空间感的消失，才需要诱使人的视觉经验去填充。还是那样说：审美需要距离，跳出审美疲劳需要本领，艺术需要主题关怀和形式关怀，需要艺术家的道德修养、人文海拔和生命激情。还是那样说：我不必知道你是谁，我只要知道你喜欢什么，我便知道你是谁。具有诗人气质的人，往往在心智和情感上早熟，他用天真单纯的眼光来感受世界和人生，于是常常有新鲜的体验和对美的独特发现。

摄影艺术家需要以心为眼，用相机去与光照下的大千世界真诚对话。纵使是心眼，主语还是眼。这就为我们欣赏摄影作品评判摄影艺术家找到了一把钥匙：摄影，是一门“看”的艺术。摄影艺术家，是用“心眼”去“看”世界的人。诗与摄影都可以成为艺术。艺术是一种呼唤，它要在人的心灵深处求得共振与回鸣。祝贺游华的作品研讨会圆满成功！

李贤平（《家庭百事通》杂志副主编，《诗江西》诗刊执行主编，南昌市文艺评论家协会副主席，江西省社科院文学研究所特邀副研究员）

游华兼具诗人和摄影家的身份，他的人生可以同时踏进两条河流，回到研讨会三个特点的指向——“跨界”。作为一位诗人，游华老师的“文化跨界”是成功的。而我联想到诗人谢轮。2004 年，他携“国内第一部短信诗歌集”——《我只在我眼睛里》重返诗坛。这部诗集收录 100 首诗歌，且配有卡通画。后来，他将诗歌和音乐合作，予以“文化跨界”。杨建葆老师将文学和人体艺术、雕塑等结合起来。最近几年，陈政社长等人大力倡导的文人书画，将南昌诗人、作家的书画创作推到新的高度。2015 年年底，郑云云、褚兢、程维、温燕霞、姚雪雪、李晓君在南昌主办“六玩艺——江西六作家书画展”。如今，将诗歌和摄影巧妙结合且取得一定成就的，以游华老师尤为突出。通过这一系列的案例，我不妨得出这样一个结论，不说在江西，至少在南昌已经形成了“文艺实验”或者说“作家跨界”现象。但是，这种现象形成的背景、原因、特点、价值等似乎还没有引起本土文化界、评论界的注意。

移动自媒体平台的出现使得文学的生态发生了嬗变。而与新的传播方式相应，形成诗歌与影视、摄影、戏剧、舞蹈、音乐、绘画等艺术领域的跨界。诗人专心写诗是必要的。但是，如果视野更开阔些会对诗人的成长有帮助。跨界让诗人的内心更为宽广，对事物保持更高的敏感度，并由此打开诗歌更广阔天地的大门。南昌作家、诗人们的“文化跨界”，可以理解为传统文学写作向市场靠拢、与市场融合的一种方式。在“文化跨界”方面的探索实践，反映了他们自省自励的勇气与智慧。他们不满足于既有的写作风格，不止步于所取得的创作成就，而是积极顺应时代发展，面对阅读群体的变化以及新的阅读需求的出现，力求通过自我挑战、自我加压，不断写出有别于以往的满意作品。这种自我的突破姿态，展示出文学创作的多种可能性，给读者的阅读增添新鲜感，也给其他作家积极创新提供了示范。

不过，话说回来，“文化跨界”有一定的难度和风险。关于作家的“书画跨界”，有一种说法是隔行如隔山，跨界作家书画专业素养的普遍缺失，使他们只能停留在业余爱好者的层面。一个不懂行的人，用一两年的时间就能成为出色的画家，这种可能性很小。相对书画创作而言，摄影和诗歌的结合不会像书画创作那样需要更为严格的专业训练。通过后天的勤奋，一位优秀的诗人能够比较娴熟地打通诗歌和摄影的结合通道，使得游华的摄影屡屡获奖。同时，他的诗歌借助视觉文化即摄影作品来传播的时候，十分重视本体——语言文字，因为诗歌本身是语言的艺术。

一种文化的产生与一座城市的文化性格有很大的关系。南昌作为全省政治、经济、文化的中心，具有较强的包容性、开放性。这样的城市文化性格就给许多作家、诗人以机遇和挑战，更给予大家相对自由的创作环境，促使大家自觉地站在大文化的立场、高度审视文学和其他艺术门类发展的融合与“跨界”，愿意做这座城市文化进步的先驱者和实验者。这也是为什么在全省其他地区不会如南昌这样形成“作家跨界”现象。感谢“让诗走进画里——游华作品研讨会”，通过游华老师成功的“跨界”引发“作家跨界”现象的观点，希望引起文化界、评论界更深入地探讨。

傅安平（江西省非物质文化遗产保护中心副主任、研究员）

和游华老师初次认识时，给我的印象特别深刻，最主要的还是他的文人气质。他的诗特别接地气，且画韵感强，我仿佛看到了一幅幅画面就在眼前。在这之前，我看了他的摄影作品，看到了作品背后的文化内涵。基于这种原因，江西省非物质文化遗产保护中心和江西省民俗摄影协会合作，举办了全省非物质文化遗产摄影大赛，推动全省对非物质文化遗产的保护和传承，游华老师对这项工作大力支持。

刘晓彬（南昌市诗歌学会副会长，南昌市文艺评论家协会副主席，南昌市作协副主席）

从《让诗走进画里》的摄影作品中，可以感受到这是摄影家生命和经验的表达形式，是“通过物体所反射的光线使感光介质曝光的过程”固定下来的让人可以知觉的艺术形象。它包含着摄影家的意向看到这种外在的物质符号，以我们欣赏者自身的生命和经验为基础，理解这定格在光与影中的形象的意义，期望发现这些作品传达给我们的来自另一个生命经验体，即摄影家的思想、情感等信息，从而在生命力的表达方式中感悟到生命本身。游华的摄影作品具有某些自然属性，均是在自然中寻找到创作灵感而拍摄的，涉及视觉图像的处理、摄影家视野的选择以及自然风光和社会生活等。而游华根据摄影作品所配的诗歌作品的感知与想象，展示了一个接近自然和酷似自然的艺术形象，表达了诗人独特的艺术空间感受。他的摄影作品和所配的诗歌不仅展现一个地方的自然风光和社会生活，而且深刻地挖掘一个地方的自然和社会所蕴含的美学意味和人文内涵。

今天，进入游华的艺术世界，静静地欣赏他的摄影作品和所配的诗歌时，慢慢地找到了他创作的内在脉络。游华善于倾注自己的情感、意境、悟性、灵性，洒脱流畅，清新温润。游华通过相机把所到之处的场景，定格成摄影艺术多样性的体现，具有自然主义和新现实主义的色彩，并配上诗歌表达自己在所看见的世界里产生的艺术感受。在这些作品中，一旦出现了本土人物而不只是风物，这种关系就从意气风发转为具体的。比如诗歌《盼》，就是摄影家的经验不同于普通观光者之处，日常细节在他的作品中总是展现得很自然。所以，感觉他的诗情如急流涌动，作品中所展现的及描写的物象都是人们司空见惯的，在他的镜头下、笔下却注入了丰富的情感和诗情画意。不管哪种文学艺术，都需要来自生活的观察与感受，更需要在艺术上的刻意追求。《让诗走进画里》是游华从生活中的体验得出的感悟，作品中呈现的犹如一位独唱的歌者深入我们心灵深处讲述遥远的故事，宁静而悠远，深邃而旷达。作品中抒情的主体是精神，随着岁月的流逝，现实中发生过的事情已逐渐成为历史，诗人对于往昔的追忆由热烈变得沉静。诗人十分注重在诗性语言的选择调配、意象的营造与思想的表达，而且诗歌的内在构建在作品的内容与形式等要素上向多方面展开。

杨晓茅（《江西画报》策划部主任）

一条游船从赣江边启程。造游船的人，名叫游华。游走于华夏山水间的诗舫，是游华历经多年的心血，用诗情画意装裱的。诗船中的每一件器物、零部件，都摒弃了非诗的“因子”，因此我会说，游华是属于诗的游子。属相为兔的诗人，应该是属于山水自然。短诗难工，诗意中国。960万平方公里落地生根的好风景，被诗人用笔墨移植到短诗集结的“诗风景”之中，徜徉流连于经由诗人心血勾勒的风光里，仿佛在做一次免费的华夏纸上旅行。在情感滥觞无病呻吟的诗坛，能够保持一颗高贵的心，他平静面对世俗的凡尘。听从内心诗情画意的渲染调遣，专注于自然山水间的流连。审视考量过往岁月中的得失，展望未来日子中的惬意美好。诗人游华创作的短诗齐聚诗舫，各司其职，让爱好游氏诗歌的人，也能各取所需、何乐不为。八月桂花遍地开，一条诗舫水中来。我说过，心灵手巧造诗船的人，名叫游华，游子的游，中华的华，不是笔名也不是网名，是旁人叫了快五十年的真名。五十年诗情画意的浸润滋养，造就培养了一个才华出众的诗人雅士。鄱阳日出，赣江苍茫，时光之河上，游华牵出了一条诗舫，来赛龙舟。让我们伫立岸边，为他鼓掌喝彩。

温燕霞（江西人民广播电台民生频率总监，江西省作协副主席，江西省文联副主席）

自古以来，诗乃人心之山水；诗乃心灵之长短句；摄影看似与诗歌相左，其实同出一脉，都是作者捕捉来的美妙瞬间，是他们发现客观存在的诗意与美，拓展主观价值空间的智慧结晶。千百年来，诗歌同源的艺术之根——缘情或言志，均在不同的纬度展示着人类心灵世界与自然世界交会的痕迹。游华先生的摄影作品和诗文，以摄影家的敏锐眼光，用镜头与大自然交谈，发现生活中的自然美、客观美；又用诗人感性的心，抒写出内心世界与自然世界交谈的感悟，叩问人们的心灵，让观者在阅读的同时，灵魂受到洗礼，血脉得到贲张，生命的感悟由此而丰厚甘醇。

游华不是专业的摄影家，行止未见得自由。但是，凭着对摄影的热爱，时间在他身上体现出巨大的张力。他总是挤出点滴时间，然后揣着诗人的心灵和摄影家的眼光，用相机记录祖国的河山之美和人文之胜。从他的摄影作品中，我们不难发现，他的眼光、视角、选材、取材，都有独到之处。《潮浴夕阳》中波澜壮阔的云海、《晨曦》里云蒸霞蔚的大地、《大山诗行》里的袅袅炊烟、《大海晨曲》中巧妙构思的黑白琴键、《承启楼》前方凳上的圆簸箕、《悠悠岁月》门前老人惊奇的目光，这些作品构图巧妙，布局灵活，意趣深远，让我们仿佛面对美的光点，听到了游华先生摄影时按下快门的“咔嚓”声。

面对喷涌而下的河水，他明白了，“仰视——因为你磅礴壮观，为理想而搏击；倾慕——因为你清洁纯白，为情而奔放”。面对蜿蜒曲折的长城，他感悟到了，“如洗的蓝天下，所有的凝聚，正在暗暗催生新的希望”。这些诗文简短凝练，妙趣横生，仿佛一颗颗美丽的珍珠，将聚焦于大千世界的幅幅摄影作品联结完整的面。凝眸其中，我们既可以一览自然风光与人文胜景，又可以从文字中品尝到人生的种种况味，诗与摄影就这样交相辉映，让我们的灵魂愉悦而沉醉。我想，这就是游华先生作品给我们的最大收获！

荣　荣（《文学港》杂志主编，浙江省作协副主席，第五届鲁迅文学奖终评评委）

游华先生既是优秀的摄影家，又是诗风自成一格的诗人。他游历甚广，履迹不限于祖国大地，今已扩展至海外。所到之处，他不仅将各地的风光摄入自己的镜头，还"逼迫"各地的山川"交"出诗来给自己。显然，通过手心结合，他做到了一"举"两得。游华除了写有这些令人感佩的诗歌，还呈现了与这些诗歌有关的摄影作品。

这么多老师在发言当中是褒奖，也能看出大家对他的喜爱。研讨会一般要让暴风雨来得更猛烈些，可我连雨点都没看到。轮到我发言了，我还是不忍心说，我并不是说他的作品就无瑕，白玉有瑕，任何大师的作品都是有瑕疵的，大家定了这么个调子，我就顺着这个调子说，但是我还是有对他的特别期待。我非常赞同大家对他的评价，大家的定位基本给我的印象是：游华是摄影家也是诗人，我的不满就是从这里开始的，是摄影家也是诗人。刚才小李将这个内容作为他的重点来谈，就是跨界的问题。深圳市戏曲家协会主席从容，她筹划跨界诗歌，在全国都非常有影响，她是以各种艺术形式表现、烘托诗歌、诠释诗歌。我想说的是，一般而言，诗配画，我倒更愿意倒过来说成画配诗。不少人说游华既是优秀的摄影家，又是诗风自成一格的诗人，他的摄影作品似乎是高于诗歌的。我是写诗的人，很幼稚很较真，我希望游华在跨界的艺术门类当中，我不满足于他齐头并进，而希望诗歌能够更加优秀。诗歌是艺术当中的皇冠，这是我们内心深处还留有的一点优越感，虽然现在诗歌有点被边缘化。我希望游华在这个方面在今后重点突破的方向，我希望今后能够将诗人的头衔放在最前面，这是我的期待，也是我的一点不满。

叶延滨（《诗刊》杂志原主编，中国作协诗歌委员会主任）

非常高兴参加这么一个文人雅集，我主要谈四层意思。第一层意思，诗在摄影镜头终止的地方。现在，全民是摄影师特别是女孩把自己照得最美。时代变了，摄影师很多，但是摄影师有高有低，有的叫摄影师，有的叫摄影家。我通过读《让诗走进画里》，觉得游华先生的摄影抓住了本质，就是让诗走进画里。走进画里的诗在哪，第一幅画，我读得确实感到震撼，这是一幅没有风景的风景画，就是不好看的风景画。但是，他确实拍得令人震撼。这样的场面，我们在高原经常见到，全是黄色的画面，然后就是一条路，这就是我们经常讲的最美有风景的地方。在最没有风景的地方，却拍出这样一幅画，让人很难想象。我说过一句话："诗在哪？诗在摄影尽头终止的地方。"在这个摄影尽头终止的地方出现了诗，就如柳宗元的《江雪》："千山鸟飞绝，万径人踪灭。孤舟蓑笠翁，独钓寒江雪。"它就是四幅画面，叫长镜头、中镜头、近景，都可以拍出来，但是诗就远远超过了所有的画面，他这里面藏了四个字，分别是"绝""灭""孤""独"，写出了柳宗元那种绝灭孤独的凄凉景象。把诗放进画里，就让游华先生在这样一幅最没有画面的画中创造出了诗意。我联想到了人生中的曲折，人在众山中的困境，那种突破困境的壮士之心。

第二层意思，诗在画里的时候，诗人就是上帝。当摄影者拿手机摄影的时候，他就是摄影爱好者，而当他把诗带进画里的时候，摄影师就成了上帝，他用超越人间、凡人的眼光来看这个世界。倪萍主持很好，她的文章也很好，其中有句话就是"老天在哪儿，老天就是你自个"。我在云南洱海多次看过如摄影作品

《洱海一瞬》一样的画面，阳光射下来，光线特别好，我没想到怎么拍摄这个画。但是，我看到这里就突然开窍了，让这幅画有了超凡脱俗的灵性，把高原的神性体现出来。所以，把诗带进画里，诗人在写作的时候就是上帝的代表，诗人在写作的时候是驾驭一切的，所以诗带进画里。诗在哪里？诗在一个悲悯情怀的像上帝一样关注世界的人的眼睛里。

第三层意思，找到时间背后的河流。我看到是西藏布达拉宫的后面。2015 年，我去了一次布达拉宫。布达拉宫在所有摄影师里面都是背后的山，山上的宫。我们去的时候，突然出现了双虹。我那天在爬布达拉宫的时候，血氧不足，但是看到布达拉宫后面的景象确实很震撼。人的那种卑微、矮小、意识和传统被压迫，我觉得找到了。为什么找到了？一个诗人总是在写作以前和所有人不一样的，诗人永远不重复别人写的东西。一个众人所写的题材，他一定要找到不同的角度。当你重新审视别人看过的东西，再找到他的时候，那么你找到了时间背后的那条河流，你的作品就会不一样。把诗带进画，就在摄影镜头终止的地方，在诗人心中，他是拿起摄影器材的那个人，他有上帝一样的目光。当人们都看到一式二面的时候，画面正面的时候，那个诗人是在找时间背后的那条河流。

第四层意思，我觉得游华先生的摄影、诗歌可以更上一层楼。我看到他有一幅作品非常简单，几乎没有什么东西。就是光线、线条的构图。这表现了游华先生对摄影技艺的高度掌握，摄影就是光线和线条的融合。同样的，我把荣荣那句话说透，诗歌就是语言的技艺。如果游华先生把对摄影的技艺用在诗歌上，更用心地了解诗歌的语言技艺，那么诗歌和摄影将会更上一层楼。

游　华（南昌市诗歌学会副会长，南昌市摄影家协会副主席，江西省民俗摄影协会主席，《诗江西》诗刊副主编）

我十分感谢大家莅临会议，对我的作品进行指导，尤其是叶老师、荣荣老师在百忙之中来到这座具有深厚文化底蕴和红色革命历史的英雄城，我此时此刻的心情就是感动、感激。我从小就有一个梦，要把自己所看的、所到达的地方要写出来、拍出来。在工作之余，勤奋创作不断提升，因工作原因，创作是断断续续的，但梦想一直成为我繁忙工作的调剂，使自己遇到更加丰富多彩的生活。虽然牺牲了很多休息时间和欢乐，但是我一直朝着梦想的目的地进发，在路上看到了不一样的人生景观，更深深地感受到你们的支持和无私的关爱。今天，我知足了！今晚，我要失眠了！借此机会，对你们到来的指导和多年的关心表示衷心的感谢！在 30 多年的诗与影的创作道路上，我是断断续续、跌跌撞撞、蹒跚而来的。我作品中存在着许多这样那样的问题，你们点评非常到位，我受益匪浅。对我的发展方向也给予了指明，让我少走弯路。通过今天的研讨会，我坚信我的作品质量一定会更上一个台阶，我的梦不再遥远。

夏汉宁（江西省社科院学术委员会主任、文学研究所所长，江西省文艺评论家协会副主席，江西省文艺学会常务副会长）

刚刚叶延滨老师已经做了一个高水准的总结。诗在摄影镜头终止的地方，诗在画里的时候诗人就是上帝，找到时间背后的河流，诗歌是语言的技艺，他总结得已经很精辟了！还有就是李贤平谈到的跨界现象，南昌这个文学和艺术的融合，而且他是有案例说明的。我觉得跨界现象的研究确实值得深入下去，特别是在南昌。游华开了一个好头，除了诗人、摄影家外，还有我们的党政官员，也是一种跨界。特别是在江西，不仅是艺术的跨界，诗歌跟摄影、诗歌跟绘画、诗歌跟书法，因为诗中有画、画中有诗、诗画同源，这在古代是很普遍的现象，用我们传统的说法就是题画诗，这是一种观点。江西很多官员有很高的文学修养，像明秋老哥、水长部长，包括省里的一些老师是职业的跨界。游华是双重跨界，艺术的跨界和职业的跨界。这样的形式值得我们进一步专业的研究，这样的跨界到底是成功的还是失败的，各种观点都可以拿出来争论，不在于一种形式，而在于给我们今后的文学创作、交流提供启示，我们今后可以把某一个专题深入地进行下去。谢谢大家。

出席研讨会的还有南昌市文联党组书记、主席赵军，江西电子工业集团党委书记、《诗江西》诗刊副主编陈明秋，江西省民俗摄影协会副主席薛小康，南昌市艺术创作研究所所长、《南昌艺术家》杂志主编傅涌，南昌市文联文艺部主任林继敏，南昌市摄影家协会副秘书长、江西省民俗摄影协会秘书长李阳，江西省民俗摄影协会副秘书长万勇，诗人老德、凌非、徐庆平，江西恒基富美装饰工程有限公司总经理文向滨，湖南望新建设集团股份有限公司董事长张开，南昌雕刻时光文化传媒有限公司董事长谌申山，《诗江西》诗刊编辑部副主任张瑛、赖建文，主持人地瓜哥、文田等。江西教育电视台、江西五套、南昌电视台，《江西日报》《南昌日报》《南昌晚报》《江南都市报》《江西晨报》《江西商报》《经济晚报》《江西工人报》《东方女报》《光华时报》《江西画报》《赣风》，中国江西网、凤凰网江西频道等 10 余家媒介报道了研讨会。

江西新诗大事记

（2015.5—2017.3）

撰写/李贤平

2015年

5月 《家庭百事通》杂志（主编：谢胜瑜）“人生故事·江西文坛40家”（增刊）专号出版。该专号介绍40位江西老中青作家、诗人、评论家的人生经历和创作经验，附有16位江西作家的著作序言，与作家、评论家相关的245幅图片。该专号设置“长者”“中坚”“新锐”三大板块，其中，“长者”人物为李耕、郭蔚球、董本祺、危仁晸、吴海、周劭馨、左一兵、郑允钦，“中坚”人物为徐南铁、陈正云、匡建二、梁琴、陈政、杨建葆、刘勇、朱法元、陶江、颜敏、张芸、徐良平、王治川、夏汉宁、胡刚毅、温燕霞、郭豫章、朱宇、王小林、阿袁、谢倩霓、谢胜瑜，“新锐”人物为刘晓彬、邓涛、林莉、武向春、文向滨、李贤平、姜钦峰、吴红铁、熊学义、彭路。每个人的板块由正文、简历、照片、著作以及策划的重要选本或者剧照封面组成。该专号由青年诗人文向滨担任特邀总策划，青年评论家李贤平在卷首《是回忆与珍藏，更是传承和远眺》中谈道：“作为江西省‘百万期刊建设工程’期刊方阵的‘骁将’，《家庭百事通》以推动本土文化发展的建设为己任、为职责，而自豪、而奋发。让我们满怀喜悦、兴奋之情，走近文学的‘江西制造’，探索作家、评论家们的精神世界。这一次专号的推出，既是杂志文化品格与品牌的有力塑造与强力彰显，更是‘文学赣军’文化自强与自信的豪迈展示与雄浑高歌！这是一次回忆与珍藏，更是传承和远眺。”

同月 井冈山报社主办的“九江银行杯”第五届白鹭洲文学奖揭晓，8篇作品获奖，其中散文6篇，诗歌2首。获奖诗歌是五里路《小故乡》、简小娟《三月，与桃花说》。

5月9日 景德镇市作家协会主办的景德镇市首届诗歌论坛在景德镇市举行。

5月10日 景德镇市作家协会在景德镇召开《昌南短笛——黄辉诗歌散文选》作品研讨会。

5月30日 井冈山大学人文学院、江西省吉安市文艺评论家协会、庐陵文学院、《诗江西》杂志联合主办的“井大诗人群”研讨会在吉安举行。与会者研讨“井大诗人群”主要诗人曾纪虎、邓小川、胡粤泉、刘理海的诗歌。

6月 第2卷《诗江西》（主编：陈正云，执行主编：李贤平）由江西科学技术出版社出版。该书编委会由温青任主任，陈正云任副主任，游华、陈明秋、胡刚毅任副主编，文向滨、王小林、刘晓彬、老德、李贤平、杨北城、杨晓茅、陈正云、陈明秋、欧阳滋生、胡刚毅、游华、舒琼任编委。第2卷《诗江西》分“作品”“评论”“生活”“诗事”四个板块，每个板块下设若干子栏目。其中，“作品”板块除包括原“前哨”“赣地·江西诗群作品联展”“外省”“外省·天津诗人作品小辑”“星空”“新活力”等栏目外，还新增“主编有约”“散文诗页”“诗词”“翻译诗”等栏目，“评论”板块包括“聚焦”“书香”“独家”等栏目，“生活”板块包括“人物”“雅趣”“文摘”等栏目，“诗事”板块包括“一频道”“现场”“诗情”“消息树”等栏目。全书配发130余幅图片。

6月13日 线装书局主办的《2014年中国新诗排行榜》首发式暨朗诵会在北京举行。该书主编、北京师范大学新诗研究中心主任谭五昌致辞。高兴、汪剑钊、谷禾、北塔、冰峰、曾凡华等100余名诗人、评论家与会。

7月 《名作欣赏》杂志（主编：张勇耀）推出“2014（第七届）江西作家新活力30人作品大展”专号。子衿、王巧平、包华其、彭路、刘晓彬、张小康、林金权、徐贵保、徐乐杰、岚涛、陈育新、丁群、吴红铁、刘希巴、张松的诗，熊亮的散文诗入选，并配发作者简历、创作观、签名、照片。该专号附录“2014江西文情”，配发江西文坛重要作品、活动、出版、获奖等事件的消息和图片。这是继《芒种》《雨花》《理论与创作》《西部》《粤海风》《艺术广角》杂志之后的第七个年度“江西作家新活力30人作品大展”。

同月 《名作欣赏》杂志（主编：张勇耀）“2014（第七届）江西作家新活力30人作品大展”专号推出“江西女诗人十二家”，朱仁凤、苏唐果、张萌、如月之月、刘淑娟、周玲、聂丽芹、林珊、吴素贞、何香兰、简小娟、林莉作品入选。该栏目由青年诗人李贤平、吴红铁特约主持，“主持人语”：“近年来，江西女诗人以独特的视角、独到的意象及语言技巧，诠释着对自然、对社会、对人生的见解和主张，并在江西诗坛乃至全国诗坛集体发声。她们的诗歌或优美含蓄，或蕴藉深沉，表达着自己的人文思想、情怀。”

8月 第2期《剑胆琴心》诗刊（主办：全国公安文联诗歌诗词学会，主编：杨锦）推出“江西公安诗歌专辑”“江西警界诗词选”，其中“江西公安诗歌专辑”入选邓诗鸿、张应想、邓景华、段小飞、刘果奇、程小芳、王丽钧、吴永勤、周洋、樊皓国、简瑞蓉、刘国荣、廖敏、曾志根、余芳芳、陶雅婷16人诗歌，“江西警界诗词选”入选郑行乐、谢文飞、陈茉莉萍3人诗词。同期“诗歌评论”栏目推出“邓诗鸿诗歌评论专辑”，刊登唐力、林莉、陈育新的评论。江西省公安厅政治部宣传处副处长程峰撰写卷首语《这里风景独好》。

9月 第9期《雨花·中国作家研究》、2016年第5期《雨花·中国作家研究》“地域文学研究”栏目先后推出“新世纪15年（2000—2014年）江西文学评论专辑”（上、下）。该专辑40P约6万字，全方位、多角度地展示江西小说、散文、诗歌、儿童文学、影视文学、戏剧文学、文学批评与理论的成就。倪爱珍、张泽兵、汤建萍、袁演、俞佩淋、李贤平、罗小华7位中青年评论家撰文，其中诗歌为李贤平撰写的《诗歌：稳健中突围坚韧中开拔》。该栏目由青年评论家李贤平特约主持，“特约主持人语”：

“‘当我们的目光掠过中国地图时，或许忽略了这样一块图形：它像一片树叶，绽开些许春意，又像一轮帆船，勃发些许英姿——这块版图，它落在我们视野的下面，只有移动目光才能仔细端详。这块署名“江西”的土地，他的历史会让我们心潮澎湃，但似乎一些目光不会在这绿叶、这帆船停留太久。’这是笔者于2004年在一篇文章中写的一句话。作为‘欠发达’省份，江西文学在全国的文学版图中也显得‘欠发达’。但是，在这块有着深厚文化积淀的红土地上，一大批作家心怀理想，背负责任，不忘初心，一往无前，疾行在文学的征途,有的已经在文学高地高扬旌旗。

和本土作家一样,江西文学评论家也以近乎执拗的精神默默谱写着文学的天空。江西省社会科学院文学研究所《年度江西文情报告》课题组集结了一批中青年文学评论家,他们立足各自的研究方向,在关注全国文学态势的前提下抵达江西文学现场、追踪江西文学轨迹,剖析江西文学得失、探询江西文学走向。他们分别评述新世纪 15 年(2000—2014 年)江西小说、散文、诗歌、儿童文学、影视文学、戏剧文学、文学批评与理论的成就,江西省社科院文学研究所所长、首席研究员、江西省文艺评论家协会副主席夏汉宁撰写江西文学总论。

"《雨花·中国作家研究》分两次推出'新世纪 15 年(2000—2014 年)江西文学评论专辑',江西文学评论被全国品牌文学期刊以如此大容量'专辑'的方式推举,在江西文学史还是第一次。这不仅是江西作家辉煌创作的一次隆重推介,也是江西中青年文学评论家群体的一场齐整展示。在此,笔者特别感谢江苏师范大学文学院院长、《雨花·中国作家研究》杂志执行主编黄德志先生为此付出的诸多辛劳!"

同月 第 9 期《诗选刊》杂志(主编:刘向东)"新观察:芒种诗会"栏目,胡新开、王彦山、龙安、洪老墨、宇迅、童心、王小林、笑凡 8 名江西诗人作品入选,并配发诗人李犁评论《创新与温暖:诗歌的尖与柄》。

同月 《诗探索》、诗探索中国新诗会所、中国当代文学研究会诗歌委员会联合评选的《诗探索》2015 年度华文青年诗人奖揭晓。王彦山、池沫树、吴素贞入围。

9 月 18—23 日 中共江西省委宣传部、江西省文联联合在江西鄱阳主办江西青年作家改稿会。江西省委宣传部副部长黎隆武出席开班式并讲话,江西省文联主席叶青主持,江西省委宣传部文艺处处长黄小蓉等出席。张艺谋文学策划周晓枫,《散文选刊》杂志主编葛一敏,《美文》杂志常务副主编穆涛,《人民文学》杂志编辑部主任马小淘,《当代》杂志主编助理石一枫,《南方文坛》杂志主编张燕玲,百花洲文艺出版社社长、总编辑姚雪雪,滕王阁文学院副院长范晓波,《江西日报》副刊部副主任李滇敏等专家授课。钟秀华、王明明、涂春奎、程丽芳、黄辉、李路平、欧阳斌、罗筝、戴雪、杨仪、戴爱琴、朱霞、江霞、欧阳国、李悦、刘骏文、王锐愚、蔡瑛、胡星渝、江婷、喻军华、李卫兵、尹娟娟、丁群、江琴浪、刘淑娟等 20 余人参加培训。

10 月 10 月号《诗潮》杂志(主编:刘川)"中国诗歌地理"栏目推出"江西诗群小辑"。董书明、冯干劲、万洪新、罗启晁、毛江凡、丁艳、吴红铁、邓小川、张松、子衿 10 人作品被集中展示。该专辑由青年评论家李贤平主持,并配发评论《江西诗坛的十片树叶》。《诗潮》在 2014 年 1 月号首次推出"江西诗群",当年 11 月再次聚焦"新江西诗派",这是第三次推介"江西诗群"。

同月 江西省上饶县作协策划的"灵山诗群丛书"由江西人民出版社出版。该丛书共有五部诗集——渭波的《漂流的家园》、熊国太的《持烛者》、徐勇的《静止到奔走》、傅菲的《黑夜中熬尽一生》、林莉的《孤独在唱歌》。《诗刊》社副主编李少君作序《青山绿水是最大的现代性》。

同月 《江西九人诗选》(主编:熊国太)由百花洲文艺出版社出版。该书选入汪峰、三子、饶祖明、聂迪、林莉、吴素贞、傅菲、圻子、熊国太 9 人诗作。《诗刊》社常务副主编商震作序,熊国太撰写《后记》。

10 月 25—28 日 《人民文学》、湖南省诗歌学会、湖南省张家界市人民政府共同主办的第四届《人民文学》"新浪潮"诗会在张家界举行。林珊入选诗会。《人民文学》"新浪潮"诗会始于2012年。

11月 第11期《长江丛刊(中旬刊)》杂志(主编:牛维佳,执行主编:郑建荣)推出"江西中青年作家评论家专号"。王小林、罗启晁、胡粤泉、彭路、金权、岚涛、丁群、吴红铁、丁艳、雁飞的诗歌入选。江西省社科院学术委员会主任、文学研究所所长、江西省文艺评论家协会副主席、江西省文艺学会常务副会长夏汉宁在《卷首语》中称:"《长江丛刊》杂志是湖北省作协主办的品牌文学刊物。文学强省的品牌文学期刊推出江西作家、评论家多体裁作品的综合性专号,在江西文学史是第一次。"江西师范大学文学院副院长、教授、博士生导师詹艾斌撰写专号综论《生长中的当代文学与文学批评》。该专号由青年评论家李贤平特邀总策划。

同月 第11期《长江丛刊(中旬刊)》杂志(主编:牛维佳,执行主编:郑建荣)推出"江西诗人十二家"。陈政、陈正云、徐良平、落莎、胡刚毅、五里路、徐贵保、舒琼、毛江凡、黄禄辉、万洪新、童心的作品入选。该栏目由青年评论家李贤平特约主持,"主持人语":"在相邻的湖北省品牌文学期刊集体亮相,对于江西诗人而言是第一次。这次出场的12位诗人,既有诗坛名将,又有诗界新锐。他们的在场,从多个角度、切面构成江西诗歌的精神质地与文学品格,也印证着诗人郁葱在长篇评论《岁月渐老,而诗歌年轻……——2012年的中国诗歌》的论断:'江西是诗歌大省,有不少成熟的诗人和杰出的作品。'我们奔跑吧,征程中,诗意烂漫,满天霞光。"

同月 《江西诗歌三十人·伪先锋写作》(主编:冷先桥、水笔)由江西高校出版社出版。该书选入杨北城、牧斯、马梦、左一兵、涂国文、房东、温永琪、木朵、王彦山、吴素贞、婧苓、漆宇勤、杨景荣、胡新开、黄新、采耳、五里路、范剑鸣、杨晓茅、老德、水笔、落莎、周丽、俗人、冷先桥、庞华、阿斐、唐纳、光头、文向滨30人诗歌,并配发简历。老德撰写序《有一种真诗歌叫"伪先锋"》。

12月 《文学与人生》杂志(总编辑:王芸)推出"南昌诗派十六家3"专号(增刊)。该专号编委会由赵军任主任,贺思敏、邹时光、付长庚、陈安安任副主任,陈安安任执行主任,李贤平、吴欢任成员。该专号选入张松、欧阳斌、吴红铁、易有斌、杨晓林、毛江凡、熊亮、朱仁凤、徐贵保、张小康、刘希巴、田智生、游华、熊国太、杨晓茅、欧阳滋生16人作品,并配发简历、诗观、签名、照片。该专号由陈安安撰写《序》,李贤平撰写后记《在南昌写诗是幸福的》。

同月 第12期《诗意人生》杂志(主编:赵庆军)推出"江西青年诗选"小辑。该小辑刊登徐春林、林珊、王彦山、刘理海、向茗5人作品,并配发简历。该栏由青年小说家徐春林特约主持。

同月 江西省社科院文学研究所主持编撰的《2015年江西文情报告》(学术顾问:吴海,主编:夏汉宁、倪爱珍、汤建萍)由江西美术出版社出版。倪爱珍(长篇小说)、俞佩淋(中短篇小说)、袁演(散文)、李贤平(诗歌)、汤建萍(文学评论)、张泽兵(网络文学)、罗小华(影视文学)、赖华先(戏剧戏曲文学)8人评述江西文学2015年度成就。该书还开设专题"新世纪15年江西文学"。

同月 《2015年南昌诗歌精选》(主编:刘晓彬)由江西高校出版社出版。程维、陈政、陈正云、陈鸿华、陈明秋、陈建平、陈修平、陈润平、褚兢、蔡诚、邓涛、邓伍生、邓小辉、丁艳、丁群、杜林、房东、付欢春、郭豫章、龚国平、洪老墨、何连宝、何建生、黄禄辉、黄爱国、海尧、胡粤泉、胡宝卿、胡识、胡旭、湖拮、蒋力庆、蒋进保、柯辉、况玉兰、李贤平、李玉倩、老德、老城、林葆、林珊、卢炜、落莎、落草汉语、龙文武、罗咏琳、罗丽娟、冷慰怀、刘正辉、刘民峰、刘敬清、刘骏文、刘胜元、牧斯、毛鸿山、莫寒、莫木、马梦、马丽莎、毛江凡、枚庸、梅沙沙、米勇、聂丽芹、宁永顾、欧阳滋生、庞华、彭阳、邱建国、漆宇勤、水笔、舒琼、舒喆、苏唐果、苏凉、盛孝源、石立新、尚国英、陶志红、陶船、涂国文、涂传禄、涂熹、田智生、田信国、唐纳、童心、谭文英、王治川、王小林、王晓忠、王彦山、王长江、吴金亮、吴红铁、吴捍东、吴志芳、万建平、万洪新、文向滨、温晓林、徐真柏、徐良平、徐贵保、徐建星、徐昭昌、徐乐杰、夏侯俊杰、夏雨、熊国太、熊相仔、许小良、许天侠、颜溶、颜磊、湮雨朦朦、杨瑾、杨北城、杨晓茅、杨宝珍、杨津、易有斌、姚丽蓉、姚晓明、余晓、余培、盐盐、郁岩、左一兵、张云、张春华、张瑛、张昱煜、张丹、张宇、章武平、章晚华、章鹤天、朱仁凤、周娟娟、周刚、子衿、邹林、赵馨 144 人的诗歌入选。刘晓彬撰写序言《用灵魂维持诗歌所需的亢奋与陶醉——2015 年度南昌诗歌创作综述》。

12 月 2—5 日　南昌市文联在南昌举办全市文艺骨干培训班。80 余名诗人、作家、艺术家参加培训。这是南昌市文联近年来首次举办大型文艺培训班。

2016 年

2 月　《澜——鄱阳青年诗社诗歌精选》（主编：石立新，执行主编：许天侠）由四川民族出版社出版。

4 月 9 日　南昌市文联主办，南昌市作协、南昌市文艺评论家协会、南昌市诗歌学会承办的“再出发：南昌诗派作品研讨会”在南昌召开。南昌市文联党组书记、主席赵军出席并讲话。江西省政协常委、江西省政协办公厅巡视员徐良平，南昌市作协名誉主席陈安安，《诗江西》诗刊主编、南昌市诗歌学会名誉会长陈正云，南昌市文艺评论家协会副主席王治川，南昌市文艺评论家协会主席、南昌市诗歌学会执行会长邓涛，南昌市作协副主席王芸以及林继敏、谢佐华、陈米欧、张小康、游华、舒琼、杨宝珍、水笔、采耳、张萌、万建平、刘晓彬、万洪新、李贤平、徐贵保、朱仁凤、毛江凡、刘希巴、田智生、杨晓林、吴红铁等 50 余人出席。研讨会由南昌市文联党组成员、副主席邹时光主持。

4 月 15 日　江西省萍乡市作协、萍乡市杨岐山风景名胜区管委会联合主办的首届“烟雨杨岐　诗意生活”主题诗会暨萍乡诗歌创作研讨会在萍乡举行。

4 月 16—17 日　江西省作协、江西广播电视台综合新闻频率、江西省上饶市作协、中共上饶县委宣传部主办，上饶县文广新局、上饶县文联、上饶县灵山管委会承办的“红色岁月　人民生活”2016 年江西（灵山）谷雨诗会在上饶县召开。来自全省各地的诗人代表近 200 人与会。本届谷雨诗会以“红色岁月　人民生活”为主题，共分“起于八零年代”——“灵山诗群”作品研讨会、“红色岁月 人民生活”2016 年江西（灵山）谷雨诗歌朗诵会、“红色上饶　诗意灵山”2016 江西谷雨诗会采风创作活动。4 月 16 日，“起于八零年代”——“灵山诗群”作品研讨会在上饶县召开。《诗刊》社常务副主编商震、《人民文学》杂志编辑部主任朱零、云南省作协副主席雷平阳、《星星》诗刊编辑熊焱围绕“灵山诗群”和诗歌创作发言，龚奎林、刘晓彬、范剑鸣、刘伟林、木朵分别解读。江西省作协驻会副主席、调研员曾清生主持座谈会。

4月19日 江西省文联、江西省赣州市委宣传部、江西省作协主办，赣州市文联、赣州市作协、于都县委宣传部承办的“红色诗章——2016年江西谷雨诗歌朗诵会”在于都举行。江西省文联主席叶青出席并讲话，赣州市政协副主席曾凡、于都县委书记蓝捷等出席。

4月23日 江西省作协、中共吉安市青原区委、吉安市青原区人民政府、吉安市文联、吉安市作协联合主办，中共吉安市青原区委宣传部、吉安市青原区文联、吉安市青原区旅游发展委员会、庐陵文学院、江西燕京啤酒有限公司、吉安市青原区文陂镇人民政府、吉安市青原区富田镇人民政府、青原山风景名胜区管委会联合承办的“‘情系燕京 醇美青原’——2016‘燕京杯’江西（吉安渼陂）谷雨诗会”在吉安举行。江西省文联主席叶青出席开幕式，吉安市委常委、宣传部部长刘兰芳致欢迎辞，江西省作协秘书长石兰芳致辞。

5月14日 景德镇市作家协会在景德镇召开景德镇第二届诗歌论坛。

5月18—22日 《诗刊》社、香港文联、江西省上饶市三清山管委会主办，江西省作协、上饶市文联、上饶市三清山党委宣传统战部承办的“三清天下秀”诗文创作朗诵会在三清山举行。《诗刊》社常务副主编辑商震，江西省文联主席叶青，中国香港文联执行秘书长何佳霖，上饶市委常委、三清山风景区党委书记陈晓平，江西省作协驻会副主席江子，江西人民出版社总编辑游道勤，上饶市文联主席张天霞以及诗人、文学爱好者200余人与会。

5月21日 江西省社科院文学研究所、江西省摄影家协会、南昌市艺术创作研究所、南昌市作协、南昌市文艺评论家协会、南昌市摄影家协会、南昌市诗歌学会主办，江西省民俗摄影家协会、《诗江西》诗刊、江西画报社协办的“让诗走进画里——游华作品研讨会”在南昌举行。中国作协诗歌委会员主任、《诗刊》社原主编叶延滨，《文学港》主编、浙江省作协副主席荣荣，江西省文联副主席、江西省作协副主席温燕霞，江西省作协副主席、江西美术出版社原社长、总编辑陈政，江西画报社社长李海燕，南昌市文联党组书记、主席赵军，南昌市文联党组成员、副主席、南昌市作协主席邹时光，《诗江西》诗刊主编、南昌市诗歌学会名誉会长陈正云，江西电子工业集团党委书记、《诗江西》诗刊副主编陈明秋以及傅安平、薛小康、傅涌、老德、李贤平、刘晓彬、任志星等30余人出席。会议由南昌市作协副主席、南昌市文艺评论家协会主席、南昌市诗歌学会执行会长邓涛主持，江西省社科院学术委员会主任、首席研究员、文学研究所所长、江西省文艺评论家协会副主席夏汉宁总结，认为南昌“作家跨界”现象值得关注，这次游华作品研讨会的召开是一次开端。

同日 江西省作协、南昌市湾里区梅岭风景名胜区管委会、江西林恩茶业有限公司联合主办，南昌市湾里区梅岭镇党委、镇政府、南昌市湾里区旅游文化发展委员会、林恩·茶研园、江西广播电视台绿色98.5、江西绿恒实业发展有限公司承办的“翡翠之夜 洪崖飘香”第四届江西林恩谷雨茶诗会在南昌梅岭举行。

7月 《锐力·文学江西》丛书由江西省作协主编、长江文艺出版社出版。范剑鸣的诗歌集《向万物致敬》、五里路的诗歌集《金盆形》、刘义的诗歌集《明月之诗》等5名作家的作品集入选。

8月26日 百花洲文艺出版社北京诗歌出版中心在京成立。鲁迅文学院副院长邱华栋，《小说选刊》杂志副主编王干等嘉宾出席。百花洲文艺出版社社长、总编辑姚雪雪向周瑟瑟颁发北京诗歌出版中心总经理聘书。

8月 第8期《诗选刊》杂志（主编：刘向东）推出“江西诗人近作”专辑。该专辑刊登陈政、丁艳、胡刚毅、黄禄辉、金权、林珊、罗启晁、毛江凡、童心、王小林、吴红铁、雁飞12人的作品。该专辑由青年评论家李贤平主持，并配发评论《悠远之境，时光之慢，故土之上》。

10月 江西省作协主编的第三辑《江西文学精品丛书》由长江文艺出版社出版。三子诗集《镜中记》等6名作家的作品集入选。

12月 《2016年江西文情报告》（学术顾问：吴海，主编：夏汉宁、倪爱珍、汤建萍）由江西美术出版社出版。课题组成员倪爱珍（长篇小说）、俞佩淋（中短篇小说）、袁演（散文）、李贤平（诗歌）、汤建萍（文学评论）、张泽兵（网络文学）、罗小华（影视文学）、赖华先（戏剧戏曲文学）8人评述江西文学2016年度成就。该卷和往年一样，附录“大事记”“出版一览”“获奖或上榜”；和往年不同在于首次开设“文学视窗·影响力”专题，推选“年度最具影响力作家”“年度最具影响力作品”。《2016年江西文情报告》设置专题研究“南昌诗派”（倪爱珍、李贤平主持），选载陈政《一个诗派的启航》、邓涛《一个城市族群的诗歌运动》、刘晓彬《南昌诗派：本土写作的两种文化向度》、李贤平《再出发：从南昌诗群到“南昌诗派”的可能抵达》4篇评论。

同月 《2016江西诗歌年选》（主编：刘晓彬）由江西高校出版社出版。阿斐、阿桂、阿郎、布衣、包华其、程维、池沫树、褚兢、陈政、陈正云、陈修平、陈明秋、陈建平、陈鸿华、陈志坚、陈光来、陈伏祥、陈国飞、陈玉龙、采耳、蔡薇琳、春暖水、大枪、邓涛、邓小川、邓颖、丁艳、丁群、荻叶、戴小宝、杜荣和、范剑鸣、封义珑、房东、付欢春、郭豫章、高发展、光风、胡锵、胡刚毅、胡粤泉、胡杨、胡春松、胡少敏、湖拮、何连宝、黄禄辉、黄学芳、黄小军、黄丽英、黄美金、黄爱国、江辉生、蒋力庆、迥迥、柯桥、柯辉、刘立云、刘道远、刘绍文、刘傲夫、刘世军、刘理海、刘俊文、刘建彬、刘正辉、刘桃德、刘会然、刘七宝生、刘晋、林莉、林珊、林师、凌翼、灵川、冷慰怀、冷先桥、老德、赖建文、赖咸院、蓝天李梦、蓝希琳、李贤平、李晓斌、李祚福、李文光、李佩文、廖作舟、落草汉语、罗启晁、罗咏琳、卢游、鲁力、龙回仁、牧斯、莫小雄、茗子川、毛江凡、梦影含心、马梦、梅曙平、宁永顾、欧阳滋生、庞华、彭正毅、彭淑蓉、朴勤、圻子、漆宇勤、钱轩毅、如月之月、水笔、石立新、苏唐果、树弦、舒琼、舒喆、谭五昌、唐恒、唐颖、涂国文、涂熹、田智生、天岩、童心、谈伟宏、汪峰、王治川、王小林、王晓忠、王彦山、王玉芬、王光辉、渭波、吴素贞、吴红铁、吴越、万建平、万洪新、温度、熊国太、熊相仔、筱凡、小毕拉、徐真柏、徐勇、徐良平、徐春林、徐昭昌、徐玉远、谢小明、谢颖、雁西、雁飞、颜溶、颜磊、杨瑾、杨景荣、杨北城、杨晓茅、杨启友、杨思山、杨立春、杨林斌、严平主、殷红、尹宏灯、依堑、宇迅、遇见、喻军华、余小木、余培、余晓、雨城、雨慧、袁子林、尤佑、游华、茱萸、朱仁凤、祝成明、曾若水、曾纪虎、曾友田、张云、张春华、张兹旭、张松华、张小康、张丹、周启平、周锋荣、邹静之、邹冬萍、邹红红、赵馨、赵承华、钟新强、左拾遗、查金莲、子衿202人的新诗入选，楚山、邓伍生、高伟俊、黄新文、胡小春、胡识、李耕、陌尘、邱小波、陶志红、王一木、熊亮、曾绯龙、朝颜、张正勇15人的散文诗入选。刘晓彬撰写序言《诗歌的回暖与诗群的崛起——2016年度江西诗歌创作综述》。

2017年

1月8日 《诗江西》诗刊、百花洲文艺出版社联合在南昌主办“琴韵三江——张瑛诗歌品鉴会”。《诗江西》诗刊主编、南昌市诗歌学会名誉会长陈正云致辞。江西省政协原常务副主席、江西省美术家协会名誉主席王林森，江西省政协常委、副秘书长徐良平，江西省委办公厅原巡视员、江西省委机要局原局长胡少春，江西省台办原主任崔琳，江西省文史馆馆员宗九奇，南昌市作协原主席陈安安以及韩春萌、李海燕、熊河水、杨建葆、宋铁鳌、游华、傅涌、王治川、揭保如、李贤平、陈启辉、朱强等40余人与会。

1月11日　百花洲文艺出版社主办的《2016年中国诗歌排行榜》首发式暨诗歌朗诵会在北京举行。百花洲文艺出版社社长、总编辑姚雪雪，副总编毛军英等50余人与会。

1月　2017年1月特大号《鄱韵》(总编辑：董晋)“诗歌天地”栏目推出“鄱阳湖地区诗歌60家”，入选19世纪40年代生陈安安，50年代生陈明秋、陈正云、陈政、褚兢、徐良平、王治川、曲清、欧阳滋生，60年代生落莎、冯干劲、杨晓茅、万建平、老德、郭豫章、游华、渭波、杨北城、雁飞、刘希巴、汪铎、凌翼、王玉芬、左拾遗、张小康、王小林、彭正毅、阿桂、湮雨朦朦、朱仁凤，70年代生王志远、万洪新、石立新、邱建国、舒琼、周启平、洪老墨、陈修平、邓涛、陈丹、周玲、毛江凡、徐勇华、蔡薇琳、聂丽芹、文向滨、梅曙平、杨晓林、易有斌、李贤平、邓小辉、吴红铁、朱文丹、许天侠，80年代生程燕芳、徐琳婕、子衿、彭路，90年代生涂序团、王巧平共60名诗人作品，并配发作者简历。该栏目由李贤平主持，“主持人语”：

“董晋先生号称‘百岁老人’，自1979年开始为推动鄱阳湖文学而奔走呼告、殚精竭虑，赢得了包括我在内的许多人的尊重与敬仰。他担任总编辑的《鄱韵》杂志曾经在2011年7月特大号推出‘鄱阳湖地区散文六十家’专题，引起一定关注。这次，《鄱韵》杂志聚焦本土诗人，推出‘鄱阳湖地区诗歌六十家’专题，可以看作是‘鄱阳湖地区散文六十家’专题的姊妹篇。

“需要说明的是，因版面有限，‘鄱阳湖地区诗歌六十家’专题入选对象仅为目前在鄱阳湖地区工作、生活的诗人作品，以出生先后为序。每一次文学专题都不可能将代表性人物一网打尽。这次专题展示的只是江西诗歌的一个横切面，推举的只是江西诗坛急行军中的一部分。

“向诗歌致敬，向江西诗人致敬。”

同月　第1期《百花洲》(主编：姚雪雪)开辟“诗家”栏目，每期推介一名诗人作品。

同月　“赶路论坛”、《赶路诗刊》主办的2016年度“御鼎诗歌奖”揭晓。老德和湖北诗人毛子、安徽诗人张建新获奖。

2月　2月号《诗刊·下半月刊》“双子星座”栏目刊登叶小青《碎碎念》，配发创作谈《文字的初心》。

同月　第2—3期合刊《黄河文学》推出“黄河诗亲子”栏目，刊登6对两代诗人“亲子组合”——徐庶徐毅父子、徐俊国徐小冰父女、桂杰铁头母子、叶耳曾子悦父女、惠建宁惠诗钦两代诗人的作品，江西的是吴素贞刘奕妃母女。

3月　江西日报社主办的第五届“井冈山文学奖”(2016年度)评选揭晓。评委会评出诗歌、散文、杂文、报告文学等体裁的“作品奖”10件、“新锐奖”1名、“热心读者奖”5名。其中，诗歌《母亲将院门一直敞开着》(林莉)、诗歌《我在牡丹亭等你》(韩静霆)等荣获“作品奖”，朝颜荣获“文学新锐奖”。

二〇一七年中国诗歌年度报告

编撰　中国诗歌学会　北京大学中国诗歌研究院
主持　张清华　参撰　王士强　刘诗宇　贺嘉钰

年年岁岁花相似,岁岁年年人不同。2017年的诗歌既体现着与过往年份相同、共通的属性,也体现着不同、独特的质素。这一年被认为是新诗百年,与此相关的活动在全国各地密集展开,经典化、对话、反思成为年度新诗关键词;这一年,微软人工智能机器人出版了中文诗集,有的作品足可乱真,机器替代人写诗可否成立?这是一个文本奇迹还是一个本体的误会?这一年,老诗人罗门、余光中、屠岸相继以高龄离世,他们的离去使得中国新诗的某些区块发生了结构性的坍塌,也重新引起了关于"为诗"与"为人"关系的讨论;这一年,诗人中的"老面孔"保持了精劲的创造,而"新面孔"也显示了丰沛的活力;这一年,诗歌界热闹有之,沉静有之,盛大场面有之,踽踽独行有之……作为一份年度报告,我们试图尽量客观地将这一年中重要的、能够在时间长河中具有一定"痕迹"意义的诗歌现象标示出来,以方便感兴趣的读者对其了解和把握,亦可以之为线索对相关问题进行更深入的探究。

我们当然清楚,任何关于历史和存在的叙述,都是难以完全客观的,虽然我们秉持尽量客观的态度,但正如海登·怀特所说,所有关于历史的叙述都是一个修辞活动,所有进入了叙述之中的事件,都会变成一个扩展了的隐喻。所以,选择谁,叙述什么,便不再是纯粹客观的堆积,而是会造成意义的生成或者变形。而且,即便是一个年份的诗歌状况,也是一种包含着本质化诉求的总体性描述,这种总体性从哲学上来说,又是根本上不存在的。因此谁也不敢轻易地言其客观,我们只能是抱着知其不可而为之的态度,去完成这个必定不完备也不客观的叙述。

本报告的主体大体分为年度诗歌事件与诗歌活动、诗歌创作现象、诗歌研究与评论、诗歌翻译四个部分。之外,还有一个年度诗歌纪事,以备将来作为"编年史"的资料之用。

一、诗歌事件与诗歌活动

就现象层面而言,2017年的中国诗歌绝对称得上活跃而繁盛,其体量之大、活动之频密,从一般经验而言,都是无须质疑的。它们构成了当今中国独特的诗歌文化,昭示着丰富、多元、繁荣,当然也包含着泡沫、假象以及内在的困境。本部分主要对2017年重要的诗歌事件和诗歌活动进行梳理、盘点,包括如下六个方面:"新诗百年"相关活动、诗会与诗歌节、诗歌奖、AI写作与"底层写作"、诗歌跨界及介入日常生活的尝试、"给孩子的诗"与诗歌教育热。

(一)"新诗百年"相关活动

1917年2月,胡适在《新青年》发表《白话诗八首》,这一般被认为是中国新诗的"起点”，到2017年，新诗恰好走过100年。所以，这一年关于“新诗百年”或“百年新诗”的活动可谓密集。实际上与此相关的活动在数年前既已开始进行，相信此后也还会持续一段时间。在这其中，由《扬子江》诗刊社倡议并具体承办，江苏省作协与中国作协诗歌委员会联合主办的中国新诗百年论坛是较为系统、规模较大的。该项目自2015年开始，每期一个主题，两年间在全国7个省18个市、县举办了18场研讨活动，第十九场以“中国女性新诗创作”为主题，于2017年6月3日在江苏扬州举办，第二十场则为该系列活动的总结论坛，于11月25至26日在南京举行。

本年，有关百年新诗的学术会议举办多场，如6月由北京师范大学国际写作中心、中国当代文学研究会、《文艺争鸣》杂志社联合主办的“第九届当代诗学论坛·百年新诗：历史变迁与空间共生学术研讨会”、9月由南京大学中国新文学研究中心主办、美国加州大学戴维斯分校东亚语言与文化系协办的“传承与变革：纪念中国新诗诞生百年国际会议”、9月由《人民文学》杂志社、江汉大学、全国大学生文学社团联盟主办的“新诗百年与校园写作研讨会”、11月由北京大学中国诗歌研究院、首都师范大学中国诗歌研究中心共同举办的“新诗百年：中国当代新诗理论批评研讨会”等。

“新诗百年”的书籍出版方面，较大型的是诗评家周良沛主编、崇文书局出版共3卷6本的《中国百年新诗选》。“新诗百年”相关的活动形式多样，既有刊物专题、诗集出版、理论研讨，也有诗会、诗歌评奖、诗歌展、诗歌朗诵等形式，在全国多个地方进行。

（二）诗会、诗歌节

近年来，随着中国经济的发展、社会各界对于文化的重视程度的提升，诗歌作为文化与艺术独特载体的价值，开始备受各方青睐。政府、社会、民间等各种资本投入诗歌活动之中，称得上热闹非凡。全国各地几乎每天都有诗歌活动在进行。活动的主办方有政府机关，有企事业单位，有民间诗歌同仁，也有纯粹私人性质，不一而足。这一年中较具规模的诗会、诗歌节至少20项，比如：中国诗歌节。由文化部、中国作家协会和湖北省人民政府主办，文化部艺术司、《诗刊》社、湖北省文化厅、湖北省教育厅、湖北省作家协会、湖北省宜昌市人民政府等共同承办的第五届中国诗歌节于9月12日至17日在宜昌市举办。本届诗歌节以“诗咏盛世，圆梦中华”为主题，包含诗歌论坛、诗歌音乐朗诵会、群众诵诗、采风交流等系列活动。

上海国际诗歌节。由上海市作家协会、中共上海市徐汇区委宣传部主办，上海市新闻出版局、上海市教育委员会为指导单位的第二届上海国际诗歌节于10月7日至11日举行。叙利亚诗人阿多尼斯荣获首次设立的“金玉兰”诗歌大奖。诗歌节活动包括中外诗人交流会暨《上海文学》“第二届上海国际诗歌节特刊”首发式、诗歌论坛、诗歌朗诵会、诗歌翻译交流工作坊、中外诗人奉贤雅集、诗人和青年学生交流等。

上海市民诗歌节。2017第三届上海市民诗歌节由上海市学习型社会建设与终身教育促进委员会办公室、上海市语言文字工作委员会办公室主办，上海教育报刊总社、上海市作家协会、上海市振兴中华读书指导委员会办公室、中国诗歌网承办。这届上海市民诗歌节以“心系大地，拥抱生活”为主题，在近7个月间举办了“诗意上海诗歌月”活动、诗歌讲坛、我来读诗朗诵，以及每月开展一次活动的“市民诗歌之家”等多形态的120多场活动，200多家群众诗社、诗歌学习团队，100多万的市民参与诗歌节的活动之中。诗歌节共收到10万余份原创诗歌投稿。

中国·天津诗歌节。由天津市文联、天津市作协、天津广播电视台、天津日报社、今晚报社、天津市武清区委宣传部、天津桃李源文化基金会主办的第三届中国·天津诗歌节9月23至24日在天津武清举行。本届诗歌节涵盖诗歌征文、诗歌评选、诗歌论坛、颁奖暨朗诵大会等主要活动内容,共历时100天。其中,诗歌论坛以“寻源问道”为主题,对我国百年新诗进行回顾与展望。诗歌节大奖中国诗歌突出贡献奖授予诗人余光中。

中国(青岛)诗歌节。由凤凰网青岛频道、山东省青岛市作家协会共同主办的首届中国(青岛)诗歌节于4月20至22日在青岛举办。20余位诗人参加,其间举办诗歌朗诵会、诗歌研讨会、诗歌沙龙、诗歌雅集、午夜读诗等系列活动。

南方诗歌节。12月1日,首届南方诗歌节新闻发布会在北京大学中国诗歌研究院举行。中国诗歌学会会长黄怒波宣布由中国诗歌学会、北京大学中国诗歌研究院主办,广东德庆县人民政府承办的首届南方诗歌节于德庆县拉开帷幕。此后,南方诗歌节将每两年在德庆举办一次。12月20日,以“新诗百年,情系德庆,走进新时代”为主题的首届南方诗歌节开幕。谢冕、孙绍振、吴思敬、舒婷、蒋朗朗、陈晓明、骆英、唐晓渡、耿占春、陈陟云等近百位名家出席活动。德庆县官圩镇被中国诗歌学会授予“中国诗歌小镇”称号。

成都国际诗歌周。9月12日至16日,由成都市文学艺术界联合会、成都市文广新局联合主办的2017首届成都国际诗歌周在成都举行,来自32个国家的38位国际诗人及众多国内诗人参与。活动内容包括中外诗歌朗诵会、主题论坛、诗歌进校园、采风创作等。

杜甫诗歌文化周。4月2日至9日,第三届杜甫诗歌文化周在河南省巩义市举行。活动包括音乐诗会、城市文化产业创意论坛、文化庙会、“诗圣故里诗颂河洛”中小学杜诗诵读、大学生诗歌节等十余项。杜甫诗歌文化周由河南省巩义市委、市人民政府、中国作协诗歌委员会共同举办。

华山论剑·中国青年诗歌论坛暨全国“80后”诗会。由陕西省作协、共青团陕西省委、陕西省青联主办,陕西省青年文学协会、陕西西凤酒股份有限公司、华山论剑西凤酒品牌运营公司承办的“华山论剑·中国青年诗歌论坛暨全国‘80后’诗会”于9月2日在陕西西安举行。诗坛名家及来自全国各省市的“80后”诗人代表共百余人参加会议。

香港国际诗歌之夜。由香港中文大学文学院、香港诗歌节基金会主办的第五届“香港国际诗歌之夜2017”于11月21日至26日在香港多所大学举行。本届主题为“古老的敌意”,活动嘉宾包括阿多尼斯、谷川俊太郎、北岛、平田俊子、哈维尔·贝略、田原、柯夏智等诗人。活动环节包括音乐会“天机”,讨论会“诗歌与敌意”“诗歌世界:欧洲视觉”等。香港国际诗歌之夜结束后,嘉宾们于11月27日至29日分组到广州、杭州、南京、武汉、厦门等五个城市参加分站活动。

中国(宝安)国际诗歌论坛。由广东省深圳市宝安区委宣传部、宝安区文联主办,宝安区作家协会承办的第三届中国(宝安)国际诗歌论坛于12月7日举行。论坛回顾了“中国新诗百年的辉煌与梦想”,讨论“一带一路”、粤港澳大湾区节点之上的诗歌发展方向,发布“一带一路、大湾区诗歌宣言”,展示了“深圳宝安现代主义诗群”的创作成果。来自美国、德国、澳大利亚、加拿大、新加坡等国家的百余位诗人参加活动。

中国李白诗歌节。由中国诗歌学会、安徽

省马鞍山市人民政府联合主办的第二十九届马鞍山中国李白诗歌节于11月3日至5日在马鞍山市举行。诗歌节举办“故人在咫尺——百年新诗与古典诗歌的艺术传承”中国诗歌论坛、百名诗人、百名学者拜谒诗仙、马鞍山首届文化产业峰会等活动。

诗歌活动方面另外一个较明显的特征是国际交流的增多和“国际化”的增强。本年，除了前面所列的诸多国际诗歌节、诗歌周之外，还有由中国诗歌学会、北京大学中国诗歌研究院、美国俄克拉荷马大学联合举办的2017“中美诗学对话”，中美诗歌诗学协会等主办的“2017中美诗人互译互访”，北京师范大学国际写作中心主办的“跨越语言的诗意·诗歌翻译工作坊”第四季，北京师范大学国际写作中心主办的“2017金砖国家文学论坛”等。

这些活动既有“请进来”，也有“走出去”，作为一个侧面显示出中国诗歌国际交流的增多，“中国诗歌”早已不是一个封闭、独立的系统，而是“世界诗歌”的一部分。

（三）诗歌奖

2017年的诗歌奖项可谓名目繁多，专业水准和公信力各不相同。本年度所颁布的诗歌奖择其要者介绍如下。

海子诗歌奖。3月26日，第四届海子诗歌奖终评结果公布，扎西才让获主奖，梁雪波、大枪、王琪、花语获提名奖。

华语文学传媒大奖。4月22日，第十五届华语文学传媒大奖颁奖典礼在广东顺德举行。于坚凭借《闪存》《朝苏记》《并非所有的沙都被风吹散——西行四章》等诗文作品获得2016“年度杰出作家”，陈先发凭借诗集《裂隙与巨眼》获得“年度诗人奖”。

中国赤子诗人奖。4月24日，由中国防灾网主办的第五届中国赤子诗人奖揭晓，诗人黄礼孩获奖。

后天双年度文化艺术奖。5月29日，由《后天》杂志社、解决文化传播机构主办的第六届（2015—2016）后天双年度文化艺术奖揭晓，苏非殊、赵思运荣获“后天诗歌奖”，徐淳刚荣获“后天翻译奖”，魏天无、魏天真荣获“后天批评奖”。

李白诗歌奖。5月31日，由中国诗歌学会、四川省绵阳市李白诗歌协会主办的第二届李白诗歌奖颁奖典礼在四川江油举行。王小妮《出门种葵花》、食指《相信未来》、郑愁予《郑愁予的诗》、韩文戈《晴空下》、梁雪波《词语里的人》、桑子《栖真之地》荣获李白诗歌奖提名奖。

中坤国际诗歌奖。6月14日，第六届中坤国际诗歌奖颁奖典礼在北京大学举行。诗人郑敏获中国诗人奖，德国诗人扬·瓦格纳（Jan Wagners）荣获外国诗人奖，翻译家、诗人屠岸荣获诗歌交流奖。

华文青年诗人奖。6月25日至26日，第15届诗探索·人天“华文青年诗人奖”颁奖典礼在河北白洋淀举行，灯灯、陆辉艳、方石英获奖。

春泥诗歌奖。7月28日至29日，第二届“诗探索·春泥诗歌奖”颁出，赵亚东、黄小培、徐晓获奖。

中国红高粱诗歌奖。8月29日，由《诗探索》编辑部、山东省高密市人民政府联合主办的第七届“诗探索·中国红高粱诗歌奖”揭晓，高若虹、侯存丰、张佑峰获奖。

“万年浦江·千年月泉”全球华语诗歌奖。1286年，浙江浦江“月泉吟社”以《春日田园杂兴》为题征诗四方，并将得名作品编集付梓。2017年2月，中国诗歌学会、北京大学中国诗歌研究院、浙江省浦江县人民政府共同主办“万年浦江·千年月泉”全球华语诗歌大赛。这次相隔730年的征诗，是延续浦江千年文脉的又一次集结。不同的是，此次征诗联合了两家权威学术机构，由面向“四方”升格为国内国际，主题由眼前的“田园”升格为无限可能的“未来”——《为未来写首诗》。本次征诗收到2958首，其中美国、德国、韩国、马来西亚、日本等国家华语诗歌写作者投稿响应。本次大赛于2017年9月落槌。评选出金奖3名、银奖19名、铜奖98名。德国诗人岩子和马来西亚诗人王涛获得铜奖。

中国诗歌发现奖。9月23日，由《诗探索》编辑部、山东省诸城市委宣传部联合主办的第二届“诗探索·中国诗歌发现奖”颁奖典礼举行。该奖项由诗人沈鱼和评论者朱霄华、诗人江红霞和评论者温奉桥、诗人林珊和评论者胡笑梅三组共六人获得。

杨万里诗歌奖。10月29日，由中共江西省吉水县委、吉水县人民政府、《诗潮》杂志社主办的首届杨万里诗歌奖颁奖典礼在江西吉水举行。向以鲜荣获现代诗一等奖，晓音、沙克、李皓荣获二等奖。

建安文学双年奖。10月31日，建安文学双年奖(2016— 2017)揭晓。雷平阳、肖水分别凭借《击壤歌》和《渤海故事集》获得奖诗歌奖；罗振亚凭借《与诗相约》获得评论奖。

袁可嘉诗歌奖。11月4日，第三届袁可嘉诗歌奖颁奖仪式在浙江慈溪举行。诗人蓝蓝以诗集《唱吧，悲伤》，翻译家傅浩以译诗集《噪音使整个世界静默：耶胡达·阿米亥诗选》、翻译家刘文飞以译诗集《库什涅尔诗选》，诗歌批评家张清华以诗学文集《像一场最高虚构的雪》分获袁可嘉诗歌奖诗人奖、翻译奖、诗学奖。

东荡子诗歌奖。11月17日，第四届东荡子诗歌奖系列活动在广州图书馆举行。罗羽获诗人奖，敬文东获评论家奖，谭雅尹、陈坤浩、戴建浩、谢洋、杨曾宇和吴子璇获高校诗歌奖。

李杜诗歌奖。12月30日，第二届“中国天水·李杜诗歌奖”颁奖典礼在甘肃省天水市举行。已故诗歌编辑家、原《飞天·大学生诗苑》编辑张书绅荣获贡献奖；“朦胧诗”代表人物多多获金奖；胡弦诗集《沙漏》、毛子诗集《我的乡愁和你们不同》获银奖；金铃子诗集《我住长江头》、叶丽隽诗集《花间错》、离离诗集《离离的诗》获新锐奖；星汉古诗词《路石集·星汉卷》获秦风雅韵奖；安谅的诗集《生命中有多少借口》获“一带一路”特别奖。

当前的诗歌奖水准不一，有的让人肃然起敬，有的似乎只能一笑了之。但还是应该相信，时间是公正的，尊重诗歌者，必将获得诗界的认可，亵渎诗歌者，也必将被诗歌所抛弃。

(四)AI写诗与“底层写作”：时代诗歌现实的“两端”

2017年，人工智能写诗并出版诗集可以称得上一个事件。在谷歌开发的人工智能“AlphaGo”在围棋比赛中击败人类世界第一棋手柯洁后，社会各界对人工智能进行着热烈讨论。5月19日，微软公司联合图书出版商湛泸文化在北京发布诗集《阳光失了玻璃窗》，收录中文现代诗139首，其著作者为微软人工智能机器人小冰。据称，小冰已经拥有了“创造力”，此前已在多个网络平台化名发表诗歌作品，获得大量跟帖评论但几乎未被察觉非人类创作。关于AI写诗，诗歌界也引起了一时热议，不过大多数的反应比较“淡定”，认为人工智能没有情感、缺乏灵性、没有生活经验和生命记忆，其诗歌很大程度上只是词语的随意组合，是语言的游戏和空转，即使可以称为诗也难称好诗。诗人们大多认为人工智能在诗歌领域不太可能对人类形成挑战，诗歌创作中某些核心的东西是人工智能所不具备的。不过，也有诗人指出，人工智能的学习能力非常强，有着无限的可能性，它现在只是迈出了第一步，未来往哪个方向发展、发展到什么程度，能给人类带来什么是今天的人们所无法想象的。

《新京报·书评周刊》在微信公众号中发起了一轮“测试”，将“小冰”通过人工智能算法“写作”的诗歌与中外知名诗人的诗句混合排列，由网友判断诗句是机器人所作还是诗人所作。测试结果颇具话题性，大多数普通网友与文学爱好者皆无法在测试中获得“及格”成绩。换言之，人工智能通过算法生产出的诗歌确实在一定程度上可以以假乱真。人工智能在围棋与诗歌界遭遇的不同对待，一方面折射出当前人们对于人工智能的复杂情感，另一方面也与中国新诗的生存状况密切相关。一直以来，人们都对新诗的成就、评价标准以及诗人的品行等不无质疑，而“机器”替代“人”来写诗，无疑包含着丰富、复杂的意味。实际上，仅就现实性而言，微软小冰的出现也是重要的，它至少可以是一个镜鉴，小冰写得固然还不够好，但是写得不如小冰的诗人也大有人在，也就是说，小冰的工作已经完全可以替代这一部分写作者了。在这个意义上，人工智能诗歌的出现提高了现代诗的门槛，对诗歌写作者提出了更高的要求。

人工智能写诗代表了现代高科技进行诗歌创作的可能，以及资本对人文领域的介入，比较“高端”，现实之中还有处于“低端”的为数众多的“底层写作者”。他们来自生活的“深处”，社会地位低、工作无保障、收入微薄、为生存而奔波，是社会中沉默的、被忽略的一群。这一群体可以说是最能体现中国的“转型期”特征、承受转型压力和阵痛最大的，“底层写作”体现着现实主义精神、人文精神以及一种可贵的写作伦理。本年，《星星》诗刊设“新现实”栏目、《草堂》诗刊设“非常现实”栏目，均聚焦于对现实的关注。2017 年春，师力斌、安琪主编的《北漂诗篇》由中国言实出版社出版，收入100 余位“北漂”诗人的诗歌作品。其中的“漂”对具体个体而言意义不尽相同，但无论如何这一诗歌行动重新提出了诗歌如何处理现实、面对现实的问题，重新提出了当今时代诗人何为的问题。年末，由《作品》杂志社组织的“我们的声音，诗歌进工厂”诗歌朗诵及研讨活动在广东东莞、深圳等地举行。对工人诗歌、打工诗歌的关注和讨论数年前已经开始，几年间的社会状况和写作状况均已发生一些变化，有若干新的问题值得进一步的考辨与廓清。

AI 写诗和底层写作一定意义上可以构成一个象征，代表了当今时代诗歌现实、社会现实的两个极端，机器的人化与人的机器化、科技与血汗、资本与权力、发展与生存、自由与伦理……我们时代的现实不是一种，而是两种、三种、多种层积、折叠在一起的，它们构成了无比复杂、立体、混沌的中国的“现在”，而中国的“未来”也必然与此有关。

（五）诗歌跨界及介入日常生活的尝试

2017 年，诗歌与现实交流的不断加深，不少形式有别于传统的诗歌活动使诗歌越来越多地参与公众的日常生活之中。例如，1 月 14 日，在武汉洪山广场地铁站内举行的第五届公共空间诗歌迎新朗诵会就属于这一类型。这次朗诵会以“记住乡愁”为主题，包括蓝蓝、胡弦、刘年、谢克强、刘益善、张执浩、余秀华等省内外诗人都参与活动之中。地铁是如今人们最常用的出行方式，活动利用了武汉地铁一、二、三、四、六号线的 1005 个展位，共展示 189 名诗人的 234 首诗歌，以近乎行为艺术的方式扩大了诗歌的影响力。1 月 29 日开播的中央电视台第二季《中国诗词大会》，在相当一段时间里使中国古典诗歌以及几名参赛选手成为舆论的焦点。自五四新文化运动以来，中国新诗与古典诗词在形式和内容上虽然有所区隔，但从文学传统的角度看两者实则共通，《中国诗词大会》的热播对于中国当代新诗的推广与传播也有着重要意义。四川卫视第二季《诗歌之王》等诗歌文化类节目对于促进诗歌的普及、提升公众的人文素养等均做出了有益的尝试。

2016年年底，美国摇滚歌手鲍勃·迪伦获得诺贝尔文学奖，相关的讨论延续到2017年。从广义上说，当下的歌词也可以视作诗歌的流变或分支，虽然在获得诺奖之前，鲍勃·迪伦在一部分人眼中已经是优秀的诗人，但这次诺奖的授予还是引起人们对于"歌"与"诗"、"通俗艺术形式"与"严肃文学体裁"之间关系的思考。6月，由广西师范大学出版社旗下文化品牌"新民说"联合飞地书局运作的《鲍勃·迪伦诗歌集(1961—2012)》出版，译者包括西川、陈黎、张芬龄、奚密、李皖、冷霜、陈震、曹疏影、马世芳、胡续冬、包慧怡、罗池、厄土、胡桑、周公度等。迪伦的诗歌以薯片包装形式一经推出，就获得广泛关注。诗集以"薯片袋"的形式上市，同样体现了拉近诗歌与大众的关系，使诗歌走入日常生活的努力，如该书的设计者所说："希望这一袋诗集能像薯片一样，从书店走向街头，从小众走向人群，出现在地铁、便利店、自动贩售机，延伸进每一个生活场景中。我们将试图打破快消品与经典读物的疆域，在消费主义的时代里横冲直撞，让人与诗歌重新相遇。"

6月，"莽汉派"诗人李亚伟与音乐人卢中强联合发起"唱诗班"计划，在成都举行了发布会。"唱诗班"计划邀请诗人、音乐人参加，进行诗与歌的互动创作。目前，已经有于坚、翟永明、余秀华、郑小琼、尚仲敏、蓝蓝、万夏等诗人，周云蓬、莫西子诗、张玮玮、钟立风、苏阳等音乐人加入活动计划。诗人作词、音乐人谱曲，这一活动其实再次昭示了新诗与古诗、诗与歌之间源远流长、无法隔断的亲缘关系。流行、民谣、摇滚等歌曲类型中一直存在作词水准较低的情况，将诗歌与流行的民谣音乐相结合，对于诗歌重新产生社会影响力、参与更多人的精神生活中有重要的意义，对于中国音乐的发展也有巨大益处。8月，首播的名为《穿过大半个中国》"诗+歌"旅行创作节目，同样采用诗人加歌手的形式，邀请诗人欧阳江河与歌手王铮亮，并且结合最热门的"真人秀"与"旅行"元素，试图使诗、歌重新融合，互相注入新的生命力并产生更广泛的社会影响力。

(六)"给孩子的诗"与诗歌教育热

继北岛在2014年出版的《给孩子的诗》之后，2017年又有不少诗人写给青少年的诗集出版。例如，7月，中国画报出版社出版，小说家、诗人蒋一谈创作的《给孩子的截句》。"截句"是蒋一谈提出的借鉴自"截拳道"的一种短诗概念，相比于一般的诗歌形式，《给孩子的截句》以其短小精悍、题材自由、语言深入浅出、意象与儿童世界贴近的特点，在青少年以及家长中受到好评。诗人、翻译家树才早在数年前就投身于青少年诗歌教育，2017年8月，树才多年的诗歌教育心得结集为《给孩子的12堂诗歌课》，由上海社会科学院出版社出版。9月，中国诗歌学会副会长、"小学生诗歌节"评委会主任杨克编选的《给孩子的100首新诗》由接力出版社出版，收录五四新文化运动以来100位中国现代诗人的代表作品。2017年10月，由果麦编选，浙江文艺出版社出版的《孩子们的诗》在社会中产生反响。相比诗人、学者编写的面对青少年的诗集，这部诗集中的诗作都由青少年写作，更直接地体现了新诗在青少年的学习生活、成长经历中产生的影响。

2017年，有越来越多的诗人、研究者以及机构投入青少年的新诗教育及相关活动之中。3月28日，在广东省佛山市禅城区环湖小学启动的2017广东小学生诗歌节就是这方面的例子。诗人、中国作家协会诗歌委员会副主任杨克，广东省教育学会小学语文教学专业委员会理事长杨建国以及来自广东省各地的数百位语文老师参加了启动仪式。广东小学生诗歌节由中共广东省委宣传部、广东省教育厅主办，南方报业传媒集团、广东省作家协会、广东省教育研究院承办，诗歌节持续到11月。启动仪式后，广东省佛山市禅城区教育发展中心课题组的研究课题《区域中小学推进诗教的策略研究》开题。又如，7月14日至15日在南京金陵小学举行的首届中国儿童诗教研讨会。江苏亲近母语文化教育有限公司创始人徐冬梅，全国知名语文教师薛瑞萍，南明教育总校长、全人之美课程总设计干国祥，当代素读经典课程创始人陈琴，儿童诗人、学者雪野，亲近母语学堂总校长邱凤莲，亲近母语课题组核心成员、被金波先生誉为“诗人教师”的丁云，“全人教育奖”提名奖获得者朱爱朝等儿童诗教实践者，与来自全国各地的300多名代表出席了研讨会。会议分童诗教学、现代诗教学、古诗教学和诵读教学等板块进行教学研讨，探讨了适合当代的儿童诗教理念。同时，亲近母语研发的第五版《日有所诵》，也在本次研讨会推出。“给孩子的诗”系列的出版物以及有关儿童诗歌教育方面的热潮，对于新诗在儿童心中的“生根发芽”既有现实意义，也有长远意义。

二、诗歌创作现象

以一年为时间坐标，诗歌的现实生长与总体面貌呈现之间充满偶然性。本部分针对的2017年度诗歌创作现象主要立足于专业诗歌刊物及综合性文学刊物，通过对《诗刊》《星星》《扬子江诗刊》《诗潮》《诗林》《诗选刊》《江南诗》《诗歌月刊》《绿风》等专业诗歌刊物，《人民文学》《十月》《花城》《民族文学》《北京文学》《作家》《钟山》《上海文学》《青年文学》《西部》《作品》《鸭绿江》等综合性文学刊物中的诗歌以及《诗探索》《读诗》《汉诗》《飞地》《中国诗歌》《诗建设》《草堂》等连续性诗歌读本的阅读，以期对2017年度诗歌创作现象有所把握。

基于阅读，我们看到，这一年的诗歌文本在创作风格、书写内容和精神取向上，呈现出丰富与多元态势。经典文本的贡献主要倚赖于成熟诗人，但年轻诗人的大量涌现与文本之耐读已成为不能忽略的重要现象。尤其值得注意的是，莫言、阿来、林白、东西等小说家的诗歌创作在2017年诗坛成为一组别样景致。纵观各家刊物及诗集出版，2017年诗歌创作现象可大致归纳如下几点：莫言及小说家的诗歌写作热、“90后”诗人引人瞩目、还是“旧人”唱主角、学院派中的新生力量。

（一）莫言及小说家的诗歌写作热

2017年，当代小说家在中国诗坛的表现尤为值得关注。

9月，莫言在《人民文学》发表组诗《七星曜我》（*莫言于2004年在《北京文学》，2008年在《新民晚报》发表过旧体诗，此次为第一次发表新诗*），讲述、回忆他与七位诺贝尔文学奖得主的交往和友谊。七首诗分别是《格拉斯大叔的磁盘——怀念君特·格拉斯先生》《一生恋爱——献给马丁·瓦尔泽先生》《从森林里走出的孩子——献给大江健三郎先生》《帕慕克的书房——遥寄奥尔罕·帕慕克》《写诗是酒后爬树——献给特朗斯特罗姆》《奈保尔的腰——回忆V.S.奈保尔先生》《最是那一低头的温柔——想念勒·克莱齐奥先生》。这组诗歌甫发表便引起广泛关注与讨论。莫言将他瑰丽奇妙的想象在诗歌这一文体中再次淋漓展现，记忆与想象被裁剪成一段段飞扬、诙谐且动人的场景，“帕慕克扬言要把那些/年龄在五六十岁之间/愚笨平庸小有成就江河日下/秃顶的本土男作家的书/从书房里扔出去/他从书架上拿下一本英文版《红高粱》/我摸摸头顶有些恐慌/他笑着说：你不是本土作家呀//但他还是将这本书/从阳台上撇了出去/四只海鸥接住/像抬着一块面包/落到教堂的圆顶上/难道还有比这更好的归宿吗”（《帕慕克的书房——遥寄奥尔罕·帕慕克》）。关于交往的回忆，他这样写道：“你到过我的故乡/进过我的老屋/站在窗户前，想象洪水似扬鬃烈马/在河道里冲撞/那时候高密最大的宾馆里/没有暖气没有热水/春节之夜，孤独一人/你在县城大街上漫步/硝烟滚滚，遍地鞭炮碎屑”（《从森林里走出的孩子——献给大江健三郎先生》）；“老勒站在我家猪圈东侧/手扶着墙/满面忧伤/也许仅仅是惆怅/万里之外的贵客/可不能让他饿着/我们准备杀猪款待他/他脱下棕色皮衣/带着貂皮领子/他非要将皮衣送我/我也没有客气/我找了一件棉袄送他/民国初期的东西/但他穿不进去//一匹矫健的白马奔驰而来/蹄声清脆，铃声叮当/西边是幽暗的山影/东边是初升的太阳/老勒纵身上马/大吼一声/一头金发，漫天朝霞/马蹄腾空，彩云如画/去福建，他说/与那个梦见雪的女孩见面”（《最是那一低头的温柔——想念勒·克莱齐奥先生》）。这组诗在细述友情的同时还探讨了写作、经典的标准等问题：“我把打铁的经历写进了小说/《透明的红萝卜》/我在《铁皮鼓》里发现了/凿石碑的你/好的小说里总是有/作家的童年/读者的童年”（《格拉斯大叔的磁盘——怀念君特·格拉斯先生》）。

此外，多位小说家在诗歌创作方面都有涉及。阿来发表诗歌《风暴远去》（《草堂》2017年1月号）等，林白出版诗集《过程》，发表诗歌《全身麻醉》《瘢痕》（《诗刊·上半月刊》2017年2月号）等，东西发表诗歌《出卖灵魂》《宠物》《死后什么模样》《大雨来过》（《诗刊·上半月刊》2017年2月号）等。当代小说家的诗歌创作，在语言、想象力与诗歌可能性的丰富与探索上，在当代诗歌的多样化上，提供了可堪对照研究的文本。

（二）诗歌“新人类”：“90后”诗人引人瞩目

“90后诗人”作为一种创作现象的存在不是今年甚至近两年才出现的，但这一群体日渐成熟的创作与诗歌界给予的鼓励与承认在2017年呈现出令人瞩目的态势。2017年11月，由马晓康主编、北岳文艺出版社出版的《中国首部90后诗选》问世。该诗选是中国第一部公开出版的“90后”诗选，涵盖多个“90后”诗歌写作流派，较全面地反映了“90后”诗人诗歌创作的生态。有诸多刊物对年轻写作者予以关注，《作品》杂志设置“推手·90后推90后”栏目助力“90后”写作者，《草堂》诗刊设置“最青春”栏目，主要发表“80后”“90后”诗人的作品，《人民文学》则专辟“九〇后”栏目，2017年发表了庄凌、炎石、颜彦、李昀璐等“90后”作者的诗歌作品。《诗刊·下半月刊》“发现”栏目择期推荐，其2017年2月号“银河”栏目专设“90后诗人特辑”，集中刊发莱明、李琬、朱光明、午言、王江平、张雨丝、李海鹏、王浩、张雪拉、马晓康、康苏埃拉、李天意、吴雨伦、息为、朱天歌、宫池、洪光越、宋阿曼、张诺一的诗歌。

这一代“诗歌新人类”所观照的主题、语言方式与想象力的幅宽显示出了他们诗艺的潜力。值得注意的是，拥有高学历在“90后”优秀诗人中呈现出集中分布态势，其中不乏国际知名大学硕士博士，他们在写作的同时还翻译诗歌。譬如莱明，1991年生，四川大学博士研究生在读。其发表于《诗刊·下半月刊》2017年的《煎茶镇》《慢花园》《小事诗：观雨》《隐居的熊：一张诗集插画的素描》等诗想象力灵动轻逸，令人耳目一新。“感冒抵达红松树林。山之附近，小镇身体。/你醒来，又睡去，想象的海在眼角飞驰。一切都来得及。房屋、树木、山影。雪——被安顿在/我们的间隙。那儿一对采茶人夫妇/正沿着地平线缓缓爬升。/十二月，你梦见的都已经发生。”（《煎茶镇》），“他看到仍属于它的一次散步。/风摇开河面，他为你的阅读开道，也为/隐居在这首难产的诗里：/一只眼打开时微动，一只眼打开是惊奇。//而我们的探险神仙于此，/一次语言的提速改变了熊的日常生活。/瞧，世界就顺势跌进这双涨潮的眼——//如铁/他静坐如/下了一夜的雪。”（《隐居的熊：一张诗集插画的素描》）在智性与修辞上，他的作品已具有一定的标识度。“90后”诗人中，玉珍的创作稳定而成熟，其2017年发表的作品《抒写令人敬畏》《时代背后的脸》《悖论》《1966——给我的母亲》《水中的练习》等显示出超越年龄的冷静、智慧与宽阔，“有些人走了一个世纪/又无声地返回/我曾为虚无感到伤悲/在这伟大的，看上去虚空的世界”，“我曾从贫穷的洞穴中穿过/如此黑暗，艰难成长成现在的样子/一些严重的故事留下悲伤的后遗症/有些事我只说给星辰/像眼泪根本毫无价值//穷人的一生比死更轻，像潦草的收割/将生活割开巨大的空荡/发出的声响还不如临终哀号/那刻薄的卑微比死沉重”。此外，应引起注意的年轻诗人还有康苏埃拉、黄小培、马骥文、叶晓阳、徐晓等，他们的创作已经为当代诗歌提供了一些新鲜别样的文本。

（三）还是“旧人”唱主角

纵观2017年专业诗歌刊物与综合性文学刊物，活跃度高且为我们带来较多经典作品的仍然是业已成熟的诗人。于坚、大解、臧棣、宋琳、树才、潘洗尘、胡弦、毛子、张执浩、蓝蓝、李南、韩文戈、侯马、朵渔、沈浩波、轩辕轼轲、江非、刘川、王夫刚、李寒等诗人在2017年创作颇丰，他们在对永恒主题的新鲜开拓上，在对日常生活的精细化与惊奇化的处理上，在自我更新与对诗艺的精进探索中，向诗坛展示了“旧人们”的不懈努力与创作实绩。

诗歌指向永恒，诗歌主题很难逾越某些特定的范畴，这往往导致诗歌意象的偏狭、对诗意理解的程式化。如何重构已为人所熟知的诗意？第2期《扬子江诗刊》刊载臧棣的组诗《新山水诗》以今人的视角与感触，辅之纯熟精练的语言，为此类创作提供了别具意义的借鉴。同样，蓝喉的《长啸图》中“半段焦墨”“黄皮汉人”等意象以及“为加速竹子的长成，他分散到翠竹体内”这样的诗句，无疑也是在古意中发掘出了更多的新鲜感。宽泛地说，诗歌关注的永恒主题不外乎情感、生死、疼痛、记忆等。在怀念亲人、思念友人与想象家族的文本中，有一些值得我们关注。其中，悼亡类题材（特别是怀念亲人的题材）在我国的文化背景之下较易引起情感上的共鸣，也往往难免落入雷同化的窠臼，令读者产生审美疲劳。在众多怀念父母、手足、亲祖乃至家族中各路亲戚的诗作中，东篱《该怎样跟大字不识几个的母亲说荡漾》透露出一种别样而复杂的心境：在母亲百日时来到坟地，见到自然的美好，痛失亲人的悲与内心的“荡漾”微妙地结合在了一起，“如果不是因为母亲的新坟/土还湿热 /这些大地拱出的斗笠状土包/身披绿蓑衣/头顶青焰火/我几乎脱口而出：/真好”。再比如黄纪云《往事》，在失去了奶奶和爱犬以后，"妹妹学步前，我不敢抱她/总觉得她是奶奶转世的/（母亲说过，奶奶一断气/她肚子就开始疼了）/后来妹妹会走了，老黏我/我又觉得她是我的那只狗投的胎"。这种类似儿童视角的感受，表达了一种朴素而感人的、对于延续的期待。

怀念父亲而不止停留于对温暖、慈祥等惯性形象的抚摸，在吴开展的《我也很想和他谈谈我的忧伤》（《星星·诗歌原创》2017年2月号）中，诗人对"父亲"这一形象进行了多维度表现："用那双打过我无数次的手/给我敬烟""老了。像一座快要散架的草垛——/这个牛脾气的男人/走起路来地动山摇的男人，一掌推倒母亲的男人""我接受着他的前言不搭后语，他的病痛与无助/他的谨小慎微，甚至，越来越多的沉默"，当暴戾的细节将情绪不断累积，诗人却将语气忽然和缓："更多的时候/我也很想和他说说我的忧伤"。在年微漾的《家族史》（《星星·诗歌原创》2017年6月号）中，诗人以短短六行诗几乎完成对一个家族命运的书写，"暗河中钟乳石固执而贫穷/人类的黄昏/布满了小争执。一枚茶叶击沉了，另一枚茶叶//歪脖子树是落枕的树。曾祖父当时/尚未婚娶。我庆幸/他跃出战壕，沿着树根，在黑夜里找回余生"。"在黑夜里找回余生"以特殊的时间把握方式将生命的纵深感轮廓出来，也使短短诗行承载起了"家族史"这一题目。在蓝蓝的《三十年后》（《扬子江诗刊》2017年第1期）中，诗人以回忆完成对童年生活现场的"重临"，在时空的错置中使陌生感与盛大的失落情绪一齐发酵，画面有如电影里被暂停的一帧："房子里传出人说话的声音。还是第九栋/她七岁，和弟弟一起为豆角浇水。/她种了一棵向日葵，在窗台下/隔壁邻居的吵架声震得玻璃发抖。//门开了，出来的是陌生人。她唯一能明白的是/那个扎羊角辫的女孩也是陌生人/和她有同样的名字。//还有她年轻的母亲，高大健康/父亲在下雪的时候回家，肩上落着雪/一家人就在这屋里吃晚饭。//如今那碗是空的，一个大洞。而她早已失去了它们。"

在怀念友人的作品中，树才的《叹息——念牛汉老人》（《十月》2017年第5期）里诗人以牛汉先生的叹息将过往记忆联结，斯人已逝，但那叹息成为先生精神力量的外化而长存："人世间最深最长的叹息——/我是从牛汉老人的嘴里听到的""第一次，我听着怔住了/你竟然抱歉：'把你吓着了……'""有一次，我调皮地用了个比喻——/说你的叹息像我听到过的钱塘潮""如今，你已经永远入梦了/那叹息，其实是火无法焚毁的//在骨灰、骨块和骨灰盒里/那叹息还活着，仍会惊动周围//比如今天，恍惚间，不知为何/我又听见你这声长长长长的叹息。"代薇的《千言万语一声不响》（《鸭绿江》2017年第3期）以逻辑推理的方式表达了对非指向性重要他人的一种情感："我拒绝成为一个幸福的人/有了幸福便有了恐惧/你走了真好/不然总担心你要走"。"你走了真好"通过对事实的解构，使情感的反转成为可能。胡赳赳《想念》（《读诗》2017年第2期）这首诗如同一个连锁反应装置，睡眠、数羊、羊群、牧羊的姑娘、绳索成为一套完整的多米诺装置，诗人"以传统的方式数羊"而启动第一枚骨牌，将对姑娘的想念严丝合缝地装置进来。在对记忆的抚摸中，徐江的《排队》（《诗潮》2017年第11期）这一首诗比较特别。它以短短十三行勾勒出20世纪60年代在粮店外排队买红薯的经历，诗人以白描状写了少年们的敏感与自尊，"几乎每一行列/都会有班上的同学/但排队的时候/一些人不再说话/他们只默默地排队/好像从不认识"。

"日常"是20世纪90年代以降诗歌写作

最为寻常的对象，如何处理日常成为几代诗人或者说每一位诗人都绕不开的命题。对日常及生活本身的挖掘深度某种程度标示着诗歌可能触碰的高度。对于诗歌创作而言，我们并非生错了时代。我们拥有着古人体会不到的一切：大到环境污染、房价飞涨、人际关系淡漠，小到上下铺的学生宿舍、外卖送餐员的生活、“遮挡牌号的小汽车、用金盒子盛装的月饼”……（西川《传统在此时此刻》）即使不是诗人的亲身见闻，在信息流通速度如此迅速、数量如此庞大的今天，他们也可以轻而易举地通过网络，第一时间了解到身边发生的事。捕捉这样微细而特别的日常细节，冯晏做出了很好的尝试。如《时间史里的杂质》（《作家》2017年第10期）中的“有糖精，甜的假设，/有老式胶片电影放映机，/以及观看朝鲜影片反讽的哭。/阴影处有我对思想禁区漫长的荒野出走。”和《清晨的候机大厅》：“土特产店的林蛙油、蚂蚁精，/还有熏酱大雁，/我用目光恢复它们在林中爬行”“光华书屋的视频里，/马云在教路人赚钱，/手势和呼吸犹如堂吉诃德大战风车，/他身穿一件鸡蛋黄颜色圆领针织衫，/不分昼夜，服能量子。”这类真正具有当下性的诗作，意味着我们身边还存在着许许多多尚未发掘出的诗意，往往令人惊喜。

诗歌的“好”是反抗定义与规训的，我们无法以一种目光和标准审视文本。诗歌的精妙往往埋伏于超越惯常想象的地方，在习以为常处制造出惊奇，在熟稔的意象上创造出新的诗意，是每一代诗人自觉的努力。黄梵的《秋天让人静》（《扬子江诗刊》2017年第3期）用一种残酷美感赋予“安静”更为丰富的品格。“安静，使声名变得遥远/在一座山上，提起它已等于放弃/晚霞是山吐出的最后一口气，没人在意/山吐出的血是多么美丽//我羡慕，天上那一团团厮杀的星群，有对安静/的执迷不悟——/我不住地仰头，学会用安静在深夜里走路。”诗人对“安静”的表达与想象跳脱出它被惯性思维凝固的属性。清歌《抱甜瓜的孩子》（《星星·诗歌原创》2017年1月）通过对一个孩子抱着甜瓜走在路上这一生活片段的定格，描绘出一幅“明净与辉煌”的画面：“万物皆被引领//仿佛他是一块会走动的糖。/仿佛他是从最甜的瓜心里，长出来的一样。”这样的表述不仅仅洁净、甜蜜和动人，甚至靠近着圣洁的质地。灯灯《布拉格此时下雪》（《扬子江诗刊》2017年第5期）的美感也许过于精致：“布拉格此时下雪，作为回应/雨落在江南。/年轻的树木学会落叶，在我的仰望里/寒冷是一个高度，温暖是/另一个高度。”在比照关系里，情感自然地经由天气流转，诗在最后一句重回“布拉格此时在下雪”，一个环形的情绪周游，诗人在其中安置了诸如“对事物，有了冬天的耐心”这样动人的比喻。津渡《热带雨林旅行》（《诗歌月刊》2017年第10期）在第一句就给出了旅行的答案：“旅行的方式仅仅是为了抵达自我”。在周游斑斓的热带雨林之后，读者随诗人一齐到达出发的地方：“绕过大半个地球，一朵鲜花/给了你真正的香味/一点奶酪捐赠给松鼠/你以放逐的方式重新回到世界/来得这样彻底/你把你的心，放置在自己的手上”。

对日常生活的惊奇化处理在诸多诗人的创作中均有体现。比如胡续冬《清晨的荣耀》（《江南诗》2017年第2期）是诗人经由女儿的引导，唤醒了对牵牛花的重新认知。这首诗将牵牛花所到之处铺陈得丰满华丽，在繁复的幻想与女儿的牵引下，诗人重新触摸到生命本身的质地。卢卫平《望远镜》（《诗选刊》2017年第5期）通过对阳台上盆景放大一百倍，看到了三十年前家乡的风物、景致与人情，这样的视角与想象足够令人惊叹。此外，郭金牛《木匠小郭的悲观主义》(《作品·上半月刊》2017年5月号)、春树《周末城铁》(《读诗》2017年第3期)、子梵梅《厨房里的政治》(《汉诗》2017年第2期)、龙红年《仇家》(《诗探索·作品卷》2017年第3辑)、师力斌《中科院力学所微雨中捡枣》(《十月》2017年第2期)、华清《露天电影》(《作家》2017年第7期)、朵渔《奇迹》(《西部》2017年第3期)、李南《现在,曾经》(《诗刊·下半月刊》2017年1月号)等作品也都从日常处进入,或以生活中某一场景为切片,或回溯记忆,从细节、想象等维度拓展了日常诗意的可能性。此外,如何以诗进入公共事件、跟进新闻事件是诗歌写作中不甚常规的一个动作。但这类诗歌如果达到较高完成度,会极具力量。在2017年的创作中,对新闻与公关事件的书写有这样几首诗值得关注,分别是哨兵《过积庆里》(《人民文学》2017年第1期)、毛子《对一则报道的转述》(《读诗》2017年第3期)和徐国亮《狼是对的》(《诗选刊》2017年第8期)等。

(四)学院派的新生力量

诗歌界“学院”与“民间”的派系之别由来已久,纵观2017年诗歌创作,在高校从事研究教学工作或具有高学历的新生代诗人呈现出旺盛的创作生命力,杨庆祥、戴潍娜、胡桑、茱萸、刘汀、秦三澍、杨碧薇、王子瓜等青年学者、作家的诗歌创作构成了别样的景观。

2017年,杨庆祥于第5期《诗林》发表《杨庆祥爱情诗选》,于第11期《安徽文学》发表组诗《给母亲的一封信》。杨庆祥的诗想象力独异,“当我不能爱的时候/我就坐在水边看山//当我不能爱的时候/我就饮鸩露为甘泉/我就秉昙花一夜游//当我不能爱/我就坐在菩萨的法眼里/我问自己//是不妩媚了吗/还是风尘磨损了深情?”学者与诗人两种身份在他的身上得到平衡。戴潍娜的诗兼具智性与美感,“我从未尝过泥土,从未舔过雪冻/我这一副身体不够来爱这世界/可我依然活着,倚赖种种传言/流连他们口中一天比一天更可爱的蓝/罔顾启示录里一年年延迟的末日时间/盲目幸福着,如草原上一只獴苍凉的小背影/只一次机会,造访这宇宙的深情/它汗腺和血液中的冰川,抵御——/那来自知识的色情/而最终用一首诗打发掉这些/如表演中的无实物练习/我再一次辜负你”。戴潍娜的诗歌意象丰富跳荡,修辞与表达自成逻辑,她的诗拥有自由轻盈的质地。青年作家刘汀在2017年发表诗歌多首,组诗《一瓢海水》发表于第6期《钟山》、组诗《日常生活短章》发表于第11期《海燕》、组诗《归山野去》发表于第10期《诗刊》、组诗《我喜欢不停劳作》发表于第7期《青年文学》、组诗《当说好的雪变成雨》发表于第3期《天津文学》。刘汀的诗多取材于日常生活,篇幅精悍,常常在戛然而止处引出深意、惹人思想:“山首先在想象中隆起/即高出日常生活的部分/然后才是石头和泥土/及一切可称为沉默之物。”王家铭毕业于武汉大学中文系,文艺学硕士,他的诗歌拥有一种含蓄内向的现代感,想象力肆恣,其《圣诞夜》写道:“今年是在公共汽车上,没有雪/打到紧闭的窗户。冬天在衰退,/就像我摈弃久远的回忆,透过彩色灯枝/看城市纤维伸进了骨径。是否有/柔软的石子被车轮带起,又面临彗星般的坠落和肿胀。/谈话云端席卷的声浪啊两小时后命盘的诱惑与劝导,/都提醒我出发宜迟,筋络全在水银的孤岛。”张何之于1988年生,为法国高等社科院在读博士,写诗并翻译诗歌。她对词语等概念有敏感的思考,在诗歌《冬炉夜雪》中,她这样表述,“屋内充满耳郭/人坐在孤独的半径里/一只獐子在树林中徘徊/夜,从四方收缩//一落雪,每个人就是一片荒野/一次内部的倾听/从火焰到雪/是门过度的语言//物质挤满四宇/谁都不会比一片雪更大/劈词语的柴生火/肩头硬质的时间剥落/鞋底淌下泥水/无人知晓来时的路途”。从代际的角度来看，诗歌的“变化”更多地体现在年轻诗人身上，他们写作的起点更高，接触的信息更多，想象力丰富，对于时代变化的体察更为敏锐，他们的作品是更可能包含和形成诗歌新美学的。

纵观各刊物的栏目设置，有集中刊发国内实力诗人的组诗力作，以经典为基，兼容并蓄，呈现当代诗歌的成熟面貌；有寻找国内处于最佳诗歌写作状态的实力诗人，并配发专题诗评；有旨在发现公开发表较少但文本优秀的诗人，将他们推上前台；还有致力于挖掘和推出有潜力的“80后”“90后”诗人，并邀请著名评论家给予点评。无论是从年龄段、诗风、创作水平，甚至诗体等各个方面，不难看出诗歌刊物为集结优秀诗作所做出的努力。

三、诗歌研究与评论

“新诗百年”是本年度诗歌研究与评论界的一个热点，关于新诗理论批评、新媒体与诗歌生态、新诗地理等是本年度较为集中、具有专题性质的研讨，亦有若干重要的理论文章在刊物发表。

（一）关于新诗理论批评的研讨

11月4日至5日，由北京大学中国诗歌研究院和首都师范大学中国诗歌研究中心共同主办的“新诗百年：中国当代新诗理论批评研讨会”在北京召开。与会者围绕当代新诗理论批评态势、当代新诗理论批评的概念、范畴、方法、新诗理论批评家研究、中国新诗理论批评的焦点等议题展开讨论。

关于中国新诗以及新诗批评理论的总体趋势。谢冕在《前进的和建设的——中国新诗一百年（1916—2016）》中，以自身的理论视角，对新诗百年的发展历史做了宏观的梳理，并对新诗的理想形式、新诗和当下的关系、新诗和传统的关系、新诗与旧诗等诸多具体问题中做出了“前进的”与“建设的”总体性判断。孙绍振在《未完成的中西诗艺转基因工程——兼论中国古典诗学话语的激活和建构》中认为，虽然新诗仅百年历史，但其诗艺却跨越了无数的思潮、流派，跨越了西方诗歌两三百年的历史。尽管如此，新诗在漫长实践活动中的每个时期都充满了质疑的身影，犹如幽灵一般，其中的重要原因在于“食洋不化”“携洋自重”。他通过分析进一步提出，要达到这一目的必须对百年来如潮水般涌入的西方诗潮/诗论，对照中国传统诗歌、诗论，进行分析批判，从而建构起独立于世界之林，无愧于唐诗、宋词的光荣后裔的中国诗歌。王光明在《新诗研究的历史化》中认为，新诗研究在20世纪80年代才算进入正轨。他通过分析20世纪80年代以来新诗研究的成果，指出应该把新诗的历史研究放在现代文学形式诞生与成长遭遇的问题内部来探寻新的策略。吴思敬在《在政治纠缠中进行的诗学——中国新诗总论1950—1975年卷导言》中，基于中国大陆20世纪50至70年代诗学研究的分析，指出中国大陆诗学的“单一化、政治化”美学特征。相反，郑政恒的《20世纪50到70年代初香港新诗潮简述》一文揭示了港、澳、台地区在同一时期的新诗研究发展状况是具有丰富性的。段从学在《新诗合法性话语的理论空间与历史形态》中，对先锋性所面对的任务和合法性关系进行分析，并揭示出话语空间的生长性和历史形态的鲜活性。

关于当代新诗理论批评概念、方法和范畴。洪子诚在《诗人的“手艺”概念——当代新诗史资料》中，基于对当代新诗史上众多重要的诗人诗话的分析，提出了“手艺”的概念。陈仲义在《现代诗学的重要范畴——对“张力”的再认识》一文中，展现了其对张力的再认识，揭示了主要类型、具体通道，与诗意的关联领域。姜涛的《“为有源头活水来”——早期新诗理论中的“修养”与“源泉论”》通过重新梳理早期新诗理论中“修养”“源泉”的概念，并在分析的过程中指出重新解读和梳理这些概念在新诗研究中的必要性。朱西的《在中国当代新诗理论批评的概念、范畴、方法上翻译的贡献》把中意之间的翻译实践和交流当作案列，指出翻译家在中国当代新诗理论批评中的贡献。张洁在《“解放脚”“高跟鞋”，或“相体裁衣”——论早期中国新诗的本土化探讨及其启示》中认为，重新认识早期诗歌本土化的探索实践对当下诗歌的写作具有深刻的启示意义。另外，王珂的《新诗理论化研究科学化——诗歌疗法研究推广总结》、冯雷《从地理到空间：新世纪诗歌的地理视角考察》、张光昕《文学下降——向〈野草〉跳伞》等论文分别从“诗歌疗法”“地理学与空间”“梦想、想象”等角度进入诗歌研究的内部。

关于对新诗理论研究家的研究。张松建在《张错的离散诗学》一文中，以张错的散文、诗歌序跋、随笔、报告文学、报告文学、编辑翻译、学术论著作为研究对象，并以文学批评理论作为研究方法，揭示了张错作品离散的情感结构。黄晓娟在《“功夫即本体”——彭燕郊的诗学》一文中通过梳理指出，彭燕郊将自己对“浪漫主义”“现实主义”等思潮的不同理解，还原到了创作上的自由和开放这一现实中，把文学创作的困境转化成理论和思想的结晶，同时又保持对美的忠诚。孟泽在《论钟敬文的新诗研究》中聚焦作为民间文学研究学者的钟敬文，如何以跨学科的视角把口头文学的知识谱系和新诗研究相结合，使得新诗研究的成果具有丰富性，另外作者也指出了钟敬文的诗学研究还与古典诗学资源有关联，形成了其独具一格的论诗文体。王东东在《袁可嘉：朝向民主文化》中，首先认为袁可嘉的诗歌与20世纪40年代的左翼民主诗歌不同，文章进一步指出，袁可嘉把“民主政治”替换或缩减成“民主意识”，从而显露出其诗歌在民主时代的美学品味。赖彧煌在《“理论”与文学性的混溶——以臧棣的“微诗论”为中心》一文中，先回顾了臧棣的诗学论文已抵达的高度或限度，从而指出臧棣的“微诗论”远离评论性论文的细密和完整而被大量的主观修辞占据，显示出其进入文学思考和论文不一样的路径和对文学启迪上的差异。沈奇在《汉语之批评或批评之文章——评胡亮论文集〈阐释之雪〉兼谈批评文体》中指出，胡亮之文，无论是诗歌批评之专攻，还是其他杂论散议，骨子里有汉语的来头，有文章的讲究。具体于文本，每每构思精致，刻炼深奇，束结完好，见得学养、学理、情怀和文体意识之外，更得“说法”与“说”并重其举。

（二）关于“新诗地理”的专题讨论

1月14日至16日，由《文艺争鸣》杂志社和北京师范大学文学院主办的“当代诗歌的文化地理与地方美学”学术研讨会在吉林长春举行，第9期《文艺争鸣》专设“新诗地理”专辑并刊载八篇学术论文、发言以及综述文章。张清华在《为何要谈论当代诗歌的民间文化地理——关于〈中国当代民间诗歌地理〉所引发的话题》中首先介绍了《中国当代民间诗歌地理》的诞生小史，来说明整个话题产生的背景和对这个话题思考的持续性过程。他从福柯和彼得·奥斯本的话语中谈起，指出现代“进步论”的时间观念和历史总体化的方式对现代性作了一种价值虚构，这种价值虚构同样也深刻影响着文学以及文学史观和文学创作价值的内在规定性。他进一步指出，从空间与地理的视角和从时间与历史的视角看文学是具有差异性的。因此，他举出了以地域意识形态分布的《十五国风》是一种空间形式的诗歌分类，也举出了历代的文学和文学经典在时间意义上是没有连续性的。

他继续追问和梳理了中国人因为空间意义、地理观念的变化才产生了“进步论”，但却忘记了以空间和地理的视角判断世界的观念，而执着于“新”比“旧”好，“现代”比“传统”好。这种价值在文学领域上的表现是，把“先锋”写作演变成一种极端写作，从而走向了先锋艺术的反面。这种“进步”的评价方式成了一种美学模型，套在新诗歌变化和演进的历程中。他指出，虽然进步论的评价方式不可以轻易欢迎和动摇它，但是单维的、简单化的时间意义上的评价方式会遮蔽诗歌历史的丰富性，有可能压抑每一时期诗歌生长的可能性。因此，他提出从非时间性的“文化地理”的角度，引领出写作者本身的空间背景，少一些对时间的焦虑；他也指出应该从研究者和诗歌批评者的角度反思对诗歌的价值评价和诗歌史的书写方式的单一化。他认为，《中国当代民间诗歌地理》是一种以非单一进步论的视角，来共时性呈现当代诗歌的丰富性和复杂性的一种尝试性努力。他也指出，虽然“诗歌文化地理”不能解决一切问题，但做一些地方性的本体研究，可以补足时间维度带来的弊端和欠缺，从而给当代诗歌的历史和经典的构成带来新的景观。

诗人欧阳江河在《诗歌地理的逻辑、结构与线索》一文中指出，“在这么一个纷乱的诗歌分布里，张清华提出的诗歌地理概念，其实就是空间、时间、心理、语言、文本、政治，还有新闻组成的一个综合，还有学术研究之要素，这么一个大综合。”他认为，诗歌地理不仅仅是地理空间分布意义上的不同，而是时间与空间的转换，并且还与人的意识扭结在一起，其构成成分还有某种精神分析和精神分裂的成分扭结在一起。他说，如果照这样的框架结构来理解中国当代诗歌历史，可以说是人类历史上的壮举。他还提出，在全球化的意义上，如何理解一个文本的地方性和全球意识是什么？互联网时代，地方性搁到互联网上去了以后，变成全球化了吗？他也通过民刊《今天》的新老变化指出，美国带出全球化问题之后，全球化本身是不是一种被宠坏的地方性？诗人西川在《全球化视野中的“诗歌地理”问题》中首先说明关注文化地理的学者还有荷兰莱顿大学的柯雷(Maghie van Crevel)和日本九州大学的丘吉纪夫。他从具体的全球范围内的诗歌地理谈到国内的各个区、地理单元的诗歌地理，继而指出应该更抽象的谈论诗歌地理这个问题才可能引出关于这个问题的丰富性。他追问全球化时代的诗歌是否具有地方性就具有通行证，是否有一种东西是一种假的地方性？在今天，地方性是否获得全球化的许可？由于技术的革新，写作者是否面对诗歌中假的地理概念？张定浩在《〈中国当代民间诗歌地理〉读后》一文中认为，用地理叙事的松散、独立、复杂与客观的存在，去对抗历史叙事的粗暴、单调、简化与人为的混乱，可能是《中国当代民间诗歌地理》的志向。文章认为，应该相信诗歌是一种交流，而不是一种用来抵抗或打倒什么的工具。诗歌的交流是对时间和空间的克服，令不同空间和时间里的人们相遇，成为永远的朋友，而非敌人。

何平在《重建诗江湖》一文中先从提出与“当代诗歌地理美学”相关的学术谱系，即陈思和教授提出的“民间”“抽屉文学”、洪子诚教授的“在主流之外”、杨健的“1966—1976的地下文学”以及徐敬亚的“中国现代主义诗群大展”等这些文学批评和文学史书写实践相关。他认为从“民间诗歌地理”到“文化地理美学”之间本身是一个学术生长的过程,这在一定意义上是介入当下的诗歌生产的现场和诗歌生产空间的再造。他认为这些都是谈论当代诗歌地理美学的逻辑前提。他谈到虽然民间诗歌地理背后存在着地域文化与诗歌文本之间的关联,但张清华所强调的地域意识形态,不仅仅是地域文化的差异,因为地域意识形态背后的差异实际上是国家的“一”和民间的“多”的诗学分裂。因此,他认为“民间诗歌地理美学”不能局限于传统文本研究的方法,而应把民间诗歌地理的“诗江湖”生活,包括诗人们的结社、出版、郊游、纷争等都纳入民间地理诗学的视野。他谈到,中国当代民间诗歌群落是“地理的”,但也是“历史的”。在当代诗歌历史的不同阶段,存在不同的民间地理美学风格,所谓的地理就是“历史的地理”。他也指出,应该注意当代民间诗歌地理之间反抗陈陈相因的诗学惯例存在,他确信民间诗歌地理美学的意义本质上在于阿多尼斯意义上的撄犯文化。

傅元峰在《新诗地理学:一种诗学启示》中指出,新诗诗学需要地理学的空间因素来矫正时空观念上的偏差。他借用美国学者萨克的《社会思想中的空间观——一种地理学的视角》中的结论分析新诗在百年历程中的时间属性,其具体体现在文体本身具有的,推陈出新的革命性;新诗密集的历史陈述增强了它在文学认知中的历史属性;新中国成立后城市诗歌空间的退隐,新诗群在代际上的地理识别更加明显。因而,百年新诗的认知缺乏地理学“非精致模式”的空间思维,这种缺乏导致对新文学历史和现实存在显出不完整性。但他认为《中国民间诗歌地理》在新诗史料上的贡献显而易见,它在空间诗学上的启示意义容易被遮蔽。傅元峰认为,如果把萨克所说的地理学视角介入当代新诗史,那就必须把民刊纳入其中,并把其当作这种空间认知元素的重要表征,因为民刊的聚集和形成与主流意识形态的非对话关系是一种地理学意味的地方性产品。他认为《中国民间诗歌地理》是真正意义上自觉的以文化地理学为理论支撑的具有首创意义的作品,因为整个作品使得新诗在“文革”后民间的集体上浮,把文化人类学意味的诗歌存在推出地表。当代民间诗刊的收藏者们则具有超前意识,他们是新诗地理学价值的最早发现者和实践者。但他也指出民间诗刊的商业和利益性也可能使得藏品所携带地理分布的知识被肤浅化。文章最后一部分围绕着“地理学的救赎”这一观念探讨,如果把民刊的地域分布差异和聚落的意识差异导致的地理差异,内化到话语层面,就形成了思想史甚至心灵史的复杂话语地貌。他认为,提倡诗歌地理实际上也接受一种提醒,发出自己处于时间陷阱当中的、朝向空间的一种呼救。新诗地理学可能最终来到一个“未完成的自我”的问题区域,新诗才会有抒情主体,才会有语言。

何言宏在《当代中国民间诗刊的文学文化意义》中关注作为文学文化意义上的民间诗刊。他认为,当代中国民间诗刊是当代文学自主性追求的突出体现。他说,从文学制度文化的角度看,当代民间诗刊所创作的是一种独特的亚文化体制。何言宏认为当代中国民间诗刊所创生的文学文化,还体现在印刷文化,以及栏目设置和刊期等方面的自主性与随意性。文章认为考察当代民间诗刊的文学文化意义,最核心的地方也是同诗歌本身最为相关的方面,是与它们的诗学文化价值息息相关。总体而言,民间诗刊最为重要的诗学贡献就是它们的先锋诗学。

(三)新媒体与诗歌生态专题研究

进入新世纪以来，中国当代诗歌领域的众多层面发生了新的变化，以数字技术、网络技术为传播手段的新媒体空前发达，作为私人化、平面化、普泛化的自媒体平台迅猛增加，如博客、微信、微博、论坛、BBS、APP等。这些变化使得诗歌生产机制、传播渠道、诗人的写作姿态、诗人身份、诗歌风格、诗歌价值的认定、评价体系等都发生了巨大变化。针对这些现象，2017年6月17日至18日，中国作协创研部、中国作协诗歌委员会与首都师范大学中国诗歌研究中心联合主办新媒体视野下诗歌生态研讨会，诗人、学者针对相关问题展开研讨。

关于新媒体下的诗歌生态。孙晓娅在《新媒介与中国新诗的发展空间》中认为，互联网空间的拓展使得诗歌和社会之间的关系更加密切。微信公众号作为无限度的空间，揭露了审美标准和商业化的变化。微信成为价值取向的有效推手，改变了诗歌传播生态，诗歌传播的便捷和迅速超越了以往的所有媒介。李壮在《繁荣与危机：新媒体时代的诗歌生态》中指出，在新媒体视野下，诗歌统一的美学标准很难确立，很多的人在自己的世界里自我加冕、相互分封，诗歌内在的美学标准需要批评家来回答。张桃洲认为，研究者该反思媒体本身强大的塑造性。罗振亚表示，网络诗歌和新媒体诗歌藏龙卧虎，但也藏污纳垢。

关于新媒体下的新诗理论与批评。本次研讨会有多位批评家对新媒体下的新诗理论和批评进行了反思和讨论。谢冕作为老一辈批评家，从个人经验出发，分享了处于新媒体当中当下诗歌创作、批评机制和以往的巨大差异带给大家复杂情绪，从惶恐、骄傲、迷茫到无所适从。因此，诗歌写作者和批评者应保持理性和思考，要坚信众多的诗歌中一定有好诗，但对于汪国真和余秀华等诗歌现象需要进行深入研究和反思，揭示其背后的复杂性。总体而言，新媒体的发展，对诗歌生态是健康有益的。王士强在《新世纪诗歌：活力大于危机》中指出，面对新媒体，批评者如何保持对新诗各个层面上的学理性观察，如何与诗歌现场保持一种适当的距离是一种考验甚至两难。张洁宇在《新媒体时代的常与变》一文中探讨了如何在新媒体时代的变化中保持一种真正的学术立场。新媒体下的诗歌批评家何为？吴思敬强调了批评家的立场和独立意识，应该拒绝成为诗人的附庸，深入田野调查，有效地介入诗歌现场。张桃洲在《新媒体下诗歌批评的可能》中，从诗歌史的角度对诗歌回暖现象和批评的立足点进行反思，主张建立新媒体影响下独有的一种良性、有效的诗歌批评方式。霍俊明在《发达资本与媒体时代的诗歌"伪""恶"——兼论一种不作为的诗歌批评》中认为，批评家无论如何都要建立诗歌的标准。新媒体时代有一种重要的功能变化，即诗歌的交际功能被凸显，而这种功能对诗歌意味着什么值得评论家去分析和辨识。关于新媒体视野下诗歌史料的问题，刘福春指出，诗歌民刊带来的自由和网络带来的自由，都扩大了这种自由带来的利弊。新诗资料的收藏者和文献的记录方式都随新媒体发生了巨大变化，这是势不可挡的，也是时代的焦虑所在。

关于新媒体下的诗歌创作。臧棣认为，新媒体是一种现象，更是一种处境，一种对诗歌创作的复杂现实。数字化媒介作为社会化的传播方式，对文学的参与诗歌的参与复杂程度远远超过了历史，文学的发展和文学的传播发展密切。严彬认为，作为诗人和媒体工作者，媒体作为一种传播方式对诗人和人类语言的影响是长期存在的。刘波在《论新媒体视野下诗歌思想性写作的突围》中认为，无论自媒体等对诗歌的影响有多么巨大，但诗歌的审美和情怀是不会变的。自媒体带来的多元是否意味着一种标准的丧失？而这种标准可能由不得外在来改变，而在于诗人内在自我修养和素质。李海英在《机遇与牢笼：新媒介话语下的诗歌写作》中追问到底何为新媒介诗歌，新媒介的艺术最终和新媒体之间构成什么样的关系，人类认知记忆模式与社会结合方式是什么？对这些问题的追问意味着揭示认识人类认知和记忆模式与社会需求之间的深层关系。张光昕在《新媒三叠》中认为，新媒体环境下的点赞等手段在一定程度上复活了“诗可以群”伟大传统。微博断片写作也是诗歌古老的形式，是文学写作的一种革命。罗振亚在《新媒体诗歌：“硬币”的两面》中认为，写作自动化倾向越来越明显。“小冰写诗”把诗歌本身原本具备的与传统相关的代表作形式化了。他认为，网络普及和自媒体发达以后诗歌似乎发展了，诗人的普遍水准也有所提高，但缺乏大作品这种现象是值得思考的。杨碧薇《在独立中的焦虑——新媒体民谣分下的新诗》中认为，新媒体是学习的方式。另外，基于新诗受众的有限性，可以通过民谣音乐的形式，把诗歌播到更广泛和辽阔的地方。诗歌则永远只属于诗歌不属于新媒体。亚思明在《综合媒体视野下也斯“发现的诗学”》中，探讨真正的新媒体诗歌所应该具备的多元属性，如综合图像和音乐元素、绘画、视觉艺术的元素，强调诗歌与包括影像、音乐、舞蹈等的流动和互动，在其中尝试和探索诗歌的先锋性。

（四）若干重要理论文章述要

本部分对2017年若干重要的新诗理论文章进行述评，其主要内容涉及新诗理论史、新诗理论的当代建构、新诗本体研究、新诗的经典化问题、新诗的政治学批评维度等。

批评家陈仲义的《百年新诗：“起点”与“冠名”问题》（《中国现代文学研究丛刊》2017年第10期）在第一部分列举、讨论八种新诗开端论的观点，指出自己的倾向是1917年2月的《白话诗八首》作为新诗发端。但同时，他也指出新诗“准点”与“游移”的讨论更重要的是要通过采撷隐伏在时间幌子之下的各种驳杂的资源打开更加辽阔的话语空间。文章第二部分通过梳理和分析“白话诗”“新诗”“自由诗”“先锋诗”等众多新诗“冠名”方式的背景和经过，指出从新诗的开端到新诗的命名，到后来各种冠名的更迭都显出某种“慌乱”。而这种“慌乱”背后又带有某种与时俱进和“焦虑”的生命体征。但作者还是倾向于汉语新诗这种提法，因为这样可以克服异域隔膜，把两岸的新诗都统一到这一概念之下。论文第三部分通过引用汉斯·杜阿关于学术命名背后的命名者被关注的渴望以及命名本身可能导致的新学科的诞生或崭新的学术问题，从而指出新诗的一系列冲动的命名背后所彰显和保持的巨大的自由、现代、形式等的不断自我更新能力和活力。

罗振亚在《百年新诗经典及其焦虑》（《文艺争鸣》2017年第8期）一文中认为，判断新诗的繁荣或新诗价值的优劣需要从新诗对经典的焦虑背景维度，来反省和观察新诗百年的得失成败。但是，他认为新诗的经典不一定和经典的定义过度交缠在一起，并指出凡是文学史上能够介入时代良心，并在一定程度上影响和干预当时的写作风气，从而产生过轰动效应的作品都称得上是经典。而新诗经典的冲动体现在不断以选本编辑、教材收录、评奖、排行榜等方式出现。作者梳理、分析了新诗史上各个阶段的诗歌选本，认为虽然这些“经典”尚不能也无法和《诗经》《楚辞》、唐诗、宋词组成的辉煌灿烂的审美形态相抗衡，但是从其形式和质量都折射出了这种文类的个性，在一种意义上被称为某种精神档案。接着，作者继续追问，在百年历史中被塑造起来的经典是属于

“动态经典”，还是“恒态经典”的范畴？作者通过比较《新诗十九首》《二十世纪中文学大师文库·诗歌卷》等大量的选本之间的比较，指出其入选的经典诗歌的差异表明了充斥在百年新诗历史当中的是“动态经典”即“文学史”经典，具有更高一级、典范性的“恒态经典”即“文学经典”严重不足。由此，他指出新诗经典的评判标准欠缺稳定，表明了诗人们和研究者对经典认同背后诗歌危机的忧患意识。

敬文东在《词语：百年新诗的基本问题——以欧阳江河为中心》（《中国现代文学研究丛刊》2017 年第 10 期）一文中从欧阳江河诗歌《打字机》的细读入手指出，词语是百年新诗的基本问题甚至是根本性问题。接着，他分析当下词语如何被批评者和诗篇以及诗句所忽略，并一直追问到闻一多在 20 世纪 30 年代写下的诗《奇迹》，继而再回到欧阳江河在 2013 年指出的“写作的问题意识一直带有一种天问意识”。接下来，作者对欧阳江河诗学之问做了一次回顾，指出汉语受到农耕文明的滋养，而具有直观性、临场性、透彻性以及对当下的接入性等特征，农耕经验的瓦解使得汉语诗歌不能仅仅依靠物、事、情、人，而对现代性经验的复杂性、含混性、晦涩性难以表达。他进一步指出，欧阳江河的“新诗之问”，早在新诗诞生之时就已出现端倪，但这个问题不管是在闻一多写作的时代或是欧阳江河写作的时代始终没有得到完全解决或更好的解决。这篇论文重要的组成部分是围绕着“词的一次性原则”这一命题来展开的。敬文东指出，现代汉语经过日本和欧洲的翻译洗礼之后变得更为顽强、充满韧劲和自我生长性，其原因在于现代汉语获取了分析性的可能从而变得丰富。因此，他举例，欧阳江河在其著名的诗作《玻璃工厂》中，如何展现了其使得词语对现代性场景进行具有分析性的敏锐和才华，更新了对新诗的认识。在文章最后，敬文东指出，“欧阳江河的诗学之问在闻一多的基础上，暗含着另一个更加精辟的维度：对新诗而言，词语及其分析只可能是一次性的，亦即一个诗人不能两次在同一个含义上使用同一个词汇。而词语在分析层面上的一次性（可称之为词语的一次性原则），才是新诗现代性应当具备的主要内涵”。

张桃洲在《重构新诗研究的政治学视野》（《文艺争鸣》2017 年第 8 期）一文中将新诗转向内部后关于新诗本体、形式的研究所出现的问题呈现出来，即“一方面，新诗研究的议题、方法、视域等受到限制，难以进入研究推向纵深的更加开阔的关联域；另一方面，新诗研究的队伍虽有‘壮大’之势，但活力渐失，观念日趋呆滞，选题和思路重复的现象十分严重”。进入诗歌本体研究之后，容易使研究者陷入思维成见和僵化的境地。因此，他认为良好的当代诗歌生态系统的建构是当务之急。作者认为，在其有限的视域内姜涛、冷霜、王东东、张大为、张伟栋等人的研究具有突破这种格局的可能性。文章主体以王东东的著作《1940 年代的诗歌与民主》作为讨论对象，指出重构新诗研究的政治学视野其主要的目的在于厘清诗歌处境即它在社会公共生活中的位置，同时确定诗人写作的出发点和指向。

唐晓渡的《百年回首：再次擦亮新诗传统》（《文艺争鸣》2017 年第 8 期）一文是和《界面文化》记者的一席谈话。他先指出了新诗百年历史上若干具有标志性意义的事件，如郭沫若《女神》的出版、胡风的长诗《时间开始了》出版、《今天》的创刊以及“第三代诗人”出现、“盘峰论剑”事件以及往后个人写作的重要文本的出现等。在回答第二个问题的时候，唐晓渡指出关于新诗的产生，胡适所指的新诗是中国诗体第四次大解放有些牵强。他认为，新诗的发生不是古典诗歌的延续，也就谈不上是后者的解放，因为，新诗是传统中国社会文化面临重重危机的产物。在回答关于新诗如何借鉴古典诗歌时，他追溯了闻一多在新诗史上的深远影响，同时指出新诗对古典的借鉴是方方面面的，但无论怎样借鉴，都必须坚持新诗的本性，因为古典诗歌与新诗就形式来说的根本区别在于："对于古典诗歌，形式在很大程度上是先在的，而对新诗来说却永远是有待发明的。"前者的要义在于在不自由中体现自由，后者的要义是保持自由和自律之间的危险平衡。在被问及什么是诗歌精神的时候，唐晓渡指出，"今天重新擦亮和领会诗歌精神有更大的迫切性"，才能避免成为单向度的人，因此诗歌精神就是基于并保持其沟通天地人神的初衷，不断反抗人类被种种内外不分、有名无名的强力所压抑、所绑架的宿命，不断打破对人的种种桎梏和束缚，超越种种隔绝和混乱，恢复和重建我们与自然、社会、他人和自身的有机联系，至少使我们不至于远离生命和语言的正义。在谈话中，他还谈到诗歌的自我教育，理解"诗教"传统的问题，并强调了中外诗歌交流的有效性。

江弱水在《新诗前三十年的关键词》(《文艺争鸣》2017 年第 8 期)一文中将新诗发轫到1949 年看作新诗发展的前三十年，并总结了四个关键词，即语言、形式、时代、情感。作者进一步深入这四个关键词分别所包含的矛盾，即文言与白话、格律与自由、个人与大众、抒情与主智。文章通过梳理新诗前三十年演进过程中的表现，指出今天的写作者似乎已经解决了新诗前三十年历史的矛盾，但事实上从新诗在一般受教育者中的接受程度来看，诗人们应该重新检视上述四组矛盾。他指出："文言的有机成分在诗歌语中退场，格律所培养的形式感在诗心里丧失，深隐的内倾化置诗的交流功能不顾，精微的智性化视诗的抒情功用如无物。"文章最后指出，新诗在前三十年所面临的问题是今天的诗写者同样必须面对的，只有面对，上述矛盾才可能得到更好的解决。

在中国社会科学出版社于 2017 年 6 月出版的黄怒波的诗学研究论文集《"盖娅"审美——当代中国诗学的审美现代性批判》中，有多篇论文值得重视：先是从写作实践和诗学理论溯源的角度，《虚无与开花——当代中国诗歌的现代性透视(纲要)》围绕当代中国诗歌与现代性的关系指出，在与现代性的纠缠中，当代中国诗歌在处理虚无主义的课题时，表现出了与民族现代化同步的精神气质。在《从"革命文学"到"审美意识形态"——张志民诗学的范式转换与价值生成的时代美学意义》一文中，黄怒波提出了新诗诞生以来，在中国的现代化进程中，当代中国诗歌传承着以"革命文学"为精神气质的"审美意识形态"写作范式，也出现了以 20 世纪 80 年代诗歌为代表的"审美现代性批判"写作范式的转换。在《迷途：成因及其后果——"新的美学原则在崛起"的问题意识与审美现代性批判》一文中，作者探讨了 20 世纪 80 年代以来当代中国诗歌的理论资产问题。他提出，在西方的"理论之后"，当代中国诗歌应该回到民族的怀抱，开始建立具有承上启下的当代中国诗歌理论体系。到了《"盖娅"审美——当代中国诗学的审美现代性批判》一文，黄怒波指出了在当代写作中，人类中心主义的泛滥问题。通过考证生态批评理论的建构过程，结合对本人写作实践的反思、自省，黄怒波认为，当代中国诗歌的风格偏向了以人为中心的"日常生活审美化"的写作潮流，作品普遍失去了"文本性"，表现出不具备"诗性"的"工艺化"特征。这种现代主义写作实践标志着人类现代性运动的困境。因此，回到中华民族的"天人合一"的语境中,未尝不是当代中国诗学突破的一次历史机遇。

四、诗歌翻译

近年来,诗歌翻译总体而言呈现活跃、繁荣的态势,具体而言,可以分为外诗中译和中诗外译两种情况。

(一)外国诗歌中译情况

汉语新诗诞生、演变的百年历程中,世界各区域多个语种、多个民族、多个国家的诗歌文本和诗学理论的中译成果一直扮演着不可或缺的重要作用,一些国家、语种和地区的诗歌流派成为促使中国新诗发生的重要源头,比如英国浪漫派诗人、法国象征主义诗人、里尔克等重要德语诗人。他们的中译成果对于今天的汉语新诗写作和中国境内多民族、多语种的诗歌写作仍然起着深刻的影响。新世纪以来,随着中国经济的发展、社会的开放、网络的便捷,中外文化的交流日益频繁。中外诗歌之间的交流是众多文化交流的重要组成部分,诗人、诗歌研究者、诗歌研究机构之间的频繁交流促进了中国诗歌创作和研究整体水平的推进以及其内部景观的丰富性。

对于2017年度外国诗歌的中译,较往年仍然保持着其内容的丰富性和整体的开放性。本年度以美国、英国、加拿大等国家的英语诗歌以及欧洲各国的古典诗歌和现代诗歌史上经典诗人的中译为主。除了这些地区以外,对拉美、中东地区的经典诗人和日本重要诗人的译介也是本年度外诗中译的重要组成部分。

本年度英语诗歌的中译包括美国、英国、加拿大,其中美国诗人占大多数,包括音乐家和小说家诗人的诗歌,如福克纳诗歌的中译本《睡泽女神之歌》。诺贝尔文学奖得主、民谣音乐家鲍勃迪伦的诗歌集中译,他的译本让中国读者了解到诗歌和文学的边界具有某种拓展的可能性。达夫和沃德曼两位女诗人的作品《把怜悯带回家》《明亮的伏击》则分别由翻译家R.S托马斯的诗歌译者程佳和翻译家远洋所译。本年度的英语诗歌中译集中在经典作家莎士比亚和威廉布莱克的诗歌上。加拿大英语诗人的中译只占一位,即考比的《牛奶与蜂蜜》,她的诗歌中译对汉语诗歌写作者重新思考诗歌如何面对个体创伤和痛苦,继而思考诗歌的治愈功能具有新的启示意义。

本年度对欧洲诗歌的译介内容中主要包括了经典的古典史诗和重要的现代诗人的诗歌全集以及抒情诗歌的翻译。比如,由精通希腊文的老一辈翻译家王焕生先生从希腊文翻译成中文的《荷马史诗:伊利亚德.奥德赛》、希腊女诗人萨福的诗集《你是黄昏的牧人》。本年度欧洲诗歌的中译还包括法语经典诗人魏尔伦的《这无穷尽的平原的沉寂》、保罗·艾吕雅的《大地蓝的像一只橙子》、阿波利奈尔的《玫瑰世界》、匹桑的《乌塔耶书》诗集;德语诗人的中译包括策兰全集第八卷《暗蚀》的出版,以及赫尔曼·黑塞的《黑塞抒情诗选》。另外,欧洲的葡萄牙语诗人中译诗集有佩索阿的《佩索阿诗选》《坐在你身边的云》以及阿德拉德的《在水中热爱火焰》,斯诺文尼亚诗人斯雷奇科·科索维尔的中译本《整数26》出版。本年度俄语诗歌翻译中最值得瞩目的是诗人、翻译家晴朗李寒历时20载翻译的多卷本《阿赫马托娃全集》。另外,一本厚重的俄语中译诗集是《俄罗斯抒情诗人》,翻译介绍了数百位俄罗斯抒情诗人。

日语诗歌中译有翻译家田原翻译的日本当代重要诗人谷川俊太郎的《二十亿光年的孤独》。值得关注的是本年度翻译出版了日本童谣诗人金子美玲的两种译本《全都喜欢》《金子美玲童谣集》,这对于当下的中国儿童诗人和儿童文学写作者具有一定的意义。本年度拉美地区的西班牙语诗歌翻译主要集中在智利。其中，最受读者期待的是波拉尼奥的诗集《未知大学》、米斯特拉尔的诗集《你是一百只眼睛的水面》以及智利超现实主义诗人罗哈斯的诗选《太阳是唯一的种子》。他们是拉美地区西班牙语诗人的重要代表，其作品的中译对于汉语诗歌写作个体和社会、诗歌技艺和经验的处理都具有一定的借鉴意义。另外，本年度中东地区的诗歌中译也值得一提。其中，包括波斯神秘主义诗人哈菲兹的《哈菲兹抒情诗选》，以色列诗人阿米尔·欧尔的诗集《时间博物馆》，伊朗当代导演、诗人阿巴斯的作品《一只狼在放哨》的中译。中东地区的诗人特有的神秘和带有冥想的哲思，对当下汉语诗歌的写作具有刺激和启示作用。

（二）中国诗歌外译情况

国外读者对于中国诗歌的了解主要是古典诗歌，对新诗、当代诗的关注和了解相对较少。通常情况下，虽然有中国诗人的诗歌被单篇翻译成外文在报刊发表，或被收录在一些诗歌合集和选本中，但出版单行本的中国诗人很少。据翻译家李金佳说，在法国，20 世纪 70 年代以来，包括台湾在内的中国诗人当中只有 23 位诗人出版过单行本。在这些出版的单行本中，翻作大多出自单一的译者之手。因此，可能导致被翻译的诗歌在语言风格上不能区分出应有的差异。翻译家赵振江也曾坦言，在西班牙的书店，关于中国诗歌的作品也都是古典诗歌。虽然也有当代诗歌被译成西班牙文的，但在书店不见踪影，说明印数比较少。翻译家薛庆国也曾经说，在阿拉伯语地区，不仅很难看到中国当代诗歌的译作、译本，甚至在网络上也很难搜到关于中国当代诗歌的信息。在比利时，出版人戴维·詹诺尼推出过近二十本外国诗人的诗歌集，但其中没有一本中国诗集。虽然比利时也有许多诗歌节，诗歌节上会销售诗集，但也很难有中国诗歌影子（以上翻译家言论参见韩业庭、刘宇佳：《中国当代诗歌国外传播：诗歌走出去步子如何迈》，《光明日报》2016 年 4 月 19 日）。从上述翻译家的经验，不难看出中国当代诗歌翻译和海外传播所面临的尴尬和困境。

尽管面临如此尴尬和困境，中国诗人和诗歌活动家一直希望把中国诗歌向海外的读者介绍。从前几年开始，在荷兰鹿特丹国际诗歌网上，相继推出了多个单元的中国诗人专辑。2016 年，《中国新诗百年孤独》西班牙语版介绍了 65 位诗人的 100 余首中国当代诗歌。诗人多多也出版了其单行本诗集《诺言：多多诗选》。2017 年度中诗外译有一些新的成果。比如，由邓月娘和娜塔莉亚·阿扎洛娃编选的《当代中国诗歌》俄文版。诗选采取诗人翻译诗人的方式，由 14 位俄罗斯当代诗人完成翻译。诗集附有汉学家邓月娘 19 篇关于中国诗人的访谈。俄文版《当代中国诗歌》收录了多多、周伦佑、于坚、严力、翟永明、杨炼、欧阳江河、柏桦，韩东、孙文波、肖开愚、陈东东、西川、杨晓滨、臧棣、张执浩、伊沙、明迪、廖伟棠、沈浩波、郑小琼、余幼幼等当代重要诗人和活跃的青年诗人的诗歌作品。《当代中国诗歌》俄文版是第一本向俄语读者介绍中国当代诗歌的选集，力图呈现当代中国诗歌写作的多元性、复杂性。入选的诗人中有一些出席了第十届莫斯科国际诗人双年展和该选集的首发仪式。另外，整体性介绍中国诗歌的法文版《中国诗选》也值得关注。这本诗选超过 1500 个页码，选取了《诗经》至今的 400 多位汉语诗人的 1800 多首诗词。鲁迅、郭沫若、毛泽东、闻一多、李金发、戴望舒、冯至、艾青、卞之琳、穆旦、郑敏、林亨泰、商禽、哑弦、夏宇、北岛、芒克、多多、于坚、翟永明、杨炼、顾城、海子等诗人作品入选新诗卷。除了上述大部头的介绍中国诗歌的总体状况的诗歌以外，2017年度也有汉语诗人在海外出版单行本诗集。如，日本诗人竹内新根据人民文学出版社2015年出版的《杨克的诗》翻译的日文版《杨克诗选》由日本权威诗歌出版社思潮社出版发行。该诗集出版后，日本早稻田大学和东京大学都举办了关于杨克诗集的学术研讨会。

作为诗歌国度的中国，在诗歌文化的对外影响和“输出”方面显然与大国地位仍不相符，还存在诸多薄弱、不足之处。当然，这也说明在相关领域仍有广阔的空间，等待着诗人、翻译家、出版人等有识之士的进一步付出和努力。

年度中国诗歌纪事

一月

1月7日，《诗歌风赏》年会暨白兰、娜仁琪琪格诗歌朗诵会在十月文学院举行，汪剑钊、赵兰振、周庆荣、王秀云、苏笑嫣、娜仁琪琪格等50余人出席。

1月11日，邱华栋、周瑟瑟主编的《2016年中国诗歌排行榜》首发式暨诗歌朗诵会在北京大学中国诗歌研究院举行。臧棣、邱华栋、谷禾、汪剑钊、周瑟瑟、中岛、安琪、娜仁琪琪格、黑丰等50余位诗人，作家张立珩，翻译家夏露，百花洲文艺出版社社长、总编辑姚雪雪，副总编毛军英，责编朱强等参加活动。

1月14—16日，《文艺争鸣》杂志社、北京师范大学文学院共同主办的当代诗歌的文化地理与地方美学研讨会在吉林长春召开。张清华、欧阳江河、西川、何言宏、何平、傅元峰、张定浩、安琪、梦亦非等20余名诗人、学者与会。

1月14日，第五届公共空间诗歌迎新朗诵会在武汉洪山广场地铁站内举行。蓝蓝、胡弦、刘年、谢克强、刘益善、张执浩、余秀华等诗人参加朗诵活动。第五届公共空间诗歌以“记住乡愁”为主题，共展示189名诗人的234首诗歌。这些诗歌分布在武汉地铁一、二、三、四、六号线的1005个展位。公共空间诗歌活动包括在地铁站展示诗歌和举办诗歌迎新朗诵会两个方面的内容。

1月15日，剑桥诗人徐志摩120周年诞辰纪念活动在英国剑桥大学国王学院拉开帷幕。该活动由剑桥大学国王学院副院长史蒂芬·切利博士主持，数十位来自中英两国的诗人、艺术家以及剑桥大学学者受邀参与，并在国王学院诵诗交流。活动还放映了奥地利裔英国导演弗莱德里克·贝克以徐志摩的诗歌和康河为题材的艺术影片《康河魅影》。

1月18日，诗人罗门于台湾北投逝世，享年90岁。罗门本名韩仁存，1928年出生，祖籍海南文昌，曾任世界华文诗人协会会长、蓝星诗社社长等。

1月21日，“新死亡诗派丛书”出版座谈会在福建漳州举行。“新死亡诗派丛书”由江苏凤凰文艺出版社出版，收录道辉的《亡杖》、阳子的《阳子诗选》、何如的《生活》、伊甸的《颤栗和祈祷》、徐慢的《徐慢诗选》5本诗集。

1月23日，《诗刊》创刊60周年座谈会在中国现代文学馆举行。来自全国各地的诗人、评论家代表，作协以及其他相关单位、相关人士等近200人参加会议。

1月17—24日，受日本国际交流基金会的邀请，桑克、周瓒、冷霜、郑小琼4位中国诗人赴日本东京、岩手等地，进行为期一周的交流访问。日本国际交流基金会致力于邀请没有(或曾有短时间)访日经历的中国青年学者、青年研究员及学术中坚在一定期限内访问日本，提供接触日本社会和日本文化的机会，以促进对日本的理解。同时，通过提供与日本研究人员及专家交流、座谈的机会，促进建立良好的个人关系，为未来中日双方知识界之间的进一步沟通作出努力。此次活动是日本国际交流基金首次向中国诗人发出邀请。

1月29日，中央电视台第二季《中国诗词大会》开播，成为春节期间的收视黑马，引起全民关注。这个节目全部10期累计收看观众达到11.63亿人次，微博上节目相关话题的阅读量超过1亿。

二月

2月8日，“一握之间——韩东作品朗诵会”在云南大理举行。韩东、宋琳、赵野、陈太胜、北海、朵美、白萱儿等十数位移居大理和大理本土诗人与会。音乐人欢庆、周云蓬、廖凯还奉献了音乐。朗诵会由《读诗》主编潘洗尘主持。

2月13日，“我们与你在一起”大型诗歌公益活动新闻发布会在浙江浦江召开。中国诗歌学会副会长唐晓渡，中国少年儿童文化艺术基金会会长阚丽君，中国诗歌学会副秘书长七月、马瑾，浦江县领导何东卿、郑文红，浦江县文联主席何金海等出席发布会。发布会介绍了“我们与你在一起”大型诗歌公益活动开展情况，中国诗歌学会授予浦江县月泉书院为首个“中外诗人创作基地”。当晚，在浦江文化礼堂举办了“我们与你在一起”大型诗歌公益活动年度表彰会暨诗歌朗诵会。

2月15日，“我们与你在一起——诗歌与公益”论坛在浙江浦江召开。中国诗歌学会会长黄怒波、副会长唐晓渡，中国诗歌学会常务理事黄亚洲、李琦、理事龚学敏，浦江县县长丁政等来自全国各地的诗人、诗歌爱好者参会。论坛结束后，还召开了“万年浦江　千年月泉”全球华语诗歌大赛启动仪式。

三月

3月11日，5卷本《伊沙诗集》首发式在北京举办。该诗集收录伊沙自1987年到2016年创作的近6000首长短诗。伊沙与任洪渊、商震、沈浩波、李怡、张清华、西娃、春树等诗人参加活动。

3月16日，“城市戏剧节”开幕剧目“巡演两岸·文艺范诗歌剧《随黄公望游富春山》”五城巡演于北京拉开序幕。之后，陆续在东莞、深圳、广州、重庆四城连演。

3月22—25日，《诗歌风赏》第二届女子诗会于浙江文成举行。李轻松、金铃子、林莉、白兰、邓朝晖、郑皖豫、夭夭、翩然落梅、田暖、蓝紫、秋水、语伞、杨碧薇、吕达14位女诗人和周所同、亚楠、雷霆、翁美玲、成路、扎西才让、三宝等嘉宾与会，《诗歌风赏》主编娜仁琪琪格，文成县文联主席慕白，作家金瑛、诗人林新荣、武强华、赵目珍、崔完生、张琳、寒寒、云冉冉、苏继华等参会。

3月24日，扬子晚报社、江苏省中华文化促进会、中共江苏省太仓市委宣传部主办，太仓市文联承办的新诗百年暨江苏新诗发展研讨会暨《2016江苏新诗年选》首发式在太仓举办。

3月25日，由碧城 Hestie、《诗歌与人》杂志、东荡子诗歌促进会联合主办的“疾病与写作——刘汉通诗歌研讨会”于广州举行。诗会由广东诗人、批评家世宾主持，20余位广东诗人受邀参加。3月25日，2017中美诗人互译互访活动结束。为期两周的2017中美诗人互译互访于3月12日开始，3月25日结束。访问中国的美国诗人有普利策奖得主格雷戈里·帕尔德罗（GregoryPardlo），全国图书奖得主丹尼尔·博尔祖斯基（DanielBorzutzky），诗人翻译家蕾切尔·加文（RachelGalvin）、托尼·巴恩斯通（TonyBarnstone），青年诗人、作家米歇尔·奇哈拉（MichelleChihara）、司各特·克瑞里（ScottCreley）。访问美国的中国诗人有臧棣、清平、李森、姜涛。活动举行过程中，3月12日至13日，美国诗人代表团参加了北京师范大学国际写作中心第四季翻译工作坊；3月14日，美国诗人团参加了鲁迅文学院举办的“绿水青山：词语绽放的光芒——自然写作与生态伦理语境下的诗歌对话与朗诵”；3月15日，美国诗人及学生团队飞往云南进行四天交流活动；3月19日，中国诗人在洛杉矶参加了惠蒂尔学院的生态诗歌节和翻译工作坊，并在另外两所大学朗诵和交流。

3月26日，第四届海子诗歌奖终评结果公布，扎西才让获主奖，梁雪波、大枪、王琪、花语获提名奖。本次活动由北京师范大学中国当代新诗研究中心发起，海子诗歌奖评奖委员会主办，国际汉语诗歌协会、《澳门月刊》杂志社等单位协办，深圳市虚拟现实产业联合会独家承办。

3月28日，由中国诗歌学会、北京大学中国诗歌研究院主办的《2016中国诗歌年度报告》发布会在北京大学举办。黄怒波、谢冕、吴思敬、陈晓明、张清华、王光明、刘福春等诗人、诗评家参加发布会。会议由中国诗歌学会副会长程步涛主持。

3月30日—4月1日，由浙江省湖州市南浔区旅游局和“三月三诗会组委会”共同主办、湖州市南浔区荻港渔庄协办的“2017第十三届三月三诗会”在湖州市南浔荻港渔庄举行。

四月

4月2—9日，第三届杜甫诗歌文化周在河南省巩义市举行。活动包括音乐诗会、城市文化产业创意论坛、文化庙会、“诗圣故里　诗颂河洛”中小学杜诗诵读活动、大学生诗歌节等十余项。“杜甫诗歌文化周”由巩义市委、市人民政府会同中国作协诗歌委员会共同举办。

4月10日，首都师范大学驻校诗人王单单对话会在北京紫玉饭店举行。会议由首都师范大学中国诗歌研究中心主办，吴思敬、王巨川、安琪、孙晓娅、冯雷、卢秋红、王单单等诗人、学者出席。

4月16日，日本现代诗人会、日本诗人俱乐部、土曜美术社于在早稻田大学举行第三回现代诗研究会，特邀杨克讲座。4月18日晚，10余位日本学者、诗人等在日本东京大学文学部3号馆举行《杨克诗选》讨论会。日本版《杨克诗选》由日本权威诗歌出版社——思潮社出版发行，是杨克第一本日本版诗集。该诗集收入杨克的诗73首、文章多篇，系日本诗人竹内新用一年半时间翻译的成果，诗作选自人民文学出版社2015年出版的《杨克的诗》。

4月20—22日，由凤凰网青岛频道、山东省青岛市作家协会共同主办的首届中国（青岛）诗歌节在青岛举办。于坚、臧棣、树才、伊沙、桑克、余秀华、邱华栋、沈浩波、杨庆祥、周瑟瑟、李壮、严彬等20余位诗人参加。其间，举办诗歌朗诵会、诗歌研讨会、诗歌沙龙、诗歌雅集、午夜读诗等系列活动。

4月22日，上苑艺术馆2017诗歌朗诵会在北京举行。朗诵会由李念奴主持。

4月22日，《珞珈诗派2017》首发式暨诗歌朗诵会在武汉大学举行。李少君、陈应松、吴晓、荣光启等60余位诗人参加。“珞珈诗派”的概念由李少君、洪烛、陈勇、单子杰、黄斌、孔令军、张静在20世纪80年代中期提出。

4月22日，第十五届华语文学传媒大奖颁奖典礼在广东省广州市顺德北滘文化中心举行。华语文学传媒大奖由南方都市报和南都周刊发起主办，广州市顺德区委宣传部、区文化体育局、区北滘镇人民政府联合举办。于坚凭借《闪存》《朝苏记》《并非所有的沙都被风吹散——西行四章》等诗文作品获得2016“年度杰出作家”称号，陈先发凭借诗集《裂隙与巨眼》获得“年度诗人”称号。

4月24日，第五届中国赤子诗人奖揭晓，诗人黄礼孩获奖。该奖由中国防灾网独家创办。

4月28日，第二届华语青年作家奖揭晓，诗歌类主奖由朵渔获得，肖水和聂权获提名奖。该奖项由《青年作家》杂志社、华西都市报社、封面新闻联合主办。

4月28日，第二届栗山诗会暨百年中国新诗的本土性研讨会在湖南湘阴召开。周瑟瑟、梁尔源、罗鹿鸣、谭克修、路云、黄明祥、雷武铃、李不嫁、梦天岚等诗人、批评家、朗诵艺术家等50余人参加会议。

五月

5月1日，第三届上海市民诗歌节在上海浦东南汇新城开幕。本届诗歌节向全国的诗歌爱好者征集原创诗歌和朗诵作品，主办方期望上海市民诗歌节能成为上海市民诗歌爱好者交流的大平台，为诗歌的繁荣助力。上海市民诗歌节由上海市学习型社会建设与终身教育促进委员会办公室、上海市语言文字工作委员会办公室、上海市振兴中华读书指导委员会办公室、上海市作家协会、中国诗歌网共同主办，上海教育报刊总社承办。开幕式由上海临港地区开发建设管理委员会联合主办。

5月3日，由哈尔滨师范大学陈斋新韵诗社主办的“诗在哈尔滨”之“对话、碰撞、交融”为主题的新诗朗读对话会在哈尔滨大剧院小剧场举办。哈尔滨师范大学文学院教授陈爱中担任学术主持，邀请荷兰莱顿大学教授柯雷作为主讲嘉宾。柯雷从另一个文化世界来谈对汉语新诗的认识，谈到对哈尔滨的新诗以及新诗中的哈尔滨的整体印象，并结合哈尔滨诗歌的历史与现实评定在汉语新诗中哈尔滨新诗应有的位置，并给予肯定。在互动提问环节，与会嘉宾与观众就中国新诗中分行、新旧诗区分、新诗与自然关系、新诗与人文关系的问题等议题进行交流。哈尔滨诗人桑克、冯晏、杨河山朗诵作品。

5月5日，“纪念新诗百年”临港理论研讨会于上海临港国际艺术园举行。本次议题是“中国当代诗歌的现状、问题和出路”。臧棣、钱文亮、王晓渔，许道军、弘十四、海岸、李天靖、王士强、赵思运、茱萸、潘颂德等出席会议。与会专家围绕中国当代诗歌的走向和存在的问题、中国当代诗歌在海外与国际上的实际影响力、新媒体与当代汉语诗歌等主题展开讨论。

5月12—14日，第一届中国诗歌民谣节在江苏昆山锦溪镇举行。活动期间，由祁国编选的《当代传世诗歌三百首》暨陆渔诗集《以为是爱情》首发式同时发布，由祁国执导的纪录片《水上的隐士——锦溪》举行首映式。芒克、臧棣、默默、郭力家、大卫、谷禾、北塔、高兴、方文等参加。本次活动由中国诗歌学会、江苏省昆山市文学艺术界联合会、昆山市锦溪镇人民政府联合主办。

5 月 13 日，路云诗歌研讨会在湖南大学举行。来自全国各地的 30 余位诗人、批评家围绕路云的诗歌《凉风系》《光虫》进行研讨。雷武铃、杨铁军、冷霜、荣光启、程一身、王晓生、谭克修、草树、吴投文以及新一代批评家、诗人李浩、颜炼军、王志军、杨震、赵飞等参加研讨。

5 月 13 日，浙江省中国当代文学研究会第十一届年会暨浙江百年新诗反思学术研讨会在浙江传媒学院文学院召开。吴秀明、夏中义、殷国明等专家、诗人和浙江传媒学院文学院教师共 70 余人参加活动。

5 月 20 日，由中国言实出版社、《北京文学》月刊社共同主办的《北漂诗篇》暨新诗百年诗歌朗诵会在北京举办。《北漂诗篇》由师力斌、安琪主编。老巢、孤城、李荼、张祈、李川李不川、娜仁琪琪格等诗人参加活动。

5 月 20 日，由南京大学文学院、南京大学中国新文学研究中心、江苏省作家协会、南京大学出版社、南京大学校友总会联合主办，南京大学重唱诗社、凝眸文学社承办的南京大学校友新诗创作研讨会于南京大学文学院举行。该研讨会以深化对新诗百年发展的认知，探讨当下新诗存在的问题，梳理南京大学校友诗人的诗学成就，促进承续校园写作传统，培育校园内诗歌氛围为主旨。

5 月 27—28 日，“浮山 · 首届中国当代汉诗研讨会”在安徽省芜湖市举行。本届诗会由安徽省芜湖市三山区委宣传部、芜湖市三山区文联主办，芜湖诗院、三山瞭望、风儿诗社承办。默默、祁国、张涛、梦亦非、阿西、李占刚、远村、魏克、吴少东等诗人参会。

5 月 28—30 日，第七届漳浦诗人节系列活动在福建省漳浦县举办。黄亚洲、陈毅达、曾镇南、周伦佑、李云、道辉、石华鹏等近百位诗人、评论家参加活动。系列活动包括诗电影《蝴蝶和怀孕的子弹》研讨会、黄亚洲新诗集《如期而至》作品研讨会、杨骚诗歌创作座谈会等。

5 月 29 日，由《后天》杂志社、解决文化传播机构主办的第六届（2015—2016）后天双年度文化艺术奖揭晓。苏非殊、赵思运获“后天诗歌奖”，徐淳刚获“后天翻译奖”，魏天无、魏天真获“后天批评奖”。

5 月 29 日，第二届西南高校大学生诗歌论坛在西南交通大学举行。本次论坛的主题为“大学生新诗写作的现状和新选择”。来自云南、贵州、四川、重庆 4 省、直辖市 17 所高校的 57 名大学生诗人代表与会。诗人任洪渊、何小竹、邓翔、向以鲜、哑石、覃贤茂、安遇、陶春、尚仲敏、刘涛以及诗歌评论家夏汉、余旸、茱萸、段从学、余夏云等 34 名嘉宾与会。

5 月 31 日，由中国诗歌学会、四川省绵阳市李白诗歌协会主办的第二届李白诗歌奖颁奖典礼在四川江油举行。王小妮《出门种葵花》、食指《相信未来》、郑愁予《郑愁予的诗》、韩文戈《晴空下》、梁雪波《词语里的人》、桑子《栖真之地》获“提名奖”。

六月

6 月 1 日，“诗意两江——新世纪诗典诗人两江行”活动在重庆市两江新区召开。任洪渊、伊沙、沈浩波、韩东等来自全国各地和重庆本土 40 余位诗人参加活动。

6 月 3 日，“缪斯与玫瑰——中国女性新诗创作研讨”活动在江苏省扬州市举行。此活动是由江苏省作协与中国作协诗歌委员会联合主办、《扬子江诗刊》社承办的“中国新诗百年论坛”的第十九场。谢冕、孙绍振、叶延滨、叶橹、吴思敬、唐晓渡、罗振亚、张清华、徐可、霍俊明、谷禾、陆梅、孙晓娅和获奖女诗人代表冯娜、熊曼、李梦凡、田暖等出席。

6月6日，《三联生活周刊》旗下“松果生活”在北京天桥艺术中心举办名为“LIFE +”生活家演讲——“人，诗意的栖居”的主题活动。民谣歌手、诗人周云蓬、欧阳江河、秦晓宇等讲述诗歌里的生活，探寻生命中的诗意。

6月6日，为庆祝中国共产党成立96周年、迎接党的十九大胜利召开，“重温经典·名家名篇诗歌朗诵会”在北京市朝阳剧场拉开帷幕。活动由中国诗歌学会、北京市朝阳区文联共同举办。千余名观众观看朗诵会。朗诵会分为序、中国古典诗词、外国经典作品、中国近代诗和尾声五个部分。瞿弦和、虹云、张筠英、刘纪宏、曲敬国、张永智、任亚明等艺术家朗诵。

6月9日，由广东省作家协会主办的2017年广东诗歌创作高级研修班在广东东莞举行开班仪式。全省84位诗人参加为期8天的培训。罗振亚、于坚、谢有顺、王小妮等授课。

6月9—11日，中国先锋诗歌流派大会在河南郑州召开。来自全国各地30余个中国先锋诗歌流派的代表以及先锋诗评家、理论家、翻译家与会。会议由蒲秀彪等主持，徐敬亚、海波、刘强、柯雷、杨黎、尚仲敏、世中人等诗人学者先后发言。

6月11日，田湘诗歌研讨会在广西河池学院图书馆举行。罗之勇、银建军、欧阳珍、凡一平、简明、北塔、荣光启、卢鑫婕等出席研讨会。

6月14日，青年诗人李浩诗集《还乡》新书发布会在北京举行。李浩、王家新、王光明、谷禾、臧棣、李少君、张桃洲以及美国诗人顾爱玲、亚美尼亚诗人罗伯特、阿根廷诗人白冀林等参会。

6月14日，第六届中坤国际诗歌奖颁奖典礼在北京大学举行。诗人郑敏获“中国诗人奖”，德国诗人扬·瓦格纳(Jan Wagners)获“外国诗人奖”，翻译家、诗人屠岸获“诗歌交流奖”。中坤国际诗歌奖由中坤诗歌发展基金资助。该基金由北京中坤投资集团于2006年出资设立，旨在促进当代诗歌创作、研究、交流的活跃和繁荣，推动中国诗歌事业的发展，为北京大学中国诗歌研究院等诗歌机构和多项诗歌活动提供支持。

6月16—18日，“石鼓文化城杯”新丝路诗会在陕西宝鸡举行。来自陕西的阎安、沈奇、商子秦、孙晓杰，甘肃的高凯、王若冰、郭晓琦，宁夏的王怀凌、唐晴、单永珍，青海的宋碧波，四川的王萎等近50人以及李广汉、渭水、赵德利、吴双虎、孙新峰、秦舟、梁亚军等20余名本土诗人、作家与会。

6月17—18日，由中国作协创研部、中国作协诗歌委员会、首都师范大学中国诗歌研究中心共同主办的新媒体视野下诗歌生态研讨会在北京举行。谢冕、李少君、吴思敬、臧棣、孙基林、霍俊明等20余位诗人、诗评家与会。

6月18日，“莽汉派”代表诗人李亚伟与民谣界卢中强联合发起“唱诗班”，在成都举行发布会。于坚、翟永明、余秀华、郑小琼、尚仲敏、蓝蓝、万夏等诗人，周云蓬、莫西子诗、张玮玮、钟立风、苏阳等音乐人加入活动计划。在发布会上，诗人和歌手们还进行了诗歌与音乐关系的研讨，讨论诗歌如何重拾华语流行歌词的审美，民谣和诗歌如何介入亲子音乐的创作生态。唱诗班的首张专辑《擦星星的人》歌词部分来自翟永明、余秀华等诗人的诗作，谱曲和其余歌词则由周云蓬、莫西子诗等音乐人完成。活动现场发布了该专辑的第一首单曲

《FIGO》。

6月19日，MPS主题活动（“HiMusic，HiPoetry，HiSport”），MPS主题活动作为2017年中法音乐节系列活动之一，于武汉市蔡甸区江滩公园陈伯华大戏台举办。活动嘉宾包括诗人韩东、于坚、杨黎、何小竹、庞培、束晓静、张执浩、田禾、魏天无、魏天真、小引、林东林、荣光启、艾先、黄沙子、川上、槐树、许剑、柳宗宣、李婵娟等诗人以及LAYA非洲鼓乐队、北翼乐队、莫梦茹、郭进等乐队和音乐人。

6月24日—7月31日，“缝合：当代艺术从业人员诗选”展览于北京市尤伦斯当代艺术中心举办。活动呈现80余位活跃在中国艺术领域的艺术家、评论家、收藏家、媒体人、画廊家等创作人的诗歌手稿。

6月24日，“野火沙龙”诗歌研讨会在杭州拱宸书院举行，主题为“自由在我身上，像移动的星辰——李浩的诗歌气象”。吴玄、潘维、李浔、卢文丽、泉子等30余位诗人、作家参加。

6月24日，全国诗歌报刊网络联盟年会在郑州举行。《星星》《诗选刊》《扬子江诗刊》《诗潮》《中国诗歌》《绿风》《草堂诗刊》《上海诗人》和中诗网等10余家诗歌报刊网的主编和编辑与会。《大河诗刊》主编、2016年度轮值主席高旭旺做2016年度工作报告。会议推举《草堂诗刊》为2017年度轮值刊物，其主编梁平担任2017年度轮值主席。

6月25—26日，2017年（第十五届）诗探索·人天“华文青年诗人奖”颁奖典礼和研讨会在河北白洋淀举行。灯灯、陆辉艳、方石英获奖。谢冕、吴思敬、林莽、刘福春、邹进等出席。

6月30日，由北京师范大学国际写作中心、北京师范大学文学院、中国当代文学研究会、《文艺争鸣》杂志共同举办的“‘两岸四地’第九届当代诗学论坛·百年新诗：历史变迁与空间共生学术研讨会”召开。谢冕、吴思敬、陈仲义、西川、欧阳江河、王家新、罗振亚、何言宏等大陆诗人、批评家，与来自中国台湾、香港、澳门地区的孟樊、郑慧如、郑政恒、杨宗翰、傅天鸿、路羽等专家与会。

七月

7月1日，由谭五昌主编，浙江人民出版社出版发行的《新诗百年诗抄》首发式暨朗诵会在北京举行。屠岸、谭五昌、曾凡华、黄亚洲、陆健等40余位诗人、评论家与会。《新诗百年诗抄》收入100年来100位诗人100首经典诗歌作品，每首诗均配有二维码朗诵版，还收入68位现当代诗人的手稿。

7月11日，《华语诗刊》第三届陈子昂诗歌奖在四川遂宁颁奖。简明因诗作《草原跋》获“诗歌奖”，张作梗、刘川、姜念光获“提名奖”。

7月18日，由中国诗歌网主办、重庆酉阳县作家协会、重庆酉阳县后坪教育管理中心协办的崔荣德《逆光行走》诗歌研讨暨朗诵会在北京草原文化部落举行。包明德、吴思敬、杨志学、金石开、程步涛、谭五昌、赵智、北塔、丁鹏、李浩等30余位学者、诗人、编辑与会。

7月23日，《在彼此身上创造悬崖：北京青年诗会诗选》研讨会在北京单向空间花家地店举行。这次研讨会也是东方历史沙龙的第132期活动，由北京青年诗会与《东方历史评论》联合主办。研讨会由夏可君主持，诗选作者中的陈家坪、孙磊、李浩、江汀、昆鸟、张杭、苏丰雷、车邻等参加，研讨嘉宾有朱朱、周瓒、张杰、叶美、李海鹏、侯磊、刘年久等。

7月25日，由《星星》诗刊主办的2017中国星星大学生诗歌夏令营在四川江油李白纪念馆开营。营员包括从安、未央、宋阿曼、张丹、凡亚、贾假假等。

7月27—29日，响水韩家荡首届（2017）荷花旅游诗会在江苏响水举办。李南、三色堇、爱斐儿、金铃子、娜仁琪琪格等诗人、媒体人参加。

7月28—29日，第二届“诗探索·春泥诗歌奖”颁奖典礼暨“我诗读我心”大型诗歌朗诵会、第二届中国乡村诗歌高峰论坛、著名诗人看平度等活动在山东青岛平度举行。赵亚东、黄小培、徐晓获得第二届“诗探索·春泥诗歌奖”。

7月29日，第三届剑桥徐志摩诗歌艺术节在英国剑桥大学国王学院开幕。来自世界各国的100余位诗人、文学家、艺术家和学者汇聚康河畔，诵诗交流，举办学术研讨会与主题艺术展。

本月，作为“新时期文学研究资料从刊”之一，《王家新诗歌研究评论文集》由上海东方出版中心出版。该研究文集由首都师范大学教授张桃洲编选，收入近三十年来批评家、诗人、研究者对王家新诗歌创作、诗学批评、诗歌翻译的代表性研究文章和资料。

八月

8月5日，百年汉语新诗批评与罗振亚诗学思想学术研讨会在黑龙江哈尔滨召开。本次研讨会由哈尔滨师范大学主办，吴思敬、王尧、滕贞甫、于文秀、肖国栋、车红梅、马汉广、王珂、刘波等学者参加。

8月10日，由甘肃省文联主办的“纪念新诗百年·欧阳江河诗歌交流会”在兰州举行。交流会的主题为“新诗百年·碎片时代的诗歌创作”，古马、弋舟、滕飞、韩松落等诗人和作家出席。

8月12日—10月14日，“第一朗读者”首场活动于深圳举行。“第一朗读者”分别在深圳中心书城、胡桃里、深圳音乐厅等场地推出。钟鸣、姜涛、谭畅、游子衿、秦晓宇、须弥、孙磊、宇向、奥列霞、塞拉丁、高兴、汪剑钊等诗人、评论家参加活动。

8月12日，《2015—2016中国新诗年鉴》新书发布会在广东惠州举行。主编杨克介绍，《中国新诗年鉴》是中国新诗诞生以来连续出版时间最长的诗歌选本，分为年度推荐、网络诗选、文学期刊、民刊诗选、理论与批评五部分，包括诗歌、诗歌评论、诗歌观点等。

8月12日，《野火诗丛（第一辑）》新书发布会暨青年诗人创作论坛在杭州举行。《野火诗丛》缘起于杭州诗青年文化公益团队在2016年5月策划发起的青年诗人成长陪跑公益计划，帮助青年诗人免费出版人生第一本诗集。该计划自2016年5月启动以来，推选出七夜、高爽、卢悦宁、萧楚天等青年诗人作为诗集出版对象。

8月12日，中文版《鲍勃·迪伦诗歌集》在北京举行发布分享会。音乐人汪峰、周云蓬、莫西子诗、王壹，诗人西川、于坚、陈黎，以及乐评人郝舫、编剧史航与会。《鲍勃·迪伦诗歌集》由广西师范大学出版社旗下文化品牌“新民说”联合“飞地书局”出版，译者包括西川、陈黎、张芬龄、奚密、李皖、冷霜、陈震、曹疏影、马世芳、胡续冬、包慧怡、罗池、厄土、胡桑、周公度等。

8月14日，原《飞天》副主编张书绅先生逝世。徐敬亚、伊沙、潘洗尘、程光炜等学者、诗人以文字表达悼念之情。

8月16日，王发宾诗集《战士的心在燃烧》研讨会在北京举行。此次活动由中国诗歌网主办、中国作家新创作论坛协办。中国作协副主席何建明出席会议并讲话，30余位诗人、评论家与会。

8月21—25日，由《诗刊》社、中共甘肃省陇南市委宣传部联合主办的第三十三届青春诗会在陇南市举行。艾蔻、段若兮、飞廉、郝炜、胡正刚、纪开芹、刘山、马慧聪、马骥文、马嘶、谈骁、叶晓阳、张雁超、郑茂明、庄凌15位青年诗人会。

8月24日，周瑟瑟诗集《苔藓》分享会暨《幸存者》诗歌朗诵会在长沙举行。王跃文、梁尔源、罗鹿鸣、谭克修等参加。

8月27日，白玛曲真诗歌研讨会暨朗诵会在北京草原文化部落举行。会上，白玛曲真新诗集《在低处行走》与读者见面。高洪波、赵智、洪烛、潇潇、安琪等诗人、作家出席活动。

8月27—31日，首届"国际诗酒文化大会·成都草堂国际诗会"在四川成都、泸州举行。来自中国、美国、英国、意大利、瑞典、亚美尼亚、立陶宛、摩洛哥等14个国家的40余位诗人、评论家、翻译家与会。活动期间，举办了三场中西诗歌朗诵会，一场"全球语境下的诗歌写作与交流"研讨会、国际诗酒文化座谈会等活动，并到成都杜甫草堂博物馆、金沙遗址博物馆、泸州老窖博物馆等地采风。

8月29日，第七届"诗探索·中国红高粱诗歌奖"揭晓，高若虹、侯存丰、张佑峰获奖。该奖由《诗探索》编辑部、山东省高密市人民政府联合主办，高密市文化产业管理委员会承办。

8月30日，由诗人李成恩发起，以北京青年诗人、艺术工作者为主要群体的诗歌系列活动"北京读诗会·爱节奏"首期在史家胡同博物馆举行。蓝荫海、谢竹安、扎西措毛、李美贞、李成恩等人参加。

8月，一档名为《穿过大半个中国》"诗+歌"旅行创作节目首播。"70后"歌手王铮亮、"50后"诗人欧阳江河，从唐代的长安今西安古城出发，一路南下，在旅途中搜集素材并进行创作。

8月，诗人、法语翻译家树才新书《给孩子的12堂诗歌课》发布会在北京国际图书博览会举办。该书由青豆书坊策划出版，收录树才给孩子的12篇诗歌演讲稿。

九月

9月1日，少年诗人杨蒙诗集《找》作品研讨会在北京举行。吴思敬、曾凡华、徐忠志、王久辛、曹宇翔、汪剑钊、杨志学、高立林、刘建忠、刘秀娟、汪雪涛、赵依等专家、诗人参会。

9月2日，"华山论剑·中国青年诗歌论坛暨全国'80后'诗会"在陕西西安举行。食指、舒婷、张清华、陈仲义、龚学敏、胡弦、霍俊明、周庆荣、简明、谭五昌、潘红莉、彭惊宇、刘川及来自全国各地的"80后"诗人代表100余人参加会议。本次活动由陕西省作协、共青团陕西省委、陕西省青年联合会携手主办，陕西省青年文学协会、陕西西凤酒股份有限公司、华山论剑西凤酒品牌运营公司承办。

9月7日，《永恒之阴影：莱比奥达诗歌自选集》首发分享会在山东济南举办。本书作者大流士·莱比奥达、译者赵四、"雅歌译丛"主编汪剑钊与会。

9月9日，霍俊明诗歌分享会在河北唐山举行。彭明榜、王单单、周李立、北野，与唐山本土诗人东篱、张非、唐小米、黄志萍、郑茂明等50余位诗人分享了霍俊明诗集《有些事物替我们说话》中的30余首诗歌。

9月12—17日，第五届中国诗歌节在湖北宜昌市举办。本届诗歌节以"诗咏盛世，圆梦中华"为主题，包含诗歌论坛、诗歌音乐朗诵会、群众诵诗、诗人与群众采风交流等系列活动，谢冕、郑欣淼、林莽、大解、荣荣等出席。本届诗歌节由文化部、中国作家协会和湖北省人民政府主办，文化部艺术司、《诗刊》社、湖北省文化厅、湖北省教育厅、湖北省作家协会、湖北省宜昌市人民政府等共同承办。

9月12—16日，成都市文学艺术界联合会、成都市文广新局联合主办的2017首届成都国际诗歌周举行。美国诗人梅丹理、英国诗人斯蒂芬·切利、奥地利诗人赫尔穆特·A·聂德、意大利诗人伊戈·科斯坦佐、俄罗斯诗人安娜·佐罗塔列娃、以色列诗人阿米尔以及我国诗人高兴、雷平阳、娜夜、李琦等32个国家的38位诗人及众多国内诗人参与。内容包括中外诗歌朗诵会、主题论坛、诗歌进校园、采风创作等。

9月19日，英国文化教育协会（British Council）在上海启动全国活动——"在地铁邂逅诗歌"（Poetry on the Metro）。至2017年年底，每天在上海、广州、南京、成都和重庆的轨道交通里有"在地铁邂逅诗歌"的文化列车运营，在地铁车站的公共空间中也有诗歌展示。"在地铁邂逅诗歌"活动是英国文化教育协会在英国举办"Poems on the Underground"及2016年在上海举办"在地铁邂逅莎士比亚"成功之后发起的又一向公众推广中英文学的大型项目，是2017年英国政府"灵动青春"大型活动的项目之一，旨在把中英诗歌利用地铁公共空间展示出来，给地铁出行者平日的行程增添更多知识和乐趣，通过两国共同的财富——文学来促进中英文化交流，产生更多社会互动和影响。

9月20日，《中华诗词发展报告（2016）》出版座谈会在京召开。《中华诗词发展报告（2016）》由中华诗词研究院组织清华大学、北京师范大学、中山大学、南京师范大学、中南民族大学等高校教师、中华诗词学会的专家、学者和青年诗人代表共同编制，较为客观地反映中华诗词的发展，针对诗词发展中存在的问题提出建议。令狐安、李文朝、郑伯农、罗辉等人出席。

9月20日，首都师范大学中国诗歌研究中心主办的2017年首都师范大学驻校诗人入校仪式在北京举行。吴思敬、林莽、张卫平、陈国栋、刘福春、孙晓娅、朱西（意大利）、孟庆澍、李黎、霍俊明、张二棍、安琪、邰筐、卢桢、王士强、马丽、蓝野、聂权、李点、王单单、李宏伟、刘汀、花语、冯雷、林喜杰等学者、诗人、评论家以及首都师范大学部分本科生、研究生参加活动。

9月22—24日，南京大学中国新文学研究中心主办、美国加州大学戴维斯分校东亚语言与文化系协办的"传承与变革：纪念中国新诗诞生百年国际会议"在江苏南京举行。来自中国、美国、日本、意大利等国家的60余位学者、诗人与会。徐兴无、奚密、秋吉收、王润华、王家新、于坚、欧阳江河等从不同角度发表致辞或主题报告，江弱水、王彬彬、杨小滨、西渡、朱朱、庞培、耿占春等分别评议。在四场分组讨论中，与会者围绕百年来新诗诗体变革的回顾与展望、新诗规范诗学的建构路径、西方诗歌译介与新诗的发展、不同国家和地域之间的新诗比较、中国新诗与旧体诗的关系等议题展开深入交流。会议期间，举办了第二十五届柔刚诗歌奖颁奖会暨诗歌朗诵会。本届评奖征稿自2016年11月启动，组委会从762件有效稿件中严格评选。最终，多多荣获"荣誉奖"，苏奇飞凭组诗《猛虎行》荣获"主奖"，星芽（饶佳）凭组诗《成年》荣获"校园奖"。

9月23日，《诗探索》编辑部、山东省诸城市委宣传部联合主办，诸城琅琊书院承办的第二届"诗探索·中国诗歌发现奖"颁奖典礼暨获奖作品研讨会在山东诸城举行。该奖项由诗人沈鱼和评论者朱霄华、诗人江红霞和评论者温奉桥、诗人林珊和评论者胡笑梅三组共6

人获得。

9月23—24日，第三届中国·天津诗歌节在天津武清举行。诗歌节涵盖诗歌征文、诗歌评选、诗歌论坛、颁奖暨朗诵大会等主要活动内容，历时100天。其中，诗歌论坛以“寻源问道”为主题，对我国百年新诗进行回顾与展望。诗歌节大奖——中国诗歌突出贡献奖授予诗人余光中。诗歌节由天津市文联、天津市作协、天津广播电视台、天津日报社、今晚报社、天津市武清区委宣传部、天津桃李源文化基金会主办。

9月24日，由《人民文学》杂志社、江汉大学、全国大学生文学社团联盟主办的新诗百年与校园写作研讨会在北京举行。《人民文学》主编施战军、江汉大学校长李强及10余位诗人、评论家和北京高校诗人代表参加会议。

9月27日，“交叉小径的花园：在现场——新诗百年中国当代诗歌艺术大展”在北京开幕。大展组委会颁布第二届独立诗歌奖。诗人谭克修荣获“特别大奖”，诗人毛子、树才、衣米一、王小龙分获“独立诗歌奖”。开幕式前，举办了中国当代诗歌艺术高峰论坛，论坛由艺术学者禹至主持。杨黎、潞潞、老巢、格式、谭克修、曹五木、横、毛子、树才等参与讨论。本次展览参展诗人艺术家380余人，诗人肖像、手稿、艺术家以诗创作当代艺术作品等总计800余件。

十月

10月7—11日，第二届上海国际诗歌节在上海举行。论坛嘉宾包括叙利亚诗人阿多尼斯、艾略特诗歌奖得主大卫哈森，日本诗人高桥睦郎，斯洛文尼亚诗人阿莱士·施蒂格，荷兰诗歌节主席巴斯夸克曼，爱尔兰诗人帕特里克考特，世界数码文学和电脑诗歌的开创性诗人凯喆安等出席。中国诗人舒婷、郑愁予、颜艾琳、张烨、张如凌、吴思敬、姜涛等出席。叙利亚诗人阿多尼斯荣获首次设立的“金玉兰”诗歌大奖。活动包括中外诗人交流会暨《上海文学》“第二届上海国际诗歌节特刊”首发式、诗歌论坛、诗歌朗诵会、诗歌翻译交流工作坊、中外诗人奉贤雅集、诗人和青年学生交流、阿多尼斯画展等。本届诗歌节由上海市作家协会、中共上海市徐汇区委宣传部主办，上海市新闻出版局、上海市教育委员会为指导单位。

10月14日，由湖南省诗歌学会、长沙市作家协会和湖南读书会联合举办的“白金世家”幽林石子诗集《草木的事业》新书发布会在长沙市图书馆举行。本次活动由湖南读书会会长、湖南省诗歌学会副秘书长张立云主持。唐樱、杨林、张战等80余人出席。

10月15日，陈超诗学研讨会在廊坊师范学院文学院举行。来自河北、北京、天津、海南、贵州等地的50余位学者、诗人以研讨会的形式缅怀这位敏感睿智的诗人、诗评家，深入探讨其诗歌批评与诗歌创作，总结其创作经验和诗学建树。

10月22—27日，“美中诗学对话”系列活动在美国国立俄克拉荷马大学与阿肯色州作家营、州立博物馆举行。中方嘉宾有首都师范大学教授、理论批评家王光明，北京师范大学教授、诗人西川等，美方嘉宾有诗人兼批评家Hank Lazer（汉克·雷泽尔）、Stephen Fredman（斯蒂芬·弗雷德曼）、Jonathan Staling（石江山）、诗人 Mer - Mer Berssenbrugge（白萱华）、Arthur sze（施家彰）、Denis Wair（梅丹理）等。诗歌活动主要由两国诗人的诗学对话与朗诵组成。活动由美国俄克拉荷马大学（The Universty of Oklahoma）与中国诗歌学会、北京大学中国诗歌研究院联合举办，从2017年开始每年举办一次，奇数年份在美国举办，偶数年份在中国举办，邀请两国诗人与批评家共同讨论中美诗歌现状与历史，促进诗歌的交流互动。

10月27—29日，中华诗词研究院和复旦大学中文系联合主办的第二届中华诗词古今演变研究学术研讨会在上海召开。黄仁生、周兴陆、黄霖、黄仁生、李遇春等学者与会。

10月27日，中国诗歌网、浙江省义乌市文联、义乌市作协联合主办的第三届容艺文化诗歌节暨诗人石心新诗集《约定》首发仪式在义乌市委党校举办。《约定》诗歌座谈会由义乌市作协主席何恃坚主持。金石开、陈勇、伊甸、宋凌寒、卢辉、吴投文、李浔、江离、顾北等编辑、学者、诗人与会。

10月28日，2017徐志摩诗歌节湖畔诗会暨第五届中国(海宁)徐志摩微诗歌大赛颁奖典礼在浙江省海宁市举行。本次活动由中国诗歌学会、浙江省作家协会、浙江省海宁市人民政府，中共浙江省海宁市委宣传部、海宁市文学艺术界联合会承办，浙报集团·海宁日报执行承办。湖畔诗会分为“有朋远来”“同游诗海”和“新月光辉”三个篇章，由远至近，从古至今，从新月派到海宁本地诗人作品，将诗歌有层次地表达出来。

10月28日，《广西诗歌地理》新书发布会暨自媒体视域下的广西诗歌讨论会在广西南宁举行。《民族文学》杂志社主编石一宁、贵州师范大学文学院教授颜同林等30余位评论家、诗人、记者出席。

10月28日，北京作家协会主办，北京市海淀区作家协会、清华大学附中承办的第三场中学生诗歌论坛——清华大学附中站举办。活动目的是普及诗歌知识，开阔眼界，为中学生诗歌爱好者与诗人们提供近距离交流的机会。

10月28日，第二届北京文艺网诗人奖暨中国新诗百年研讨会在北京举办。“九叶诗派”唯一健在的、97岁高龄的诗人郑敏荣获北京文艺网诗人奖。

10月29日，何向阳诗集《锦瑟》首发式暨分享会在北京举行。霍俊明、高兴、姜念光等评论家、诗人出席。

10月29日，首届杨万里诗歌奖颁奖典礼在江西吉水举行。向以鲜荣获杨万里诗歌奖现代诗歌一等奖，晓音、沙克、李皓荣获二等奖。大赛由中共江西省吉水县委、吉水县人民政府、《诗潮》杂志社主办。

10月29日，湖南省湘潭市图书馆、小妃书屋联合举办的吴投文诗集《看不见雪的阴影》诗歌朗诵会在湘潭市图书馆报告厅举行。赵茜、邹联安、田园、曹青、崔修彬、包尘、刘赤虹、走召等出席。

10月31日，河北省作协主办，《诗选刊》杂志社、河北省图书馆协办的“复兴之路——河北省文学界学习贯彻党的十九大精神诗歌朗诵会”在河北省图书馆举行。王凤、张妹芝、李延青、舒婷、黄亚洲、陈仲义、简明、李云等诗人、评论家、编辑出席。

10月31日，建安文学双年奖(2016—2017)揭晓。雷平阳、肖水分别凭《击壤歌》和《渤海故事集》荣获“诗歌奖”；罗振亚《与诗相约》荣获“评论奖”。建安文学双年奖由建安文化研究院、建安诗社于2015年发起，建安诗社、河北浩蓝文化传媒有限公司主办，旨在“鼓励新时期下的新诗和新诗理论创作，发掘独特性，彰显先锋性，探索诗歌艺术的多元通道”。

十一月

11月3—5日，中国诗歌学会、安徽省马鞍山市人民政府联合主办的第二十九届马鞍山中国李白诗歌节在马鞍山举办。赵丽宏、唐晓渡、李元胜、大卫等参加。诗歌节举办“故人在咫尺——百年新诗与古典诗歌的艺术传承”中国诗歌论坛、百名诗人及百名学者拜谒诗仙、马鞍山首届文化产业峰会等活动。

11月4日，“重建放逐的诗意——《草堂》读诗会暨第三代诗歌代表人物尚仲敏诗歌诵读会”在四川省图书馆举行。本次诗会由《草堂》诗刊、《华西都市报》、封面新闻、四川省图书馆联合主办。

11月4日，第三届袁可嘉诗歌奖在浙江慈溪颁发。诗人蓝蓝以诗集《唱吧，悲伤》、翻译家傅浩以译诗集《噪音使整个世界静默：耶胡达·阿米亥诗选》、翻译家刘文飞以译诗集《库什涅尔诗选》、诗歌批评家张清华以诗学文集《像一场最高虚构的雪》分获“诗人奖”“翻译奖”“诗学奖”。本次活动由《十月》杂志社、浙江省慈溪市人民政府共同主办。

11月4—5日，新诗百年：中国当代新诗理论批评研讨会在北京召开。研讨会由北京大学中国诗歌研究院和首都师范大学中国诗歌研究中心共同举办。谢冕、孙绍振、洪子诚、吴思敬、黄怒波、叶橹、刘福春、王光明、孙晓娅、张桃洲、陈仲义、沈奇、简政珍、郑政恒、朱西（意大利）、佐藤普美子（日本）、郑慧如、敬文东、姜涛、张洁宇、张立群、孟泽、李怡、谭五昌、陈卫、翁文娴、张宝云、张松建等数十位国内外学者、诗人出席。

11月7日，中国诗歌学会、四川省渠县人民政府主办，中国诗歌学会网、《中国新诗》编辑部、中共四川省渠县县委宣传部、渠县文联承办的，首届“杨牧诗歌奖”颁奖盛典在渠县落幕。葛筱强荣获一等奖，龚兢业、刘斌荣获二等奖，陈人杰、简明、王盛波荣获三等奖，李光武、鲜圣、阿信、秦安江、肖雪莲荣获优秀奖。

11月9日，广东文学院指导、花城出版社举办的陆燕姜诗集《空日历》首发式暨作品研讨会在北京举办。广东省作协党组书记张知干、花城出版社社长詹秀敏以及张清华、刘向东、蓝野、向卫国、刘汀、杨庆祥等诗人、评论家出席。

11月10—13日，第十二届太平洋诗歌节在中国台湾举行。日本诗人谷川俊太郎、汉学家顾彬获得“累积成就奖”，日语诗译者田原获得“诗歌翻译奖”，台湾诗人零雨、大陆诗人戴潍娜获得“年度诗人奖”。

11月11日，“诗青年”成立两周年主题诗歌晚会在杭州举行。陈曼冬、赵思运、周勇以及北鱼、卢山、袁行安、双木、云岑等40余名诗人与会。

11月12日，彭志强诗集《秋风破——杜甫踪迹史诗歌传记》新书发布会暨朗诵会在北京举办。

11月13—14日，广西作协、中共广西崇左市委宣传部、崇左市文联主办的广西首届“花山诗会”在崇左举行。简明、聂权、李斌、马慧聪、石才夫、田湘、盘妙彬、非亚等诗人、学者参加。

11月14日，北京大学中国诗歌研究院会同中国诗歌学会邀请谢冕、黄怒波等专家编辑的《中国新诗总论》定稿会在北京大学中国诗歌研究院召开。该书选编了自1868年至2015年新诗从酝酿、草创、诞生、发展的100余年间的理论、批评、鉴赏、考订、重要的诗人论、创作论以及重要的会议、出版等与新诗发展有关且有文献价值的理论性文字，总字数约600万字。

11月17日，第四届东荡子诗歌奖系列活动在广州图书馆举行。下午，举行《东荡子诗文集》首发式暨东荡子诗歌研讨会。当晚，举办以“他相信了心灵”为主题的第四届东荡子诗歌奖暨2017东荡子诗歌奖·广东高校奖颁奖典礼。第四届东荡子诗歌奖诗人奖由罗羽获得，评论家奖由敬文东获得，高校诗歌奖评出六名获奖者——谭雅尹、陈坤浩、戴建浩、谢洋、杨曾宇和吴子璇。

11月17日，中国诗歌学会、山东省作家协会、山东省东营市人民政府主办，东营市委宣传部、东营市文学艺术界联合会、山东省朗诵艺术家协会承办的“河海当歌，诗意倾城”——2017中国东营黄河口诗会东营市颁奖仪式暨诗歌朗诵会在东营举行。

11月20日，2017第三届上海市民诗歌节诗歌盛典在上海举行。市民诗歌节以“心系大地，拥抱生活”为主题，自启动以来举办了“诗意上海诗歌月”活动、诗歌讲坛、我来读诗朗诵以及每月开展一次活动的市民诗歌之家等多形态的120多场活动。200多家群众诗社、诗歌学习团队，100多万市民参与各项活动。诗歌节收到10万多份原创诗歌投稿。第三届上海市民诗歌节由上海市学习型社会建设与终身教育促进委员会办公室、上海市语言文字工作委员会办公室主办，上海教育报刊总社、上海市作家协会、上海市振兴中华读书指导委员会办公室、中国诗歌网承办。

11月21—26日，第五届“香港国际诗歌之夜2017”在香港多所大学举行。本届诗歌之夜由香港中文大学文学院香港诗歌节基金会主办，主题为“古老的敌意”。阿多尼斯、谷川俊太郎、北岛、平田俊子、哈维尔·贝略、田原、柯夏智等诗人与会。活动包括音乐会“天机”、讨论会“诗歌与敌意”“诗歌世界：欧洲视觉”等。香港国际诗歌之夜结束后，嘉宾于11月27日至29日分组移师广州、杭州、南京、武汉、厦门等五个城市参加活动。

11月22日，中国“普安红”全球茶诗征集颁奖典礼在贵州普安举行。征集大赛自6月启动后，历时近3个月，收到来自全国各地以及美国、捷克等海外作家、诗人创作或推荐的诗歌10000多首。经李少君、霍俊明、梁平、郑小琼、郝红、赵卫峰等终评委评选，评出相关奖项：《茶是心怀远方的叶子》（包苞）获得一等奖，《春中茶园作》（慕白）、《饮茶记》（朱永富）获二等奖。

11月24—26日，“新时代·中国梦——中国作家走进太仓暨第七届十月诗会”在江苏太仓举行。诗会由中国作协指导，《十月》杂志社、江苏省太仓市文联联合主办。吉狄马加、赵丽宏、陈东捷等30余位诗人、评论家与会。

11月25日，《光年》诗剧会在北京举行。活动由彭敏主持，嘉宾包括顾彬、王家新、赵振江、蒋一谈、朵渔、周瓒、冷霜、陈家坪、王东东、叶美、戴潍娜等人。

十二月

12月1日，首届南方诗歌节新闻发布会在北京大学中国诗歌研究院举行。中国诗歌学会会长黄怒波宣布首届南方诗歌节将于12月20日在广东德庆县拉开帷幕。谢冕、陈晓明、王光明、赵振江、姜涛、李红雨、孙晓娅、敬文东等参加发布会。首届南方诗歌节由中国诗歌学会、北京大学中国诗歌研究院主办，德庆县人民政府承办。以后，南方诗歌节将每两年在德庆举办一次。

12月2日，江苏省作家协会、北京大学中国诗歌研究院、南京大学新文学研究中心诗歌研究所主办的胡弦诗歌研讨会在北京举行。谢冕、陈晓明、林莽、范小青等诗人、学者出席。

12月2—3日，广东省作家协会主办，《作品》杂志社承办的“我们的声音，诗歌进工厂”朗诵及研讨系列活动在广东东莞举行。杨克、张清华、何言宏、燎原、周瓒、张德明、向卫国、王士强、茱萸及意大利女汉学家朱西等诗人、评论家参加。

12 月 2—3 日，首届“珞珈诗派”学术研讨会暨武汉珞珈诗派研究会成立会在武汉大学召开。从武汉大学走出的诗人王家新、汪剑钊、陈应松、车延高、李少君、陈勇、邱华栋等人 40 年的诗作集《珞珈诗派丛书》共 10 本推出。“珞珈诗派”代表性诗人、作家以及文坛重要的诗歌批评家，围绕“珞珈诗派”的历史来源、当代状况和未来发展的可能性等议题展开研讨。

12 月 7 日，中共广东省深圳市宝安区委宣传部、深圳市宝安区文联主办，深圳市宝安区作家协会承办的第三届中国（宝安）国际诗歌论坛举行。论坛回顾“中国新诗百年的辉煌与梦想”，讨论“一带一路”、粤港澳大湾区节点之上的诗歌发展方向，发布“一带一路、大湾区诗歌宣言”，展示深圳宝安现代主义诗群的创作成果。来自美国、德国、澳大利亚、加拿大、新加坡等国家的 100 余位诗人与会。

12 月 8—10 日，第三届当代诗词创作批评与理论研究青年论坛在湖南省长沙市中南大学文学与新闻传播学院举行。

12 月 14 日，诗人余光中病逝于中国台湾高雄，享年 90 岁。余光中出生于 1928 年，是著名诗人、作家、学者、翻译家。代表作有《白玉苦瓜》（诗集）、《记忆像铁轨一样长》（散文集）、《分水岭上：余光中评论文集》（评论集）等，其诗作如《乡愁》《乡愁四韵》，散文如《听听那冷雨》《我的四个假想敌》等入选中国大陆及港台语文课本。与一般诗人不同，余光中去世引发各界关注。在表达悼念之余，不少媒体亦提及余光中的品德问题，引发超越文学本身的争议。

12 月 14 日，东方今报社、猛犸新闻主办的“原创河南”系列文化第一站“临水而居，诗意栖息——诗人高旭旺长诗《河之书》分享会”在河南郑州举行。嘉宾包括来自河南省内外的诗人、评论家张鲜明、冯杰、曾勇等。

12 月 16 日，诗人、资深翻译家、出版家、文艺评论家，人民文学出版社原总编辑屠岸，因病在北京逝世，享年 94 岁。屠岸生于 1923 年，从 20 世纪 40 年代起从事诗歌创作和诗歌翻译，先后出版《萱荫阁诗抄》《屠岸十四行诗》《哑歌人的自白——屠岸诗选》《诗爱者的自白——屠岸的散文和散文诗》等作品集以及《倾听人类灵魂的声音》《诗论 · 文论 · 剧论》《霜降文存》等文艺评论和随笔。1950 年出版的由屠岸翻译的《莎士比亚十四行诗集》为中国首部莎士比亚十四行诗全集。其《济慈诗选》译本荣获第二届鲁迅文学奖文学翻译彩虹奖。

12 月 16 日，诗人陈先发作品研讨会暨新诗集《九章》首发式在安徽合肥举行。李少君、霍俊明、何言宏、钱文亮、胡亮等 70 余名评论家、诗人与会。

12 月 16 日，2017（第六届）武汉地铁公共空间诗歌“走进新时代 · 百年新诗中国梦”迎新朗诵会在武汉洪山广场地铁站文化角举行。大解、谢克强、朱零、刘益善、张执浩、魏天无、柳宗宣、于笑忠、饶翔等作家、诗人、评论家参诵会。

12 月 17 日，“中国诗歌学会诵读基地”揭牌仪式在中国民航大学举行。中国诗歌学会会长黄怒波、副会长曾凡华，中国诗歌学会会长助理大卫、副秘书长马瑾，《中国广播报》社长王静，中央电视台主持人敬一丹、任志宏，《天津诗人》诗刊总编辑罗广才，天津鲁藜研究会会长段光安，天津七月诗社常务副社长深耕等京津两地诗人和中国民航大学教师、学生代表 100 余人参加揭牌仪式。

12 月 19 日，邹荻帆百年诞辰专题诗歌朗诵会于湖北汉口举行。

12月20日,首届南方诗歌节在广东德庆县拉开帷幕。首届南方诗歌节以"新诗百年,情系德庆,走进新时代"为主题,谢冕、黄怒波、郑德兴、孙绍振、骆寒超、蒋朗朗、陈晓明、舒婷、王家新、陈东东、徐敬亚等90余位名家出席活动。德庆县官圩镇被中国诗歌学会授予"中国诗歌小镇"称号。

12月21—23日,2017广东风度九龄诗歌周在广东省始兴县举行。诗歌周由中国作协诗歌委员会、广东省作家协会、中共广东省韶关市委宣传部共同主办。叶延滨、杨克、熊育群、车延高、丘树宏、世宾、黄礼孩、田禾等参加。诗歌周以张九龄的诗歌"天涯共此时"为主题,举办开幕式暨大型诗歌朗诵晚会、风度九龄诗歌高峰论坛、诗歌名家进校园以及采风交流等活动。

12月24日,北京市石景山区作家协会、北方工业大学中文系暨国家大学生文化素质教育基地联合主办西山诗歌发展论坛暨畅想新时代元旦诗会。李金明、海城、王永华、杜雷、雷锋利、冯雷、胡松夏、张后、恩泽等诗人以及部分在校大学生与会。

12月30日,第二届"中国天水·李杜诗歌奖"颁奖典礼在甘肃省天水市举行。已故诗歌编辑家、原《飞天·大学生诗苑》编辑张书绅荣获贡献奖,"朦胧诗"代表人物多多荣获金奖,胡弦诗集《沙漏》、毛子诗集《我的乡愁和你们不同》荣获银奖,金铃子诗集《我住长江头》、叶丽隽诗集《花间错》、离离诗集《离离的诗》荣获新锐奖,星汉古诗词《路石集·星汉卷》荣获秦风雅韵奖,安谅的诗集《生命中有多少借口》荣获"一带一路"特别奖。第二届"中国天水·李杜诗歌节"由中共甘肃省天水市委宣传部和读者出版集团主办,天水日报社承办。

12月31日,北京青年诗会于北京举行。阿西、西渡、周瓒、回地、陈家坪、孙磊、赵晓辉、莫卧儿、叶美、严彬等诗人出席。

年度中国诗歌出版物择要

一、诗集

《诗刊》社编,"第33届青春诗会诗丛",15本,分别为:艾蔻《亮光歌舞团》、段若兮《人间烟火》、飞廉《捕风与雕龙》、郝炜《说好的雪》、胡正刚《问自己》、纪开芹《修得一颗柔软之心》、刘山《病中书》、马慧聪《人模树样》、马骥文《唯一与感知者》、马嘶《春山可望》、谈骁《涌向平静》、叶晓阳《雨来》、张雁超《大江在侧》、郑茂明《秋日笔记》、庄凌《本色》,中国青年出版社,2017年8月;霍俊明主编,"中国好诗"第三季,10本,分别为:李南《妥协之歌》、梁晓明《用小号把冬天全身吹亮》、胡弦《空楼梯》、叶舟《自己的心经》、何向阳《锦瑟》、荣荣《隔空对火》、姜念光《我们的暴雨星辰》、蓝野《浅妄书》、白庆国《微甜》、严彬《大师的葬礼》,中国青年出版社,2017年9月至11月;雷平阳、陈先发、李少君、潘维、古马:《五人诗选》,华东师范大学出版社,2017年3月;臧棣、张执浩、余怒、雷平阳、陈先发:《新五人诗选》,花城出版社,2017年4月;师力斌,安琪主编:《北漂诗篇》,中国言实出版社,2017年4月;刘春主编:《在夜晚的高原上》,广西师范大学出版社,2017年3月;马雁编:《几个好朋友》,广东人民出版社,2017年5月;李之平编:《新世纪先锋诗人三十三家》,百花洲文艺出版社,2017年8月;张维编:《江南七子诗选》,北岳文艺出版社,2017年6月;雷平阳:《击壤歌》,中国青年出版社,2017年10月;张执浩:《神的家里全是人》,江苏凤凰文艺出版社,2017年5月;李少君:《我是有背景的人》,武汉大学出版社,2017年11月;韩文戈:《万物生》,花山文艺出版社,2017年10月;贾平凹:《空白》,辽宁人民出版社,2017年6月;周瑟瑟:《暴雨将至》,百花洲文艺出版社,2017年8月;姜涛:《洞中一日》,广西人民出版社,2017年11月;江汀:《二十个站台》,漓江出版社,2017年4月;阿来:《大雨中那唯一的涓滴》,陕西师范大学出版社,2017年1月;敬丹樱:《樱桃小镇》,四川文艺出版社,2017年4月;华清:《形式主义的花园》,人民文学出版社,2017年12月;蓝蓝:《唱吧,悲伤 : 蓝蓝抒情诗集》,江苏凤凰文艺出版社,2017年1月;李小洛:《孤独书》,太白文艺出版社,2017年6月;李浔:《擦玻璃的人》,长江文艺出版社,2017年10月;李元胜:《时光笔迹》,重庆大学出版社,2017年7月;阿信:《那些年在桑多河边》,甘肃文化出版社,2017年6月;安琪:《美学诊所:安琪诗选:2013—2016》,北岳文艺出版社,2017年9月;曹宇翔:《向岁月致意》,人民文学出版社,2017年5月;车前子:《新骑手与马 : 车前子诗选集》,江苏凤凰文艺出版社,2017年5月;陈先发:《九章》,安徽教育出版社,2017年10月;傅天琳:《果园与大海》,西南师范大学出版社,2017年10月;李瑛:《诗使我变成孩子》,昆仑出版社,2017年8月;卢文丽:《礼——卢文丽诗选》,上海三联书店,2017年12月;梁平:《家谱》,四川文艺出版社,2017年10月;武自然:《自然的诗》,作家出版社,2017年10月;幽林石子:《草木的事业》,百花洲文艺出版社,2017年9月;俞心樵:《我也很少与自己来往》,东方出版社,2017年3月;邹进:《把林中的鸟赶进天空》,作家出版社,2017年1月;林白:《过程》,辽宁人民出版社,2017年6月;毛子:《我的乡愁和你们不同》,长江文艺出版社,2017年4月;娜夜:《神在我们喜欢的事物里》,长江文艺出版社,2017年8月;欧阳江河:《长诗集》,江苏凤凰文艺出版社,2017年6月;周鱼:《这是一首简单的小情诗》,北京联合出版公司,2017年3月;周云蓬:《午夜起来听寂静》,北京十月文艺出版社,2017年3月;朱朱:《五大道的冬天》,华东师范大学出版社,2017年11月;泉子:《空无的蜜》,长江文艺出版社,2017年11月;三色堇:《背光而坐》,西安交通大学出版社,2017年3月;苏丰雷:《深夜的回信》,杭州出版社,2017年7月;苏陌年:《重回时间的旅人》,江苏凤凰文艺出版社,2017年3月;王跃强:《风在低语》,宁夏人民出版社,2017年10月;吴投文:《看不见雪的阴影》,百花洲文艺出版社,2017年6月;汤养宗:《一个人打摆宴席:汤养宗集1984—2015》,作家出版社,2017年6月;王小妮:《害怕:王小妮集1988—2015》,作家出版社,2017年4月。

二、诗歌研究著作

王家新:《翻译的辨认》,东方出版中心,2017年10月;王家新:《教我灵魂歌唱的大师》,人民文学出版社,2017年10月;张清华:《像一场最高虚构的雪——关于当代诗歌的细读笔记》,北京大学出版社,2017年5月;敬文东:《感叹诗学》,作家出版社,2017年11月;敬文东:《从唯一之词到任意之词——欧阳江河与新诗的词语问题》,黄礼孩主编:《诗歌与人》总第47期，东荡子诗歌促进会出品，2017年11月；黄怒波：《“盖娅”审美——当代中国诗学的审美现代性批判》，中国社会科学出版社，2017年6月；江弱水：《诗的八堂课》，商务印书馆，2017年1月；江弱水：《古典诗的现代性（修订版）》，上海三联书店，2017年6月；霍俊明：《先锋诗歌与地方性知识》，山东文艺出版社，2017年4月；熊辉：《中国当代新诗批评的维度》，北京大学出版社，2017年4月；王士强：《烛火与星光》，山东文艺出版社，2017年4月；广西师范大学出版社旗下品牌“诗想者”推出“‘70后’诗歌批评家文丛”六本，分别为：陈卫《中国诗人诗想录》、刘波《重绘诗歌的精神光谱》、熊辉《隐形的力量——翻译诗歌与中国新诗文体地位的确立》、易彬《记忆之书》、张立群《心态史的研究与进路》、王士强《消费时代的诗意与自由——新世纪诗歌勘察》，广西师范大学出版社，2017年陆续出版，已出齐。

三、译诗集

［智利］米斯特拉尔：《你是一百只眼睛的水面》，赵振江译，北京燕山出版社，2017年1月；顾蕴璞、曾思艺主编：《俄罗斯抒情诗选》，商务印书馆，2017年1月；［法］纪尧姆·阿波利奈尔：《玫瑰世界——纪尧姆·阿波利奈尔诗选》，潘博译，南海出版公司，2017年7月；［葡］费尔南多·佩索阿：《坐在你身边的云》，程一身译，人民文学出版社，2017年10月；［俄］安娜·阿赫玛托娃：《阿赫玛托娃全集》，晴朗李寒译，人民文学出版社，2017年4月；［古希腊］荷马：《荷马史诗：伊利亚德·奥德赛》，王焕生译，西安交通大学出版社，2017年1月；［德］赫尔曼·黑塞：《黑塞抒情诗选》，华东师范大学出版社，2017年5月；［葡］埃乌热尼奥.阿德拉德：《在水中热爱火焰》，姚风译，湖南文艺出版社，2017年4月；［波斯］哈菲兹：《哈菲兹抒情全集》，邢秉顺译，商务印书馆，2017年3月；［伊］阿巴斯·基阿鲁斯达米：《一只狼在放哨：阿巴斯诗集》，黄灿然译，中信出版社，2017年7月；［俄］普希金：《普希金诗选》，非文译，西安交通大学出版社，2017年1月；［葡］费尔南多·佩索阿：《佩索阿诗选》，欧凡译，山东文艺出版社，2017年8月；［英］莎士比亚：《如果世界和爱情都还年轻》，朱生豪译，百花洲文艺出版社，2017年8月；［法］魏尔伦：《这无穷尽的平原的沉寂：魏尔伦诗选》，罗洛译，人民文学出版社，2017年6月；［俄］安娜·安德烈耶夫娜·阿赫玛托娃：《我的夜晚是对你的狂想：阿赫玛托娃诗选》，陈耀球译，译林出版社，2017年6月；［日］金子美铃：《全部都喜欢：金子美玲诗歌精选》，吴菲译，浙江文艺出版社，2017年4月；［法］匹桑：《乌塔耶书》，吴雅凌译，人民文学出版社，2017年10月；［英］威廉·布莱克：《天真的语言：布莱克诗选》，黄雨石等译，人民文学出版社，2017年10月；［加］露比·考尔：《牛奶与蜂蜜》，山鲁米儿译，百花文艺出版社，2017年2月；［日］谷川俊太郎：《二十亿光年的孤独》，田园译，天津人民出版社，2017年3月；［美］丽塔·达夫：《把怜悯带回大街上》，程佳译，北岳文艺出版，2017年1月；［智利］罗贝托·波拉尼奥：《未知大学》，范晔、杨玲译，上海人民出版社，2017年7月；［智利］贡萨洛·罗哈斯：《太阳是唯一的种子——贡萨洛·罗哈斯诗选》，赵振江译，商务印书馆，2017年6月；［意］翁贝托·萨巴：《太阳释放出我灵魂里所有的怪兽——歌集》，江鑫鑫译，南海出版公司，2017年7月；［德］杜尔斯·格林拜恩：《褶皱与陷阱——格林拜恩诗选》，贺骥译，湖南文艺出版社，2017年1月；［俄］安

娜·安德烈耶夫娜·阿赫玛托娃:《你呼吸太阳,我呼吸月亮——阿赫玛托娃抒情诗选》,杨开显译,花城出版社,2017 年 1 月;[俄]阿赫玛托娃:《我们俩不会道别》,黎华、王守仁译,北岳文艺出版社,2017 年 8 月;[法]保罗·艾吕雅:《大地蓝得像一只橙子》,潘博译,南海出版公司,2017 年 7 月;[德]保罗·策兰:《保罗策兰全集第八卷:暗蚀》,孟明译,华东师范大学出版社,2017 年 8 月;[以色列]阿米尔·欧尔:《时间博物馆》,王浩译,外语教学与研究出版社,2017 年 3 月;[希腊]萨福:《你是黄昏的牧人:萨福诗选》,罗洛译,人民文学出版社,2017 年 6 月;[日]高村光太郎:《智慧子抄:我不能接受,你将要远去》,安素译,中信出版社,2017 年 6 月;[美]鲍勃·迪伦:《鲍勃·迪伦诗歌集(1961—2012)》,西川、马世芳等译,广西师范大学出版社,2017 年 6 月;[印]泰戈尔:《蓝色花诗丛:新月集·飞鸟集》,人民文学出版社,2017 年 6 月;[日]宫泽贤治:《不要输给风雨》,顾锦芬译,天津人民出版社,2017 年 2 月;[美]沃尔特·惠特曼:《草叶集:惠特曼诗选》,李野光译,译林出版社,2017 年 3 月;[斯诺文尼亚] 斯雷奇科. 科索维尔:《整数 26》,袁帆译,人民文学出版社,2017 年 8 月;[日]金子美玲:《金子美玲童谣诗集》,千叶万希子译,北京理工大学出版社,2017 年 7 月;[俄]吉皮乌斯:《致群山中的她——吉皮乌斯诗选》,汪剑钊译,四川人民出版社,2017 年 9 月[美]奥黛丽·沃德曼:《明亮的伏击》,远洋译,四川文艺出版社,2017 年 10 月;[美]威廉·福克纳:《水泽女神之歌——福克纳早期散文、诗歌与插图》,远洋译,漓江出版社,2017 年 8 月;[美]劳伦斯·费林盖蒂:《心灵的科尼岛》,黄灿然译,上海译文出版社,2017 年 8 月;[美]马斯特斯:《匙河集》,人民文学出版社,2017 年 8 月;[叙利亚]阿多尼斯:《时光的皱纹》,薛庆国译,意林出版社,2017 年 10 月。

《诗江西》第二届编委会第一次工作会在南昌举行

文、图/徐贵保

2018年2月4日，南昌中山艺术博物馆（江西中山艺术馆），《诗江西》第二届编委会第一次工作会在此举行。这次工作会由编委杨建葆主持，他回顾了《诗江西》的创办过程。《诗江西》编委、副主编游华予以工作总结，下一步计划。回顾过往，游华从三个方面概括：一、完成第一卷、第二卷《诗江西》的编辑、出版工作。《诗江西》的创刊，开创了江西没有诗歌刊物的历史，填补了江西无公开出版诗歌丛刊的空白。《诗江西》坚持地域性、前瞻性、典藏性，两卷共推出250余位诗人作品、260余幅图片。我们重点推举江西诗人作品、密切关注江西诗人动态、全面梳理江西诗歌脉络、深度挖掘江西诗歌精神，使之成为诗作发表的园地、诗人交流的平台、新秀成长的摇篮、诗界展示的窗口、诗人栖息的家园。二、举办高水平诗歌研讨会、品鉴会。《诗江西》编委会联合江西省社科院文学研究所、江西科学技术出版社主办《诗江西》首发式暨江西诗歌高峰论坛。全省近百位老中青三代诗人、评论家济济一堂，讨论《诗江西》的特色、价值以及江西诗歌的发展现状。江西卫视“江西新闻联播”节目作了两分钟的报道，并列入三大新闻提要之一。《中国出版传媒商报》《江西日报》《南昌日报》等20余家报刊、网站报道。如此大的活动规模，在江西新诗史应该是第一次。《诗江西》编委会联合江西省社科院文学研究所、江西省摄影家协会等单位主办“让诗走进画里——游华作品研讨会”，联合百花洲文艺出版社主办“琴韵三江——张瑛诗歌品鉴会”。

这两次研讨会也是名家云集，产生了极大的影响力。三、组织采风，开设讲座。《诗江西》编委会联合相关单位、学会，组织诗人到江西都昌、鄱阳采风。邀请了北京师范大学中国当代新诗研究中心主任谭五昌到南昌举行专题讲座。同时，游华从《诗江西》的出版周期、举办诗赛、组织采风、主办研讨会、持续发展等方面提出思路。

执行主编李贤平介绍了第三卷《诗江西》的编选思路、过程。早在筹划第一卷《诗江西》时，他就认为：如今单纯地、静态地出版一本刊物、一本图书已远不能跟上市场的要求，决定将编辑生活类杂志的一些思路嫁接到《诗江西》的编辑中，和众多的诗歌刊物、丛刊予以区分。每期为常规栏目加专题策划，突出策划性。《诗江西》分四大板块，各设置若干栏目。其中，“作品”板块刊登诗人诗歌，“评论”板块关注江西诗歌热点，评价诗人创作、诗歌现象，“生活”板块报道诗人生活雅趣，“诗事”板块汇聚省内外诗坛信息。同时，《诗江西》配发大量的和江西诗人、活动相关的图片。四大板块的容量，依据当卷组稿质量灵活调配。第三卷《诗江西》的编辑，坚持以往思路，推出若干专题，加大刊登本土诗人尤其是新秀作品的力度。结合一些师友的建议，这一卷适当减少文论，增加诗歌容量。这卷《诗江西》除重点推出陈正云主席纪念专题外，还在不同栏目刊登张云、左秦等已逝诗人的作品。

《诗江西》编委、副主编胡刚毅宣读第二届编委会、编辑部成员名单。这届编委会以南昌诗人为主，吸纳了江西省吉安、九江、上饶、新余地区的代表性诗人，更会有利于发现各地新秀。编委、编辑部主任张瑛就《诗江西》持续发展重点发言。之后，编委石立新、张小康、李佩文、胡水根、陈启辉，编辑部副主任赖建文、徐贵保等人就《诗江西》的发展务实讨论。会后，大家参观了南昌中山艺术博物馆。

《诗江西》征稿启事

第一板块　作品

1.前哨：推介江西潜力或者实力诗人新作，每期2—3人。200行以内，配发照片、简历、创作谈。

2.赣地：以江西各设区市或诗歌社团为单元，集中推出江西各设区市诗人作品。总行数700行以内。

3.外省：刊登江西省外诗人作品，或者集中推出某地区诗人作品。总行数400行以内，并配发作者简历、诗歌综论。

4.星空：刊登江西诗人新作。80行以内。

5.新活力：刊登校园诗人、年轻诗人作品。60行以内。

6.散文诗页：刊登散文诗。5000字以内。

7.诗词：刊登古体诗词。

8.翻译诗：刊登国外的诗歌。200行以内。

第二板块　评论

1.聚焦：刊登关于某一诗歌现象或某一诗歌群体的长篇评论。20000字以内，配发相关图片。

2.个论：刊登关于某一诗人或群体作品的评论。5000字以内。

3.书香：刊登诗集书评、序言或跋。3000字以内，配发诗集封面。

4.圆桌：刊登诗人作品论，或者集中评价某一诗人作品。3000字以内，配发相关图片。

5.独家：刊登由《诗江西》编委会策划、发布的重要资讯。10000字左右。

第三板块　生活

1.人物：报道江西诗人的生活状态。6000字以内，图片5幅以内。

2.雅趣：刊登江西诗人的书画等艺术作品，配发个人简介、照片，图片10幅以内。

3.记忆：记叙江西诗坛往事，或者江西诗人和文坛的故事。5000字以内，图片5幅以内。

4.文摘：选摘报刊关注江西诗歌现象、诗人的访谈。6000字以内，配发报纸报头、版面图片。

第四板块　诗事

1.现场：综合报道和江西诗人相关的活动。4500字以内，配发图片1幅。

2.一频道：刊登江西举办的学术性诗歌研讨活动的发言记录。10000字以内，配发相关图片。

3.诗情：介绍国内外诗坛的重要动态。介绍江西诗坛的活动，江西诗人发表、获奖等情况。可以是综述（4000字以内），也可以是消息（每条400字以内，简明扼要，酌情配相关图片）。

投稿需知

1.“作品”“评论”“生活”板块作者附300字以内简历、高清晰度生活照（有特殊要求的附上创作观等资料），以供备用。

2.附上作者通讯地址。作品刊登后，赠阅1册《诗江西》。

3.公共邮箱:sjxsks@126.com，主题词注明《诗江西》“某某板块、某某栏目”。

4.除“文摘”栏目外，谢绝已经发表的诗歌、文章。

5.通讯地址：（330009）江西省南昌市蓼洲街2号《诗江西》编委会

图书在版编目（CIP）数据

诗江西.第三卷 / 陈正云主编.—南昌：江西科学技术出版社, 2018.1

ISBN 978-7-5390-6206-8

Ⅰ.①诗… Ⅱ.①陈… Ⅲ.①诗集-中国-当代②诗歌评论-中国-当代-文集 Ⅳ.①I227 ②I207.22-53

中国版本图书馆CIP数据核字（2017）第312768号

国际互联网（Internet）地址：
http://www.jxkjcbs.com
选题序号：**ZK2016006**
图书代码：**B17138-101**

诗江西（第三卷） **陈正云 主编**

出版发行	江西科学技术出版社
社址	南昌市蓼洲街2号附1号 邮编：330009 电话：（0791）86623491 86639342（传真）
印刷	南昌市红星印刷有限公司
经销	全国新华书店
开本	787 mm × 1092 mm 1/16
字数	350千字
印张	14.75
版次	2018年2月第1版 2018年2月第1次印刷
印数	1-3000册
书号	ISBN 978-7-5390-6206-8
定价	48.00元

赣版权登字-03-2017-467